A.Z.／著　左萱／繪

青鳥的眼淚

推薦序
充滿憂鬱與希望的眼淚——《青鳥的眼淚》

會認識A.Z.是因為第一屆島田莊司推理小說獎，當年我們的作品都進入了複選，也都有出席頒獎典禮。她的《印加古墓之謎》從篇名上就很吸引人，可惜止步於決選，未能正式出版，迄今我仍認為這是台灣推理小說出版史的一樁憾事。能夠進入島田莊司推理小說獎的複選，基本上已經是被認定為具備出版水準的推理作品，A.Z.在這之前不曾以推理作品在推理圈活動過，卻能入圍這個創作類型十分小眾的獎項，這說明她具備相當的創作實力。

然而，A.Z.屬於風格較為多變的作者，除了推理小說之外，也有許多愛情類的作品。這本《青鳥的眼淚》剛好屬於難以歸類的作品，既有一些推理，也有一些愛情，但兩者都不是重點。從作者在網路上對於自己創作風格的介紹，我認定這本書是她所謂「暗黑作品或帶有憂鬱色彩的勵志類型」。

本書由五段故事組成，在故事結構的設計上，讓我想到真梨幸子的《人生相談》，共同點包括一連串看似無關的角色故事、暗黑的風格以及貫穿全書的線索。本書前四段故事分別訴說不同角色的人生故事，包括被父親性侵的高中生、紙醉金迷的酒店小姐、因外貌被歧視的設計師以及活在家庭暴力中的主婦。這四段人生故事訴說了四種不同的悲苦狀態。作者相當細膩地描寫了角色的心路歷程，從如何辛苦地活著一直到尋求終極的解脫。由於四段故事中的角色之身分、職業都不同，故事背景也具備相當大的差異性，讀來猶如人生劇場四幕劇，或者人生百態之萬花筒。雖說將不同背景的角色寫得活靈活現本來就是小說家的基本功，但在書寫人性與情感這方面，A.Z.的筆觸特別細膩也別具風格，能夠逐漸帶領讀者進入故事情節以及融入角色內心。

然而，本書並不是章節各自獨立的短篇小說集。在第一個故事中提及關於「青鳥的眼淚」的都市傳說。傳言有一間青鳥的茶館，收到邀請函而到訪茶館者可以許下願望，願望便會成真。不過，只有一心求死之人才會收到畫有青鳥之淚的邀請函。上述這個都市傳說貫穿書中的四則故事，每個角色在最後似乎都到達了這間神祕的茶館，也獲得了幸福，而在其中幾則故事中的罪人最後都神奇地得到了報應。青鳥茶館真的存在嗎？這些痛苦的人真的獲得了幸福嗎？這些罪人又是被誰所殺？上述疑惑在第五個故事中獲得了圓滿的解釋。

本書奇妙之處在於，歷經前四則暗黑、憂鬱的故事後，在收尾卻產生十足的療癒效果，並不會讓人在讀完之後喪志或對這個世界失去希望。而這個效果，一定要搭配第五章之後的番外篇一起看才會產生，這是非常特別的設計。如此看來，整個故事的本質仍在於勵志。對很多人來說，世界充滿苦痛，但這也促使我們從中思考面對生命的態度。選擇死亡是否是最好的結果？結束自己的生命是否是一件不道德的事？甚至，我們可以質疑人生的本質是否就是充滿苦痛。這些問題其實都是深刻的哲學議題，本書觸及這些議題，提供了一個讓讀者思索的機會。

由於作者具備推理小說的創作經驗，本書結合了推理手法的運用。在前四則故事中作者安排了一些意外的爆點，這些爆點都緊扣人性的幽微，而非流於形式上的佈局，相當符合本書聚焦在描寫人物心理的基調。然而，做為一名推理小說的愛好者，本書最讓我感到有趣之處還是青鳥之淚這個懸念的安排。第五章其實是真相之章，解明了前四章留下的懸念，而這個懸念涉及到超自然的都市傳說是否真實。這方面的處理，作者拿捏得恰到好處。

這是一本充滿哀傷卻也充滿希望的書。如果青鳥是會帶來幸福的鳥，為何茶館的邀請函上所畫的青鳥卻哭了？青鳥會流淚，不是因為牠無法替人帶來幸福，而是因為……答案，必須由讀者諸君的雙手來揭開。歡迎進入A.Z.流的暗黑療癒世界！

作家／林斯諺

推薦序

首先恭喜A.Z.出書啦！也很高興有此機會搶先拜讀A.Z.的新作。

從收到《青鳥的眼淚》開始，從書名先入為主認為是帶點傷痛的青春故事，殊不知A.Z.神祕的對我搖頭說：「不不不，不是那種，是妳會喜歡的類型。」

看完後，直接先說結論，喜歡呀！

在最一開始時，我以為主角就是看見的「我」，後來才明白原來是多重支線，真正的主角是「她」，每個短篇都是為了成就「她」，而每則短篇的主人翁涉及不同的年齡層、遇到的不同問題、以及最後的選擇。

然而我認為，最終的根源，都來自原生家庭。

時常聽聞「學校是小型社會，而家庭是社會最基本的單位」，而隨著年齡增長，越來越能明白「家庭」帶給每個人的影響，無論好或是壞，價值觀、思想、行為、個性等，那都是無法否認的根本。

而有時，即便你痛恨自己的家庭，卻也無法逃離。可能你會歸咎於是自己尚未有能力離開，但是當你有能力的時候，是不是也甘願把自己困在金絲鳥籠之中呢？

當你自己都不願意被拯救時，別人又要怎麼拯救你呢？

在故事之中，我們看到了許多有機會離開的人，然而多少人不願意離開呢？若你有幸、也夠勇敢，在有機會的時候逃開了那根本不是家的夢魘時，恭喜你，一定能到達那美麗的天國花園。

每一篇的故事之中，都能看到人的堅強與脆弱，以及面對相同事件時的不同反應，捫心自問，如果今天是我們，能做出不同於主角的選擇嗎？

在我們笑著他人的傻時，回頭想想自己，是否也在某些事情上如此傻氣過呢？

為了不暴雷也不影響大家閱讀的體驗，我非常努力的不提其詳細內容，不過還是想講其中一篇主人翁被欺負得讓我七竅生煙時，我一邊去裝水一邊想著，如果是我，一定要怎樣怎樣怎樣怎樣的。急急忙忙回到電腦前閱讀——哎呀，主人翁居然那樣這樣的，真是讓我非常這樣那樣。

以上，大家懂我的心情吧？

祝福大家有個美好體驗，青鳥一定會帶領你，找到你內心的平靜。

作家／尾巴Misa

推薦序

試想一下。

完美無瑕，是一件多可怕的事。

人類得用上多少補土，才能夠撫平那些人性的粗糙？當那些本該有著溫度的血肉被視為骯髒，於是把皮膚凍成冰霜，把笑容抹上陶土燒製得平滑晶瑩的時候，是不是就連心臟、那種維持基本生命的器官，都要塗上石膏變得堅硬冰冷，才有資格作為一個得體的人？

這有多可怕。

這有多累啊。

如果有一天，連活下去都沒有力氣的時候，要怎麼辦呢。

這部作品精巧地描繪出人們在黑暗中掙扎的輪廓，那些可能會有的扭曲姿態，殘存的尊嚴，與殘破的人格，都在這部作品中赤裸呈現。

人為什麼要傷害人呢？

是不是因為身上的傷口太痛了，於是拿起無形的利刃割傷別人，看見那些人比自己痛的時候，就暫時忘卻自己有多受傷了。

作為加害者，總是比較吃香，是這樣嗎？

是這樣啊。

可是。

當別人流血的時候，自己的傷口，止血了嗎？

加害者發現自己身上的傷口還濕紅著，疼痛著，於是加害的舉動並不會停止，然後那些、沒有足夠力氣反擊的被害者呀，你們還會用同樣的方法，去變成下一個加害人嗎？

我們知道這個世界有多麼苦澀，於是不願變作下一個加害人的、善良的受傷的人們開始學會禱告，開始有了信仰。

青鳥的眼淚。

那是這部作品中，人們口耳相傳能夠實現願望的神祕地方。

我們能看見所謂的停止痛苦，變成那些人唯一的希望。有了信仰的時候，就有了前進的力氣，就能夠多活一秒。

可到了最後，實現人們願望的，真的是青鳥嗎？

《青鳥的眼淚》編排精妙，我很榮幸能受邀率先閱讀，並從中反思人生。作為與本書作者同期出版作品的戰友，很高興過了這麼多年，還能看見彼此都堅持著創作自己熱愛的小說。

最後，推薦各位在閱讀過後，細細咀嚼這本作品，相信各位都能從文字的細節裡，領悟到屬於自己的道理。

作家／夢若妍

目次

卷一、其樂融融

1.

嘩啦——

放學時分，傾盆大雨讓接送區一陣混亂，交通隊的哨音被雨聲漸漸蓋過，我沒有急著離開，而是等到大家都離開得差不多後，才慢慢走下來一樓，看著仍舊滂沱的雨勢。

真陌生啊。

明明已經轉來這所高中一個多星期，還是覺得這個城市是個與我無關的地方。我不懂為何爸媽離婚後，爸會想要搬家，但他說，換個地方重新開始會比較好。真的比較好嗎？

「妳也忘了帶傘啊？」郭德心的目光也盯著外頭的大雨，如洋娃娃般的睫毛，上下眨動著，她有張粉雕玉琢的小臉、高貴優雅的氣質，以及對人親切不矯作的個性，還有一個幸福美滿的家庭。每到了下課時間，總有無數的人圍著她，我從未和她說過話，就連此刻，也不想回應她。

「真是奇怪，明明最近都在下雨，不該忘了帶傘的，卻偏偏還是忘了，不知道的人，還以為是故意的呢。」她像是在喃喃自語，但這句話卻引起了我的注意。

記得國中時，反而是帶了傘，卻不想撐，只想暢快地淋場雨，甚至覺得這樣的行為很帥，現在卻相反，該說這樣的改變，是因為我變成熟了嗎？

「妳是從屏東轉來的吧？」郭德心再次丟了問題給我。

「嗯。」

「屏東離高雄滿近的。」

「就算再近，對我來說這裡還是很陌生，而我也回不去那裡了。」

「回不去的地方太多了，不是嗎？」

這次，我終於正眼看她，不能明白，擁有一切的她，為何此刻會露出這麼寂寞的表情。

「有些地方，我想去還是能自己去，想見以前的朋友還是能打視訊電話……」

「可是妳沒有打過吧？」像是看透了我的一切，我忽然覺得她好像知道很多事似的，「我猜的，別露出那麼恐怖的表情嘛。」

「我叫黎永君。」明明不該親近這麼閃耀的人，但她身上，有個東西和我很相似，非常相似。

「我是郭德心。」她水汪汪的大眼，笑得彎彎地，粉嫩的臉頰上出現可愛的梨渦，每個神情都像幅畫般不真實。

「妳媽不來接妳嗎？」郭德心的媽媽每天都會接送她上下學，我早上曾在大門看過，她母親長得跟她一樣漂亮，穿著典雅又貴氣，高級的名車停在門口相當醒目，但她的母親眼裡卻只看得見女兒，每次總一臉依依不捨目送女兒走進學校。

「她今天臨時有事，早上還千叮萬囑要我帶傘，我卻把傘遺落在車上了。」她撇撇嘴。

「只要妳開口，應該會有人借妳傘。」意識到這句話聽起來不太好，我趕緊改口，「我不是那個意思，我……」

「我知道。」她的笑容漸漸垂了下來，「我們，淋雨去學校旁邊的那間甜點店吧？」

「咦？可是今天穿的是制服，淋雨的話，就會曝光……」

「我的外套可以借妳，走吧。」

她說完就率先跑出去，就像國中時，約我一起淋雨的同學，無所畏懼地衝進冰冷雨中。

她在雨中轉圈跳舞，像渴望自由許久的鳥兒，終於被放出籠子，敞開雙手迎接這個世界，她對我招手，才踏出一步大雨就把我浸濕，但不如想像中冰冷。

「哈啾！」才剛淋到雨，我就不爭氣地打了噴嚏。

「妳沒事吧？」郭德心噗嗤笑出聲。

「沒……哈、哈啾！」

她拉著我走一樓內，從書包翻找出面紙給我，然而那瞬間我卻不小心瞥見——她的書包裡有一把折疊傘。

「喏，擦一擦吧。」

「謝謝。」她明明有傘，卻說沒帶傘，是為什麼呢？不想回家？像她這樣的女孩，有什麼煩惱會讓她不想回家呢？我忽然對她好奇起來。

「好久沒淋雨了，真爽快。」全身都淋濕的她，看起來卻一點也不狼狽，反而還有種楚楚可憐的感覺。

「妳老是盯著我看呢。」郭德心忽然轉頭與我對視，「就連上課的時候也是。」

我沉吟一會兒，在腦海拼湊著句子，「因為，我覺得妳跟我很像。」不是外表像，但我說不上來是哪裡，就好像同類總是會找到同類一樣。

瞬時，她眼底閃過異彩，「是嗎？」

「德心，妳怎麼淋成這樣？」郭媽媽撐著黑傘走近，一臉擔憂地看著女兒。

郭德心微愣抬起頭，笑道：「媽，偶爾淋雨很有趣嘛，妳怎麼忽然來了？」

「我擔心下雨走路回家會危險啊，想不到妳居然偷偷淋雨，真不乖呢。」郭媽媽滿臉的寵溺，立刻將昂貴的風衣披在郭德心身上，這才注意到旁邊的我。

「同學，妳也別淋雨了！阿姨這邊還有一把多的傘，來！」

「謝謝郭媽媽。」

「不客氣，之前沒看過妳呢。」

「我是上禮拜才轉來的，我叫黎永君。」

「真乖，要跟我們德心當好朋友喔。」

「永君，再見。」郭德心乖巧地揮揮手，要說她跟剛剛哪裡不同，那就是現在看起來相當完美，一點也不像會衝動跑去淋雨的女孩。

「再見。」

我目送著她們母女離開，看著手中的折疊傘，默默打開書包，把它和另一把傘放在一起——我也是個，有傘卻裝作沒傘的人哪。

拿出手機，我撥打媽媽的電話號碼，發現變成了空號，就連LINE的帳號她也刪除了。

「有媽媽，真好。」我羨慕地呢喃。從一開始轉來，我就特別羨慕郭德心。

爸爸是大醫院心臟外科的主任，媽媽以前還是亞洲選美小姐冠軍，出身在這樣的名門之下，郭德心的教養會這麼好，也不難想像了。

如果我的爸媽也是那種條件，是不是他們就不會厭惡彼此到必須要分開了呢？

真愚蠢啊，會有這種想法的我，好愚蠢。

*

這天雨中相遇之後，我以為我和郭德心並不會再有什麼交集，但沒想到隔天開始，總是等著大家把她圍成一圈的郭德心，居然擠出人群，主動接近這個皮膚黝黑、轉來到現在根本沒人想接近的我。

「我們去上廁所吧。」

「咦？喔。」就算沒轉學前，也不會有這麼漂亮的孩子來當我朋友，現在她這麼做，無疑讓我變成眾人的焦點。

她牽起我的手，優雅的淺笑像有催眠效果似的，光是盯著看，就不自覺被她牽著鼻子走。

「我們從昨天起就是朋友了，妳忘了嗎？」

「嗯。」

人生一百八十度大翻轉，我本來在這個班上格格不入，因為郭德心的關係，大家也對我漸漸友好起來，郭德心每節下課都拉著我去廁所，或是去中庭聊天，奇異的是，她開啟的話題我都能跟上，就好像她已經事先對我做了功課一樣。

「吶，今天放學去我家寫功課吧。」

「好啊……如果不打擾的話。」

她眼底又散發出奇異的光芒了，跟昨天一模一樣，好像她猜中了什麼事一樣。

「妳果然，不想回家吧？」

「……」

「別擔心，我不會說出去的。」她比了一個噓，我卻無法辯解，她明明跟我一樣，卻裝作自己不是這樣。

她有種讓人無法反抗和拒絕的魔力，是個很奇妙的人，因為如此，我才會一步一步，被牽引到她所在的那個世界裡，或許從一開始，她就這麼打算了也說不定。

放學坐上郭媽媽的車來到郭家，更讓我瞠目結舌，她家位於黃金地段的高級住宅區，穿過奢華的管理大廳，再經過一個游泳池，這才搭著電梯來到樓中樓的屋子裡。

她的房間在二樓最後一間，因為她說喜歡安靜，也不需要太大的房間，說是這麼說，可是她的房間至少有我家的一半大。

「妳們好好念書，等等阿姨再切點水果上來。」

「謝謝阿姨。」等郭媽媽一出去，我忍不住說，「妳媽人真好耶。」

她沒有附和我的稱讚，「我昨天滑手機發現一個很有趣的東西。」她把手機遞給我看。

我念出手機上的內容，「青鳥的眼淚？凡是能參加這個茶會的人，都能實現一個願望，什麼願望都可以，可以變臉、變有錢還能殺人？這是哪部電影的噱頭嗎？」

郭德心沒好氣地搶回手機，「妳不相信啊？」

「誰會相信這個，而且上面還說要收到邀請函的人才能參加，真的有人參加過了嗎？」

「有啊。」她嘴角微彎，驕傲地滑了另一個頁面給我看，「有人在上個月上傳過邀請函，說他收到茶會的邀請了。」

一張血紅色的卡片，封面勾勒著一隻青鳥的側面，牠的眼睛泫然欲泣，看起來非常悲傷，卡片的內容則是寫著：「恭候大駕」。

「根本沒有地址怎麼去啊！這一定是騙人的。」

郭德心不死心，繼續發表她到目前為止的調查證據，「那個人說，只有真正絕望的人，才能看到地址，還說隔天就要出發了，結果啊……他從這篇貼文之後，再也沒有更新推特，過沒幾天推特帳號就刪除了，現在看到的這些內容都是人家備份下來的。」

「這樣也不能證明他真的有去過啊。」

郭德心轉身躺在柔軟的床上，「也許就是去過了才消失的，因為已經換了一個新的人生了。」

叩叩。

郭媽媽端著果汁跟水果進來，上一秒還躺在床上的郭德心，下一秒已經坐回書桌前，速度之快令我瞠目，我也趕緊拿起筆，假裝在作業上寫點什麼。

「妳們真是認真哪，也是，高二已經是不能鬆懈的時期了，好好加油。」

「謝謝媽。」

郭媽媽摸了摸郭德心的頭，又對我溫柔一笑才離開。

「妳也想換人生嗎？如果可以，我才想跟妳交換呢。」

郭德心笑了笑，「我才不要跟妳換呢，要也是跟其他人。」

「太過份了！」

「哈哈！」她開心大笑，在學校她也都不曾這樣笑過，她總是像個明星一樣，笑起來會露出八顆牙齒，和現在這樣不計形象的笑容完全不同。

我猜，她也許真的想和我當朋友。

我當時是這麼認為的。

有說有笑寫到晚上，才發現已經到了晚餐時間，我正準備要回家，卻被郭媽媽留了下來。

「難得有同學來家裡跟德心寫功課，就留下來吃飯嘛。」

「對呀，我媽的手藝很好喔，有廚師證照呢。」

「好哇。」

「要不要阿姨幫妳跟家長說一聲？」

「不用了，我自己跟我爸說就好。」我趕緊揮手拒絕，拿出手機傳了訊息告知爸爸。

這時才發現郭爸爸也回來了，他長得非常英俊，完全不像快五十歲的人，可以理解郭德心精緻的顏值，果然就是遺傳自俊美的雙親基因。

「叔叔好。」

「妳好，歡迎來我們家玩，德心受妳照顧了。」

「沒有！都是她照顧我。」

「是嗎？我們德心真乖，還會照顧同學。」郭爸爸溫柔淺笑，郭德心也靦腆地低下頭。

「爸爸，別糗我了。」

「妳爸就是逮到機會就想糗妳，呵呵。」

三人和樂融融的畫面，我看得有些難受，想起不久前，我們家也是如此的。

郭媽媽的手藝很好，每一道菜都精緻得像高級餐廳一樣，我吃得很不好意思，但又覺得很幸運可以吃到這些，雖然我原本期待吃到的是家常菜那樣的晚餐。

晚飯後，郭德心送我到門口，「啊、星星。」她指著夜空。

「那是人造衛星吧。」

「人造衛星還比較像真的星星呢，會一閃一閃發亮，但真的星星，很多時候用肉眼是看不到的。」

「以後，我還可以來妳家玩嗎？」
郭德心歪著頭看我，「妳喜歡我家嗎？」
「喜歡。」
她揚起笑容，「那就常常來吧，天天來。」
「好。」
和她揮手道別後，我踏上歸途，昏暗的馬路延伸至灰暗的家，不知是不是我對這個城市仍不熟悉的關係，我真的，好不喜歡回家。

*

「妳跟德心變這麼要好，有沒有覺得她哪裡怪？」跟我一起幫老師搬作業的吳立雯問道，在我剛轉來時，她也是圍繞著郭德心的同學之一。
「怪？」我猜她是不是想套我話。
「這世上哪有完人啊，但郭德心就是這麼完美，難道都沒有缺點嗎？」
「所以如果她有缺點，妳會很開心？」
「至少比較像人類嘛。」她半開玩笑地說，便不再追問。
比較像人類嗎？
大家不是都喜歡看美好的事物嗎？看漂亮的明星、熱心助人事件、還是幸福美滿的家庭，沒人喜歡悲劇。但有時太過幸福的模樣，又會被人懷疑，人類還真是複雜的生物哪。
「喂、妳聽說了嗎？三年級的學姊收到邀請函了。」吳立雯放好作業，忽然問道：「就是那個青鳥的眼淚！」

「又是那個青鳥啊，最近好像很流行？」

「流行也不至於，就像都市傳說，所以大家都很期待它是不是真的。」

「那妳會想收到嗎？」

「我才不想咧，我的人生好好的，沒什麼想改變。而且啊……如果真的有那麼好的事，妳不覺得很可怕嗎？莫名奇妙實現那麼神奇的願望，太恐怖了！」她打了個哆嗦，便先走一步。

仔細想想她說得很對，那樣真的滿可怕的，那德心又為何想要收到呢？她有什麼想要改變的嗎？希望自己變得平凡？

「如果是我的話，我希望……媽媽能回來。」

「妳媽去哪了嗎？」德心忽然出現，嚇了我一跳。

「沒什麼。」

「我剛剛聽到妳們聊天了。」她露出微笑，沒有一絲怒意，「果然太完美的話，會很恐怖對吧？會不像人類呢。」好悲傷，明明她是笑著，但眼底的哀愁卻一覽無遺。

「妳媽媽不准妳失態，對不對？」

她輕輕點點頭，默認。

「我就知道，她對妳還真嚴格，不過我猜她還是愛妳的，妳看她對妳那麼好……」

「她說我很髒。」輕到像幻聽一樣的回答，被上課鐘聲蓋過，但我卻一字不漏聽到了。

「快回教室吧。」她笑著牽起我奔跑，我卻仍在咀嚼那句話。

思考到了放學，還是很介意，但看著那張純真的臉，我又什麼也問不出。

「我媽出國了，所以這幾天要用走的去我家喔。」
「又沒很遠，走吧！」
「不過妳放心，還是會有好吃的餅乾跟果汁的，晚上搞不好還能吃外賣呢！」
「不了，我不能老是在妳家吃飯。」
「妳就陪我吃一次外賣嘛。」
「好吧。」盛情難卻，我每次都無法好好拒絕她。
寫功課到一半，當我決定要問出口那句話到底是什麼意思時，忽然聽到大門用力甩上的聲音，我們倆都被這巨響給嚇了一跳！德心更是用驚恐的眼神看著我，連嘴唇都發白了。
「怎……」她摀住我的嘴，立刻拉著我到衣櫃前。
「先躲進去，不要出聲，拜託。」她小聲懇求，我從沒看過她這樣，所以本能地照做。
我才剛躲進衣櫃，德心的房門就被打開，德心乖巧地走到那人的面前，低著頭，默默幫對方脫褲子，她跪在跟前，做出來的事讓我不禁摀緊嘴巴。
「錯了，我是這樣教妳的嗎？」
「還是錯！是太久沒調教都忘了嗎？」男人低下身子，緊抓著她的下巴，我也確認了男人的身分，是郭爸爸。
郭德心沒有反抗，任憑他扯下皮帶打在她的背上！
「我錯了爸爸！我錯了！」
「錯在哪？」
「我不該、不該忘記……」

「我有兇妳嗎？哭什麼？」平時聽了覺得溫柔的嗓音，此刻聽在我耳裡，竟然刺耳得讓人作嘔。

我要救她才對，但是如果打開衣櫃，之後的德心又會受到怎樣的懲罰？我害怕得全身顫抖，好想逃離這裡，卻被強迫著看自己的朋友受到父親的糟蹋！

「我沒有哭，我很快樂！」德心撐起笑容，露出完美的八顆牙齒。

郭爸爸很是滿意，坐到床上靠著枕頭，「快點開始，我還得回醫院。」

德心乖順地服從命令，不敢哭、只敢笑，還得發出噁心的聲音配合他們的交合。

即使我摀緊耳朵，也沒辦法阻擋她的聲音傳到我的耳裡！

——「她說我很髒。」

這句話忽然竄進腦袋，我停止了顫抖，取而代之的是無限冷意。郭媽媽是知道的，知道德心被爸爸性侵，卻……卻說她髒?!

好可怕、好可怕……我可以想像她每天活在多麼孤立無援又恐怖的家裡，我還一天到晚喊著羨慕，我怎麼可以這樣！

我緊抱著頭，期望眼前看到的一切都只是惡夢，我認識的德心，依然活在幸福美滿的……

喀啦。

衣櫃突然被打開，我嚇得差點叫出聲！

德心面無表情看著我，「出來吧，外賣送來了。」

已、已經結束了？什麼時候？郭爸爸呢？

「我爸已經走了。」她補充地說。

我的四肢早就變得又麻又痛，但比起德心，我猜她更痛。

我一句安慰的話也說不出口，這種事能怎麼安慰……

走到餐廳，桌上已經擺上一大盤高級壽司，我卻一點食慾也沒有。

德心如同嚼蠟似的進食，彷彿她吃什麼都無所謂，甚至活不活下去也……

「永君，妳怎麼哭了？」

我摸摸臉頰，淚水更停不下了，「德心……我……妳才是，妳為什麼，不哭呢？」

「因為哭也沒有用啊，這個世界，沒有任何人可以救得了我。」

這句話刺痛了我，如果剛剛我能打開衣櫃，是不是就能……

「就算妳阻止今天，還會有很多個明天。」她再也不笑了，從剛剛打開衣櫃後，她的臉上再也沒有任何表情，彷彿脫下了最後一張面具，可以毫無隱瞞地面對我，而我呢？我明明還戴著面具，她為什麼願意面對這樣的我……

我無法克制地大哭，她始終低頭吃著壽司，唯有輕輕顫抖的手，告訴我她其實，一直都很害怕。

「青鳥會哭，是因為牠覺得很抱歉，無法帶給每一個人都幸福。」她眼神空洞的望著窗外，說著說著，笑了。

2.

我仍記得那日清晨，因為睡到口乾舌燥，起來找水喝時，正巧撞見提著行李要離開的媽媽。

昏暗的光線，讓我看不清她的表情，她輕輕摸摸我的臉，手掌冷得沒有溫度。

「媽……妳要去哪？」

「永君，別恨我，我為妳做得夠多了。」

我慌了，緊緊抓住她的手，我怕不這麼做，就再也看不到她了。

「媽！妳不是還答應我要陪我去看電影的嗎？」

或許是我的高音量惹怒了她，她用力甩開我，「閉嘴！照顧妳十六年已經是我最大的極限了！」

她說完這句話，便離開了。在爸爸衝出去抓住她之前，先一步坐上外頭的黑色轎車，揚長而去。

明明光線如此昏暗，我卻仍把媽媽猙獰地表情，看得一清二楚。

從德心家回來，爸爸早就回家，坐在客廳喝著酒，媽媽離開後，這似乎是他每天晚上唯一的休閒。

「我回來了。」

「真像。」他滿身酒氣，看著我的時候，總說我和媽媽長得愈來愈像。

「又去同學家到現在？」

「嗯。」

「還是那個女同學吧？」爸爸狐疑地看著我，我有點害怕。

「是啊。」

「沒說謊？」

「沒有。」我低著頭，乖乖回答每個質問，腦海裡不知為何，想起今日看到的可怕畫面。

德心在那樣的地獄裡，我卻無能為力。

「妳可以回房間了。」聽到允許，我這才抬起頭，發現爸爸又用著看媽媽的眼神看我了。

「是。」

*

今年南部的雨季，從夏天延長到秋天還未結束。

如同多雨的倫敦，日日灰暗的天空，讓人鬱鬱寡歡。

走到校門口，正巧和剛下車的德心碰見，她對我露出制式化的笑容，昨日絕望的她，像一場惡夢似的，如果可以，我真希望那不是真的。

「今天放學我們去圖書館吧，爸爸已經同意了。」

「好啊。」

我看著郭爸爸開車遠去，昨日感受到的恐怖，依舊讓人忍不住顫抖。

圖書總館到了傍晚時分點燈後，像個發光的禮物盒，充滿魔幻氣息。曾經媽媽也答應過我，如果考試考得好，就帶我來高雄玩，那時我曾想過，要和媽媽一起來這裡拍很多漂亮的照片。

我們並沒有進去館內，而是在館外隨地而坐，德心晃晃手機，「因為我爸會查我的定位。」

我欲言又止，不知該說什麼好。

「妳昨天看到的事情，在我們家稱作『祈福』，從我十二歲就開始了。」

她說，媽媽不准她在任何人面前失態，這樣會有損她身為選美小姐的女兒的形象。她不能大笑，也不能奔跑，更不能跟男生太過接近，不然會被爸爸懲罰。

郭爸爸懲罰的方式就是『祈福』，因為她身上沾染太多骯髒，必須要由爸爸淨化。

然而郭媽媽卻因此心生妒忌，覺得老公被自己的女兒奪走，每次她遭受惡行時，郭媽媽會故意離家，眼不見為淨。

「其實我最討厭的事情不是祈福，而是每次我們一家三口，都要裝作和樂融融的樣子，真的好噁心。明明我們這麼厭惡彼此。」

每個禮拜天，他們一家會去做禮拜，看著神的時候，她常常覺得，這個世界上根本沒有神，不然怎麼會允許她的爸爸走進如此神聖的地方，怎麼會允許如此骯髒的她，在此歌頌真諦。

「永君，妳討厭自己嗎？」

我討厭自己嗎？

很討厭喔。

也許是從媽媽離家那天開始，也許是最近。我都不太照鏡子了，因為害怕看見自己的模樣，會痛苦得想要一拳擊碎那張臉。

「我陪妳一起想辦法吧。」

她忽然緊張起來，「答應我！絕對不能告訴老師、告訴任何人！如果讓人知道了，媽媽她……她……她會殺了我！」她渾身發抖，似乎是想起了恐怖的記憶。

昨天以前，在我眼裡完美得像個天使般的德心，此刻只是個無助的女孩，即使想得到幫助，也不能呼救。

「那就去找『青鳥的眼淚』吧，那個地方不是可以實現願望嗎？」

她眼中的黯淡褪去，發出微光，「妳願意幫我一起找嗎？」

「嗯。」

我並不相信真的有那樣的地方，對我來說不切實際的幻想很沒意義，但德心似乎需要這樣的幻想，才能撐得下去。

滴答滴答。

好不容易停了幾小時的雨，又慢慢下起來。

我們躲在簷邊，牽著彼此冰冷的手，試圖從這場雨中，找到人生的解答。

「德心，妳為什麼會選擇我呢？昨天是妳故意讓我看到的吧？」就連主動和我當朋友，也是刻意為之。

那張淡漠的側臉，並沒有回答我的問題，「我好想當晴天娃娃喔，把自己掛在屋簷上，也許就會放晴了。」

「我最近，也想過呢。」想過很多次，把自己掛在半空中晃呀晃，看起來多麼自由，多麼無憂無慮，我只需要考慮會不會為大家帶來晴天就好，其餘的煩惱通通與我無關。

她露出淺笑，「不覺得我們很像嗎？」我猜這只是藉口。她只是認為，就算我去散播謠言，也不會有人相信一個外地人，所以才那麼大膽的透露給我，希望我能成為拯救她的救命稻草。

「除了找青鳥的眼淚以外，我還能怎麼幫妳？」

她眨了眨眼，「可以在妳面前不用假笑，就已經是在幫我了。」

我忽然覺得很難過，本來以為只有自己最悲慘，看著德心這麼卑微的願望，才知道我不是最慘的。

「如果考上了外地的大學，是不是就可以遠離了？」我忽然想到。

「我爸爸不會允許，這輩子，我都不被允許有自己的想法。」她苦笑地看著旁邊的一家三口，正共撐一把大傘，看起來好不快樂。

在昨天以前，我也許會相信這家人真的很幸福，但現在卻不敢相信了。

「我還以為網路世界才是裝飾給別人看的，原來現實世界也是如此。」我輕聲低喃。

「因為太醜陋的東西，必須藏起來才行。」她無奈地看著來電顯示，按下接通，「是的，爸爸，知道了，我現在馬上回去。」

她打開雨傘，對我露出一絲悲慘的笑容，我知道她被叫回去要幹嘛了。

「德心，不要去。」

「一定要幫我找到，這樣才能結束。」

真的存在嗎？青鳥的眼淚。

我眼睜睜地目送她，一步步走回地獄，而我卻沒有勇氣，再陪她經歷一次。

如果說，媽媽那件事是我造成的錯誤，那麼現在，我想做對一件事，就是幫德心找到她的希望！

我從班上的群組中找到吳立雯，立即撥電話給她。

過了很久她才接起，「妳知不知道這樣沒問一聲地打給別人，是件很唐突的事啊？」她的語氣充滿不耐。

「那個收到邀請函的學妹，妳認識嗎？」

一說起這個話題，她的語氣改變了，「那個學姊休學了。」

「休學？」

「是啊，聽說她現在跑去日本定居，每天發的照片都很炫富，就像忽然中了大樂透一樣。」
「難道她在茶館許的願望是一夜致富？她的IG可以傳給我嗎？」
「好啊。不過真的神扯耶，一夜致富這種事這麼容易嗎？」
「她有跟其他同學聯絡嗎？」
「那種一夜致富的人怎麼可能還會跟老百姓聯絡啊，聽說傳給她的訊息，完全不讀不回，連她那個交往兩年的男友也被她甩了，學長每天都超難過的！」
「是喔。」
「妳應該不知道那個學長是誰吧？畢竟妳才剛轉來，那可是我們學校的校草喔！IG追蹤數好幾萬人呢，已經有在當平面模特兒了。居然傷害帥學長的心，那個學姊真的很可惡。」她愈說愈激動，還順便把學長的IG也傳給我。
結束通話後，我滑著學姊的IG動態，從前兩天開始，發了一些在京都的貼文，說要從今天開始新生活，穿著相當華麗，連妝容都像特地給人畫過，整個人精緻得像個千金小姐。
第二天還炫耀著昂貴的新飾品，下面已經開始有謾罵她的留言，但她一概不回，今天則發了一張悠閒喝下午茶的照片。
明明就快畢業了，為什麼突然休學呢？她也可以去日本留學啊，就算中樂透也不用這樣吧。
在這些華麗的貼文之前，我注意到一篇貼文是個手寫字照片，上頭寫著：『一個人被遺忘的時間，需要多久？』
當我正在疑惑這句話是什麼意思時，忽然看見前方有對親熱的情侶，從我眼前走過，我不假思索地衝進雨中，追上他們！

因為那個人是……媽媽！

我用力抓住她的手，她嚇一跳大喊一聲，旁邊的男人也立刻把我推開！

「幹什麼啊！」男人對我大吼，而媽媽卻瞪著我，一句話也說不出來。

「妳認識這個小鬼？」

她冰冷的視線，比此刻打在我身上的雨水還要刺骨。

「不認識。」

別走。

拜託，別丟下我。

我一句話也說不出來，看著她頭也不回轉身離開，對我這個親生女兒，一點留戀也沒有，她真的是那個每天幫我準備早餐的媽媽嗎？我好希望，我只是認錯人了。

一個人被遺忘的時間，其實不用很久。

＊

「妳媽從年輕時就很漂亮了，一頭黑髮柔順如絲，追她的人多到數不清，一開始的時候，她根本完全看不上我，我只好每天給她送飲料，每天、每天……結果她不但沒有感動，還說我噁心！真是不知好歹，不是嗎？」

因為淋雨回家，爸爸正幫我洗頭，即使身體泡在熱水裡，我仍渾身發冷。

「所以啊，有天晚上我跟著妳媽回家，讓她承認自己對我也有意思，我們就是在那天晚上後有了妳的。」

抓在頭皮上的力道愈來愈大力，我卻感覺不到痛，一定是因為我太冷了，所以其他的感知變得遲鈍。

「以前的年代啊，可不容許有什麼墮胎的醜事，尤其妳外公又是里長，所以我們就結婚了，那樣也挺好，我跟妳媽本就是互相喜歡，她終於不再口是心非，婚後當個乖巧的老婆。」

我聽到指甲刮著頭皮的聲音，傷口碰到了泡沫，白色的泡沫慢慢變成粉紅色掉在水面上，慢慢溶解。

「雖然有點乖巧過頭了，每天頂著一張死人臉，愈看愈煩，即使如此，她到死都是我的老婆，應該要這樣的，應該是這樣的……但她居然敢跟別人在一起，還用卑鄙的手段，讓律師幫助她……」

最後一下特別大力，一股熱流從臉頰滑下，鮮血慢慢在水裡擴散，但因為水量太多，水色清澈得像不曾染紅過，要改變水缸的顏色，得要用更多的血吧。

「站起來。」

我乖乖站起，他盯著我的身體看了很久，「妳只有臉像她啊。」他在洗手台洗完手，便離開浴室了。

我想起媽媽今天的表情，以及那天離家前摸著我的臉的表情，冷冽的令我感到陌生。或許從那瞬間起，她就已經決定，不要再當我的媽媽了。

——「不覺得我們很像嗎？」

是啊，很像。

因為像我們這樣的人，都有一個特徵。

如果忽然被人拍肩、忽然有人站在後方說話，反應都會特別大，對異性也從來不敢直視，所以我們才會注意到彼此，所以她才會讓我看見她的地獄。

「立雯說的應該是民浩學長，很多女生都暗戀他，原來是那個學姊啊。」德心若有所思，然後注意到了我的頭髮。

*

「妳今天怎麼沒綁馬尾？」

「又沒人規定一定要綁。」

她瞇眼看著我的後腦勺好一會兒才移開視線，「我們去找學長看看吧。」

「嗯。」

她也許又發現了，對於同類的狀況，她似乎很敏感，貼心的顧及我的感受，沒拆穿我的藉口。

我真是狡猾哪，直到現在還是不願向她坦誠。

我們藉著午餐時間去找民浩學長，他身旁圍著許多女同學，還好開口要找他的人是德心，大家並沒有太多閒言閒語。

「什麼啊，現在還跟我提她做什麼，如果是要問她的事就請回吧。」一聽到我們要打聽琪琪學姊的事，他的態度驟變，我們便畏縮不敢再問。

放學後，我獨自找去學姊家，發現學姊家已經人去樓空。

「同學，妳找那戶人家有事嗎？」鄰居大嬸好奇地靠過來。

「我是來找學姊的。」

「學姊？是他們家那個不檢點的女兒琪琪吧？」

「不檢點是什麼意思？」

「他們那個女兒小小年紀就拿了好幾次孩子，我們整個社區都知道啦，還好搬走了，不然都要帶壞其他孩子了！妳和她很親近嗎？」

「不……我……」因為無法解釋，我只好狼狽逃走。

回家的路上，我在電話中把狀況告訴德心，「也不知道是不是真的……」

「一定是真的，因為那個地方，只有痛苦的人才能去。」德心說得堅定，「可惜慢了一步，不然就能知道她為什麼能收到邀請函了。」

「德心，我們還是想想其他……」

「妳可以現在來我家一下嗎？」她話峰一轉，聽起來有點緊張，像剛剛得知了什麼可怕的事一樣。

「發生什麼事了嗎？」

「我媽回國了！請在十分鐘之內來，拜託！」

我著急地攔了計程車前往郭家，抵達大樓時已經過了二十分鐘，我請管理員按門鈴，響了很久才被郭媽媽接起，管理員跟她說了兩句後，電話被轉給我。

「這麼突然來找德心，有什麼事嗎？」

「我的筆記本不小心被德心帶走了，明天要小考，我一定要複習筆記才行。」

「……這樣啊，都這個時間了，就留下來一起吃飯吧。」

管理員按照吩咐領著我去搭電梯，我忽然有點恐懼，因為郭媽媽的聲音似乎比平時還要不同，語氣中隱隱透著陰森的感覺。

德心說過，她的媽媽會要求她很多事，還說過她會被她媽媽殺死……那都是什麼意思呢？

電梯門一開，郭媽媽竟然站在電梯外等著我，她臉上堆起的笑容，僵硬得像蠟像娃娃，就連說話的聲音，都保持在相同的頻率，詭異至極。

「我正好有伴手禮要給妳呢，快進來吧。」

屋內，德心坐在餐桌旁，動也不動地盯著桌面，聽見我來了也沒有任何反應。

「德心，永君來了妳怎麼不理她？」

德心機械式的轉頭，「嗨，永君。」

我說不上到底哪裡詭異，平時他們一家三口的天倫樂雖然都是裝的，但至少裝得很自然，不像現在，刻意到讓人毛骨悚然。

郭爸爸也從房間走出來，他看起來相當疲憊，一看到我也不停地對我笑，「永君啊，妳來啦。」

熱騰騰的菜一道道端上桌，但我卻完全沒有食慾，一直偷看著身旁的德心，她像是被下了不能亂動的命令，連眼睛都沒眨。

「永君，妳來得正好，今天是我們家的告解日，大家都要把這星期犯過的錯都說出來，請神原諒。」郭媽媽依舊笑著，德心抓著椅子的手愈來愈緊，我也愈來愈害怕。

「德心，妳先說。」郭媽媽邊切著牛排邊說。

「我的數學小考，沒有準備充足，所以……」

「德心，不對吧？妳今天不是和永君一起去找了一個學長嗎？」郭媽媽說完，郭爸爸的笑容也變得僵硬，他緊盯德心，眼底透著一股憤怒被壓抑著。

「是嗎？永君。」郭爸爸把目光轉向我，「妳們去找那位學長做什麼呢？告白？」

「不、不是的，我們只是有問題想問他。」

「什麼問題？」
「功課上的問題……」
「為什麼不去問老師？」我被這一來一往的問句壓得喘不過氣，德心卻依舊沉默。
「因、因為只有那個學長……不是！我是請德心陪我去跟學長告白的！」情急之下，我只好胡謅。
周遭的氣溫，彷彿又下降了幾度。
郭氏夫婦雙雙露出欣慰的表情，「德心真乖，陪同學去告白啊。」
「害我也緊張了，還以為告白的是德心呢。」郭媽媽附和。
「永君同學，希望下次這種事妳自己去就好，我們德心要是被人誤會就糟了，傳言是很可怕的。」
郭媽媽看著我，咬下那塊牛排，即使她吃得很優雅，但眼珠子，卻直直盯著我不放。
「對不起，我知道錯了。」
「呵呵，妳別緊張，我們又不會吃了妳。」郭爸爸失笑，「我只是希望德心能潔身自愛。」
一頓食之無味的晚餐結束後，郭媽媽把筆記本交給我，要我快點回家，我看著德心求救的眼神，感覺今晚她要面對的，可能不只被爸爸那樣的事，否則她也不會求我過來。
我急中生智，編了個理由，「班長說，要我來找德心拿筆記本後，能去找她一下，因為……因為我們班有個男生把情書送錯到她那去，那封信是要交給德心的！」
果然，這句話引起他們的注意，德心的臉一下子就刷白，我有點害怕自己是不是說錯理由了。
「那得快點去拿回來了，對吧？德心。」郭媽媽說道。
「是啊，因為是人家的心意呢。」德心尷尬回應，郭爸爸則一直盯著我，似乎想從我臉上找出說謊的痕跡。

當我們兩人一起離開大樓後，才放鬆地大吐一口氣。

「永君，怎麼辦啊？要是我媽去問班長的媽媽……」

「不會的，這種事情，他們一定不想讓人知道。」雖然我也不確定，但以郭媽媽那麼可怕的態度，只能賭一賭。

「那得趕快寫個情書才行。」

「別急，班長家要轉兩次車才到，我們一路上再慢慢寫。倒是妳，為什麼要我趕來？」

她微愣，表情猶豫。

「我不能跟男生說話，如果被知道的話……」她的臉色愈來愈蒼白。

直到轉了第二次車，德心才有辦法形容，郭媽媽會如何懲罰她。郭媽媽會強迫德心看殺人分屍影片，她說那些影片都是真的！不是什麼電影之類，有些畫面會因為追著被害人而強烈晃動，有的因為光線不足畫質很糟，但影片淒厲的尖叫聲非常恐怖，甚至還因此天天作惡夢。

「她說我太髒了，所以要看更髒的東西，才能讓我變乾淨，然後看完這些影片，還要接受爸爸的『祈福』……」她抱著頭，斷斷續續說完後，虛脫地靠在前方的椅背上。

這樣的人生，到底該怎麼辦？到底有誰能救救她，救救我們……

「德心，妳媽媽她怎麼會知道妳在學校跟誰說過話呢？」

她抬起頭，眼神充滿絕望，「這個學校有一半以上的學生，都接受我媽媽娘家的幫助，國小、國中，以後到了大學，也會都這樣吧，我逃不了，沒有找到茶館的話，一輩子都逃不了的。」

「等等，這樣的話，班長那邊不就……」

因為一時可以逃出來，又加上很緊急，我想連德心都沒留意到這部分，被我這麼一提，她那已經很蒼白的臉，比剛剛更慘白了。

此時，班長傳來一封訊息：『德心，妳媽媽已經在我家等妳囉，她很擔心妳呢。』

3.

那個時候我一定是這麼想的，就算我逃不了，也希望能讓德心從地獄裡逃走。我無法對抗自己的恐懼，但可以對抗她的。

「不要緊，我有辦法！」

「永君……」德心不安地搖搖頭。

「德心，在找到『青鳥的眼淚』之前，妳不能再這樣坐以待斃，既然妳決定要利用我了，就利用個徹底。」

德心的臉閃過一絲難色，「妳都知道了，還要幫我。」

「我們是同類啊，互相幫忙很正常。」

她驚訝地抓住我的手，「難道妳也……」我點點頭，現在沒時間和她解釋那麼多。

「下車了。」我拉著她下車，用最短時間準備我的應對方法。

等趕到班長家時，郭媽媽從轎車上下來，居高臨下掃了我們一眼，「德心，回家了。」

我跨步向前，「郭媽媽這個送您，聽德心說您很喜歡吃車輪餅，所以我才拉著德心出來，陪我去找您最喜歡吃的那一家，當作您送我伴手禮的回禮。」

此時班長跟她母親也走出來，撞見這一幕，郭媽媽挑眉，那張笑容得宜的表情裡充滿著不屑。

「伴手禮我還沒拿給妳啊？」

我裝傻搔頭，「今晚那一桌豐盛的菜肴，不就是最棒的伴手禮了嗎？您使用了日本帶回來的昆布，煮出來的湯真的好好喝！」

沉默半晌，她失笑出聲，「真是個嘴甜的孩子，上車吧，我順路送妳回家。」

「班長，拿妳當藉口真的很抱歉！」

「不會啦，能給郭媽媽驚喜，我也很開心。」

當觸及自身利益時，每個人都是天生的演員。就像媽媽對我裝出的母愛一樣，裝了十六年，才讓我知道，我的存在對她來說有多噁心。

上車後，郭媽媽跟我們一起坐在後座，把我跟德心左右隔開，氣氛一度窒息得讓人喘不過氣，但不能認輸。

「永君啊，郭媽媽討厭會說謊的孩子，即使妳今天的出發點是為了給我驚喜，但以後還是別犯了。」

「對不起。」

「別道歉，我又不是在罵妳，以後呢，還請妳多多跟我們家德心來往。對了，下次也約妳的父母一起來吃飯吧？」

「我的父母離婚了，只剩爸爸。」

「喔？那妳以後就把我當成妳的媽媽吧，我們每個禮拜的告解日，妳要不要一起參加？」

我立刻理解郭媽媽對我示好的用意，無非就是我已經發現他們家太多祕密，打算要我一起走一趟地獄，好徹徹底把我封口。

德心低著頭，在郭媽媽面前，她像得了失語症，沒有郭媽媽的允許，她不得多說半個字。

我希望她可以從這種生活裡解脫，而我們在剛剛來的路上，也已經說好了，接下來她必須做些自救的準備。

「好哇，非常樂意。」

我臨時帶著她到電腦街，買了迷你照像機，相機只有四公分的長度，但容量有32G，很適合她隨身藏在身上。

「以後只要妳有被打、或是又被強迫看什麼恐怖的影片，妳就找機會偷拍起來，這些東西可以幫妳脫離這個家！」

德心有點猶豫不決，「我不認為這些證據可以和我爸媽對抗，他們的人脈很廣……」

「現在是什麼時代啊，誰還會傻傻地拿著證據去報警，當然是把證據公開在網路上啊！」

德心輕輕微笑，「等妳救了我，換我救妳。」

「好，一定喔。」這一刻，我如此相信她，內心某處，又矛盾地不希望她真的救我。

「妳家就是這兒吧？」郭媽媽忽然說道，我看著我家門口點點頭。

「謝謝郭媽媽。」

「不客氣。」

我望著他們的車已經開遠，才稍稍放鬆。

「妳給誰載回來的？」爸爸的聲音忽然出現，神經再度被拴緊。

「是郭德心和她媽媽，開車的是他們家的司機。」

爸爸倚在門邊，冷笑，「妳還真是跟妳媽一個樣啊，剛轉來就和有錢的小孩混在一起，**還好是女同學**。」最後一句話，充滿著警告意味，我低著頭乖乖跟進屋。才剛剛從別人的地獄裡離開，我又踏進了，我的地獄。

我忽然想起，稍早跟著德心奔跑在燈火通明的街上時，月光特別耀眼，我們不自覺地盯著看，像飄流在海上的水手，望著遠方的燈塔，拚了命想要往那個方向前進，但不管怎麼追，月亮都還是一樣遠。

爸爸頹喪的背影，有時看著會覺得可憐，但當他轉身時，我又覺得害怕，難怪人家說，小孩無論貧窮富裕，只要還能跟著父母，都不會在意，我現在肯定也是這樣想的，所以才會一直忍耐爸爸愈變愈可怕。

*

我們都是被母親厭惡的孩子。

而且原因很相似。

在學校我們不方便講太多事，所以決定以交換筆記的方式交流，也順便紀錄她蒐集證據的情況。筆記上寫出了更多德心的日常。

她的母親當初利用家中的權勢，才得以和父親結婚，兩人郎才女貌，舉辦了一場如王子公主般的浪漫婚禮，然而自從生下德心後，他們再無交流。

「如果沒有妳的話就好了，都是因為妳！」德心總是聽著媽媽這麼對她說，年紀尚小的她，完全不明白為何被媽媽討厭。

直到她發現爸爸總用著異常的目光看她，以及終於伸出魔爪後，她才明白被媽媽討厭的原因。

因為學校眼線太多，我們只能在圖書館假裝念書時，順便看她拍下來的照片，雖然我已經有心理準備，但看到那些影片的血腥，差點就吐了。

「對不起啊，我已經找些不那麼恐怖的拍了……」

「這太可怕了……」

除了這些影片，她還偷拍了郭爸爸對她性侵時，會使用的一些道具，我完全無法想像這些道具要怎麼用在人身上，只覺得作嘔，胃不停地翻攪。她的遭遇跟我的遭遇重疊後，恐懼愈發擴散。

德心依舊笑得像個洋娃娃，在外的她，必須保持如此，但滿目瘡痍的心，又有誰能看到？

「德心，要撐住，會有希望的。」

她默默在筆記上寫下一行字：「希望這兩個字太虛幻了，我只想要解脫。」

我的眼淚滴在這行字上，怕被人察覺異樣又趕緊抹掉，德心就像一只破碎的娃娃，不祈求能變回原本的模樣，只求能找塊安穩的地方，靜靜躺著也好。

這兩天我盡己所能的找尋關於『青鳥的眼淚』的帖子，從PTT找到Dcard，都沒有收穫。

放學後，立雯忽然把我叫住。

「妳還在找『青鳥的眼淚』嗎？」

「妳怎麼知道？」

「妳不是還在打聽學姊的下落嗎？我有她的消息了。」

「真的？」

「嗯，放學我們去咖啡廳見一個人，如何？」

「好啊！謝謝妳。」

立雯嘴角浮現笑意，「我就知道妳一定會陪我去，要真能找到，這可是個大消息呢。」

我把這件事告訴德心，她皺了皺眉，「可是……妳忘了我媽說，今天要找妳一起來告解？」

「我知道，不是晚餐的事嗎？妳幫我和妳媽媽說，我晚餐前一定到！」

「永君，妳真的要來？妳也知道這次的告解……」
「沒事的，我又不是一個人。」
德心放心地笑了，「嗯。」
在咖啡廳等待我和立雯的是另一個學姊，我沒有看過她，立雯也是。
「就是妳一直在打聽琪琪的事？夠了吧！她都離開台灣了，可不可以不要再讓大家有機會議論她了？」學姊一見到我便怒氣沖沖。
「學姊，對不起，我不是故意的。」
立雯也有點慌張，「對啊，學姊，妳不是說願意告訴我們妳知道的事嗎？」
「沒錯，我把知道的告訴妳們，從今往後不准妳們再繼續打聽她！」
她忿忿地喝了幾口水，「琪琪她原本要自殺了，被那個渣男逼的！她真的很痛苦，有天晚上她告訴我要跳樓，我真的好害怕！衝到她家時，她剛好在一樓，說她收到邀請函了，在她要尋死的時候。」
「什麼意思？所以只有尋死時才收得到？怎麼收？」立雯忍不住打岔。
學姐冷笑地掃了她一眼，「妳也去自殺一次看看不就知道了？她沒有細說怎麼收到的，但我相信她那天晚上真的要跳樓。後來就和網上傳的差不多，她許了願，重新過新的人生了。」她把剩下的水飲盡。
「學姊，妳相信嗎？」我問。
「當然信啊，她現在每天都那麼快樂。」
我想起今天德心瀕臨崩潰邊緣的表情，也許放任她崩潰，當她真的要尋死時，就能收到邀請函了，雖然有點無稽之談，可是……真實性卻比網路上亂傳的高。

「呿，這個學姊也太囂張了吧，這麼荒謬誰信啊。」立雯覺得無趣。

我很猶豫要不要告訴德心這件事，我怕她真的會尋死，如果沒有收到，那我不就成了殺人兇手了……

「話說，妳看起來不是因為有趣才查這件事的。」立雯攪拌著冰塊，對上我的視線時，目光充滿侵略性。

「誰都會對這種事感到有興趣吧？」

「我覺得現在大家對妳的事會更好奇。」她喝了幾口咖啡，「郭德心是什麼人啊，她像個聖人一樣，完美的不可高攀，看似人緣很好，但和誰都沒有私交，唯獨妳，區區一個轉學生。」

真是大意了。

郭媽媽在學校的眼線這麼多，我怎麼就忽略了立雯，感覺這才是她把我約出來的目的。

「或許轉學生才讓她感覺壓力沒那麼大？因為不明白她的身分有多厲害。」我裝傻一笑。

立雯又繼續攪拌冰塊了，喀啦喀啦的聲音特別刺耳，「除非妳轉學，否則別隨便壞了我們這裡的平衡，拜託妳了。」言語是拜託，眼神卻充滿威脅。

「郭媽媽說了什麼嗎？」

「郭媽媽說什麼我們怎麼會知道。倒是妳，小心點，這個社區的夜路，可能不太安全。」立雯半開玩笑地拍拍我的肩，轉身一瞬，她的眼神像看著老鼠般鄙視。

「謝謝妳的提醒，我會小心的。」

這個世界上，好像沒有什麼東西是權力和金錢換不到的，不……如果是媽媽的話，用這兩樣東西也換不到，因為人心，最難買。

＊

出電梯，郭媽媽如同上次，站在門口等我，我已不再害怕，跨進門內的瞬間，一道刺骨的寒意竄出，總覺得今天屋內的燈光，比平時都還要昏暗。

「正好要開飯了，我還怕妳不來了呢。」

「怎麼會呢？郭媽媽的手藝是我最期待的。」

「那就好。」蠟像般的假笑依舊，但清楚了恐懼的模樣，勇氣便會慢慢提升，而且我並不是一個人，還有德心在呢。

「德心，妳先說說這個星期妳犯了什麼罪？」郭媽媽優雅詢問。

「圖書館的書忘了還，所以多跑了一趟。」

「這確實不應該呢，要準時歸還才對啊。」

一直沉默的郭爸爸，輕瞥郭德心一眼，似乎對於這個錯誤不感興趣。

「還有呢？」

「沒、沒有了……」

「怎麼會沒有呢？再好好想想。」這個屋子裡，每個人都是笑著的，笑得令我發毛，郭媽媽的笑意，更扭曲的愈來愈歪斜。

「我不該把作業借給永君抄！」

這莫名奇妙的回答，讓我措手不及，我根本沒有和她借啊……

「永君啊，別因為我們德心善良，就這樣利用她啊。」郭爸爸忽然開口，「妳這樣會讓我們很困擾呢。」

「對不起……」我看著德心始終不敢與我對視的模樣，忽然有點害怕。

「德心啊，這樣的朋友不值得深交，妳以後還是少跟她往來了吧！」郭媽媽接著說。

「知道了，妳以後別再和我當朋友了。」德心抬起頭，直視著我，「還一直約我去找奇怪的東西，我早就不想理妳了。」

「德心，有點禮貌，再怎麼討厭也要好好送送人家啊。」郭媽媽放下了碗筷，我木訥起身，覺得此刻的場面很難堪。

「是。」德心送我到門口，表情讀不出任何情緒，在門關上的一瞬，郭媽媽偽裝的笑臉已經收起，如羅剎般的表情，讓我連阻止德心關門的勇氣，都沒有。

我恍惚回家，才走出大樓沒多久，便明顯感到有人在跟著我，我試著快步跑，那人也跟著跑，我放慢他也放慢。

立雯說過的話猶言在耳，我忽然轉身往回跑，結果跟蹤我的人心虛得奔跑起來！跑沒幾步就逮住那名跟蹤者，我用力抓住他的肩膀！

「放手！」轉身大喊的人竟然是立雯！

「妳……怎麼會？」

立雯忿忿地甩開我的手，退了幾步，「沒事這樣抓人，有病是不是啊！」

「可是，妳為什麼要跑？是妳跟蹤我吧？」

「我幹嘛跟蹤妳啊？走開，我趕時間。」她似乎決定裝傻到底。

「你們這些人這樣幫著郭媽媽，都沒想過德心的感受嗎？」

「我們又沒做什麼！郭媽媽只是愛女心切，希望我們經常告訴她德心在學校的狀況，告訴她這些，難道是什麼天大的壞事嗎？」

是啊，不知道內情的人，確實認為沒什麼大不了。

但是——

「你們是真的不知道，還是假裝不知道？」

她瞬時語塞，瞳孔緊張收縮已經代表了答案。

一開始，我真的以為大家都看不出來郭家的完美形象很不自然，但事實上，他們都明白吧，所以才跟郭德心保持著同學的界線，從不踰矩。

「一個月前也有一個轉學生跟妳一樣蠢，妳知道後來她怎麼了嗎？」

「怎麼了？」

「她爸忽然被裁員，媽媽被人誆騙簽了本票，所以被迫休學了。」

「那跟德心又有什麼關係？」

「妳如果不想和那個轉學生一樣，最好別再接近郭德心了。」

「那妳幹嘛跟蹤我？為了嚇我？」

立雯抿抿唇，沒有正面回答，我才明白，她嚇我也許只是為了救我。

「謝謝妳。」

她的背影輕輕一抖，接著快速地跑走。我不禁猜想，難道郭家真的能隻手遮天嗎？

帶著複雜的心情回到家，屋內的燈忽然被打開！

不詳的預感油然而生，爸爸站在電燈開關旁，冷眼看我，「妳那個同學的媽媽今天打電話給我，說妳在學校交了男朋友，還每天要妳同學幫妳做掩護，是嗎？」

「我沒有。」

他又冷笑幾聲，陰森的表情跟平常幫我洗澡時完全不同，我如驚弓之鳥般怯懦，想要逃跑，卻連一步都動彈不得。

「那麼緊張幹嘛？我會不相信妳嗎？」爸爸很久沒有對我笑了，但今晚這一笑，卻笑得我頭皮發麻。

我是不是，真的不該多管閒事？

*

惡夢好像一旦開始就很難結束。

隔日的德心再也不理我，她走路一拐一拐地，說是昨天扭傷了。

「哇賽，我們班今天的傷兵真多啊，永君，妳的頭也包紮得太誇張了！」立雯誇張地說。

「昨天不小心從樓梯上跌下來了。」可是我家在一樓，並沒有樓梯。

「是喔，真是不小心哪，沒腦震盪吧？」

「沒有。」我到早上出門前，還在嘔吐。

我一直追尋德心的目光，她卻拼命避開，那個原本說著「我們是同類」的人，輕易地拋下了我。

「老師，我好想吐，可以去保健室嗎？」撐到第二節課，我便無法再待下去。

保健室的老師不在，我坐在會發出喀機聲的床上，這聲音刺激了記憶，讓我又一陣噁心。

「把衣服脫下來。」德心忽然站在我身後，手上拿著迷你相機，「不是說了要留證據嗎？」

她蒼白的臉上，努力綻放著笑容，卻比平時偽裝的笑更難看，因為我們倆都在哭。

「我以為妳拋下我了。」

「我們是同類啊，只有我們了。」

我翻看著她昨天的自拍，多處可怕的瘀傷讓我不忍直視，當然我也好不到哪裡去。

「妳找到辦法了嗎？」德心在我身邊坐下，她看起來愈發透明，好似隨時都會消失。

我告訴她那個學姊的事，那張絕望的臉，漸漸變得平靜下來。

「原來是這樣啊，很符合呢。」

「妳不會真的相信這個辦法吧？」

「就算不會成真，我也會得到解脫吧。」

我心一驚，用力抓著她的手，「為什麼放棄的非得是我們不可呢？為什麼我們就沒有活下去的權力呢！」

她撥了撥我的瀏海，擦掉我憤怒的眼淚，用著氣音說，「我也很想，擁有這個權力啊。」

「嗯，可以的！這些證據夠了，我今天就想辦法編輯上傳，會得救的！」

「會成功嗎？」

「會！」

她似乎已經不想再給自己過多的希望，只是輕輕點點頭，「我暫時都不能跟妳說話了，如果要交換筆記的話，就把筆記本藏在文學二區第二排。」

她把相機收回袖口裡，「如果要上傳，這些還不夠，這幾天可能還會有新的東西可以拍。」

「什麼意思？妳……妳還會遭受怎樣的……」

她比了一個噓，「沒事的，那個懲罰又不是第一次了，我還比較擔心妳。」

「答應我，找一天陪我去吃冰，我從沒跟同學一起吃過冰呢。」她許了一個願，這個願望平凡得令人不忍。

「我也沒事，我……」

「好。」

她離開後，又一個女孩進來保健室休息，不停用著語音訊息聊天。

「吼國文老師講那些真的有夠想睡！」

「才沒有呢，人家這不算翹課。」

「不行，那部電影已經有人約我了。」

隔著簾子，我和這女孩像隔了一個世界。

好想待在善良一點的世界，只要一點點也好，但青鳥卻忘了我們的存在，把我們丟棄在黑暗的森林裡，叫天不靈、叫地不應。

4.

10月6日　天氣陰

我在家是不被允許寫日記的，應該說，就算寫了也要被媽媽檢視，連在日記裡都不能表達自己，那麼寫了也沒有意義。

說到意義，最近我常在想，人活著的意義是什麼？為什麼我們被賦予了生命，但卻不能像大部分的人一樣，平凡過日子。也許會有人說，我一出生就不用煩惱金錢，還有什麼可嘆的。但是啊，要我用這些身分地位去換一個流落行乞的日子，我也願意喔。

一定沒有人相信吧。

因為我在大家的眼裡，就是一隻金絲雀，供人觀賞羨慕，不可崩毀的存在。

10月12日　天氣雨

這雨要下到什麼時候呢？

今年天氣的異常，讓我的心情更加憂鬱。

媽媽自從前兩天發生的紅豆餅事件後，就變得好奇怪，我總覺得她在策劃什麼，會不會她已經發現我們的祕密了？還有爸爸也是，這幾天忽然都不『祈福』了，雖然這樣很好，但過於異常的現象，總讓人惴惴不安。

10月14日　天氣晴時多雲

剛剛去保健室看過了妳，我真的好難過，一定是媽媽對妳家裡的人說了什麼吧？一定是的，這是她的慣用手法。

雖說我想要找『青鳥的眼淚』，但充其量，只是我給自己一個希望，它是個拴子，拴住我最後的求生意志。

昨天媽媽對我說：「別以為妳們玩的把戲我不知道，我只是想給妳一點希望，再讓妳絕望，這樣妳以後就不敢再有反抗之心。」

「媽媽，我到底做錯什麼了？」

媽媽沒有回答我，或許她對我的厭惡，已經到了連回答這種問題都討厭的程度。但是啊……我這麼說也許很愚蠢，我其實經常幻想，我們一家『真的』其樂融融的模樣，有時演戲時，我都希望那些演技，若是真的就好了。

無論我又會發生什麼事，妳千萬不要為了我而難過，我的人生再也好不起來了，但妳還可以，因為妳的眼中還有希望的光芒。

永君，可以和妳短暫相遇，大概就是青鳥給我的祝福了。

＊

最後一篇日記，我看得很不安，感覺像遺書，到底他們還要對德心做什麼呢？

放學的時間變得愈來愈快，我猜是因為我太害怕回家的關係，跟著放學隊伍慢慢走出校門，卻看見爸爸站在門口旁等著我。

「爸爸……」

他不顧老師們勸阻點起菸，「走了。」我緊緊抓著書包，好想在這種人多的地方大聲呼救，然而下場一定是誰也不信，回家後我的日子只會更難過。

我看著德心面無表情地坐上車，郭媽媽則和每位家長點頭會意後才離開。

「郭太太還真是保持得年輕，完全看不出歲月的痕跡呢。」

「是啊，女兒也養得那麼亭亭玉立，有錢真好啊。」

那些欣羨的話語，和德心的日記對比起來格外諷刺，活在人們的羨慕之下，她若是反抗，有人信嗎？

「還在看妳的小情人？」

「沒有。」我趕緊跟上，即使再不願意，我還是只能回去這個地方。

身無分文的我，一個人逃走了，又能逃去哪呢？如果被抓回來，也許會被打死也說不定，但要是和德心一起，一定就會有辦法吧。

由於我還有點腦震盪，所以今天並沒有被爸爸叫去房間還是浴室，躲在房間看著攤開的書本，好幾分鐘過去，一頁也沒翻，耳朵持續偷聽著客廳的動靜，祈求爸爸可以快點喝醉，或是忽然出門。

「黎永君！」

「是！」

我匆忙跑到客廳，爸爸丟了幾百塊在桌上，「去買酒回來。」

「可是超商應該不會……」

「叫妳去就去。」我不敢再回嘴，拿著錢出門，果然沒有一間行得通，但如果空手回家，我一定又會被……

手機響起訊息聲，還以為是爸爸，結果竟然是德心。

「救救我。」

簡短的三個字如同雷劈，我分秒必爭地攔了計程車趕往她家！緊接著德心撥了電話過來，但是卻沒有聲音，我把音量開到最大，才能聽到一些啜泣聲，接著傳來愈來愈清楚的說話聲。

「妳就是德心啊？哎呀！看起來真可愛。」

「對呀，身材也不錯。」

「哪有不錯，胸就小了點。」

我推測應該是三個男人的聲音，內容猥瑣到噁心，好在我從一開始就按了錄音。

「德心，還不快向叔叔們問好？禮貌呢？」這句話是郭爸爸說的。

「對啊，光看著我們哭，都被妳哭衰了！」

「郭德心，不准哭。」

「對、對不起，我眼睛進沙了，叔叔們好。」

「這還差不多，你管教得不錯啊。」

「哪裡，內人也幫了不少忙。」

「喔？嘿嘿，你老實說，有沒有跟你老婆一起玩過3P？」

「你知道我不喜歡女人的身體，最近她愈長愈大，已經快讓我沒興趣了。」

「這癖好真是……」

「所以才同意我們來吧？也好啦。」

「這是給她的一個懲罰，因為她最近太不乖了，竟然還異想天開，要蒐集證據告發。」

行了？

「唉唷，這是迷你相機？」

我的心已經涼了大半，猜到是怎麼回事了！

此刻計程車已經到她家大樓前，我來回踱步，卻找不到辦法……對了，直接讓警察聽電話不就

我跑到最近的警局，慌張亂吼。

「警察叔叔，拜託你快救救我同學！」

警察一臉不耐煩，「發生什麼事了？」

「我的同學叫郭德心，她家地址我寫給你，然後、然後麻煩你現在聽電話。」

電話那頭的德心，不時發出淒慘叫聲跟求饒聲，三個男人猥瑣的聲音也夾雜其中，警察臉色丕變，立刻在電腦輸入住址後，微怔。

「妳說妳的同學叫什麼？」

「郭德心。」

他原本緊張的表情隨即恢復正常，還刻意大笑出聲，「哈哈哈！同學妳跟人玩遊戲輸了吼，演技也太逼真了。」

「不是……不是的！你也聽到電話那頭……」

嘟。

他無情按下結束通話，輕輕把手機推回我的面前，笑容特別燦爛親切，「同學，回家吧，別惹事了。」

我緊緊捏著手機，捏到手都發紅了，咬牙切齒地瞪著他，「謝謝警察先生的勸導。」

我的這聲道謝，反而讓他的臉色變得更難看，看著被切斷的通話，淚水滴答落在螢幕上，卻什麼也做不了……

如果真的有神的話，拜託什麼神都好，救救德心吧！

神終究沒有聽到我的呼喊，我把爸爸的電話封鎖，只為了能守在德心家外，等她的消息。

時間每一分鐘都過得很慢，即使如此，轉眼也晚上十二點多了，諷刺的是這段時間真的沒有警察來過。

『妳睡了嗎？』德心的訊息忽然跳出來。

『我在妳家樓下！』

剛傳完這封訊息沒多久，就看到德心從地下停車場，跟著一台剛好開出去的車子，赤腳跑出來。

她渾身是傷，臉被揍得瘀青，嘴角也都是血，因為太過害怕，我們不分由說的先逃跑。

一直跑到附近的公園，我們才暫且停下，我把鞋子脫下來給她穿。

「沒關係。」

「穿著，我也只能為妳這麼做。」

滴答。

她的眼淚落在我的頭上，最後抱著我嚎啕大哭，她終於崩潰了。

「對不起……對不起……我什麼也做不了。」我也跟著哭，我也只能跟著哭。

「永君，我有備份在雲端，我們去家庭暴力防治中心吧。」她沙啞地說。

原本一直是我在為她打氣，如今她終於也爬起來了。

我們倆牽著手，小心地遊走在街上，盡量不要引起警察或是路人的注意。

走到目的地要半個小時，可是我們誰也沒喊累，因為那裡就是我們的燈塔，暴風雨即將結束了。

「如果妳沒來找我，我可能也沒有勇氣一個人逃跑。」她吶吶地說。

「我怎麼可能丟下妳。」

「謝謝。」

走到門口，發現這裡半夜並沒有開門，我們索性打了二十四小時的緊急救援電話。

救援人員得知我們的情況以及所在位置後，立即派人來接我們，我們坐在旁邊的長椅上，即使腳指因為踩到石頭而流血，卻一點也不覺得痛。

「無論被分配到哪裡，我們都要保持聯絡。」她緊抓著我的手。

「妳還要跟我去吃冰呢。」

「對啊，都結束了吧……」她不安呢喃，「會結束的吧。」

幾分鐘後，有台黑色轎車開到我們面前，本來還很緊張下車的人會是誰，結果是一名看起來相當親切的阿姨，她趕緊跑過來抱住我們兩個。

「可憐的孩子，沒事了！」

我們忍不住又哭起來，第一次覺得，大人的擁抱原來可以這麼溫暖。

我們倆坐在後座，雖然德心的臉上都是傷，但卻笑得很真誠，像個準備要去郊遊的孩子。

從頭到尾，我們倆都沒放開彼此的手。

「阿姨先帶妳們回我家，其他的事情明天也會協助妳們，不要再擔心了，沒有人可以傷害妳們了。」

車子開到一處舊社區，屋子雖然舊舊的，但裡頭散發著溫暖的氣息。

阿姨泡了兩杯牛奶給我們，再幫德心處理身上的傷口。

叩叩。

聽到敲門聲，阿姨立刻去開門，然而站在門口的，卻是我們甩也甩不掉的夢魘。

「德心啊，這麼晚跑來這裡，也不跟爸爸說一聲，今天的懲罰還不夠嗎？」

「阿姨……」我怔怔看著阿姨，那張本來還和藹可親的臉，為什麼變得和鬼面一樣可怕……

＊

德心被帶走了。

我們用盡全力逃跑的結果，如同以卵擊石，什麼也改變不了。

那些雲端的照片完全救不了我們，為了懲罰我這個幫助德心逃跑的人，他們還通知了爸爸，我那晚直接被爸爸打到緊急送醫，等我醒來時，已經是三天後，而且醫院方面完全沒有追究爸爸的過失，這全都是郭家一手的安排。

直到一星期後我才恢復上課，我的手機網路被停了，根本無法用通訊軟體聯絡德心，去了學校不但沒看到她，還聽說她轉學了。但班上的同學，卻對她為何轉學的事隻字未提，像從沒有過這個人似的，也沒人敢靠近我，我再次變得形單影隻，但內心還是焦急德心的下落，她會遭受到怎樣的對待？會不會徹底被逼瘋？

嘩啦——

又下雨了，和那天一樣的雨天，我照慣例慢慢等同學都回家後，才走到一樓坐著等雨停。

如果那天她沒有和我搭話的話，是不是現在還能好好上學？或是……

「妳和郭德心到底發生什麼事？」立雯冷著一張臉，「妳消失的這一個星期，都去哪了？」

「我不知道該怎麼說……德心真的轉學了嗎？」

立雯一臉煩躁，「我今天和妳說的，不准在學校和任何人說起，知道嗎？」不同於平時八卦的神情，她嚴肅的模樣，反而讓我有點害怕，不想聽到真相。

「她失蹤了，在妳們無故曠課的第一天，郭媽媽跑來學校告知老師，說郭德心前一晚忽然離家出走，還說是和妳一起。」

「他們是這樣說的？」

立雯挑眉，「妳們當時果然在一起。」

「然後呢？」

「失蹤到第三天，郭媽媽居然直接替郭德心辦理休學！說她為了要留學的事和他們鬧彆扭，所以才決定順她的意。」

「什麼?!」

「還說因為女兒如此任性妄為，希望大家不要在學校討論她的事，留給他們郭家一點面子，所以大家才絕口不提。」

「她真的去國外了嗎？」

「應該是真的吧，這是她的個人臉書，妳看，每天都有PO她在新學校的樣子。」那些PO文裡的德心，笑得很溫柔，不是她平常演出來的模樣，我有點不敢相信。

「那妳為什麼還要問我呢？既然她都去國外了，和誰都沒關係了吧？」

「因為太不尋常了啊，妳還沒說妳這一個星期都去哪了？」

「我住院了，整整一星期。」

「這麼巧？有人聽說，郭德心失蹤隔天也住院了，但這個謠言很快就被郭媽媽壓下來了。」

我心跳愈來愈急促，已經可以猜想到，那絕對不是謠言，到底她被帶回去又發生什麼事？

「立雯，妳一直都知道郭媽媽很恐怖吧？」

「……那又怎樣？反正之後也不用怕了，雖然老師禁止我們談論他們，但是聽說他們已經搬家，所以我才想問妳，那天晚上妳們到底……喂！」

我直接衝進雨中，以最快的速度衝去郭家，當我渾身淋濕地走進大樓內，管理員一度想驅趕我。

「我要找郭媽媽！」

「妳說那個六樓的郭家？他們早就搬走了！」管理員對我揮著手，不希望我踏濕大廳。

「什麼時候？」

「前幾天晚上忽然徹夜搬走的，房子聽說過不久也要賣，裡頭的東西都不要了。我看是破產了，才會逃得這麼匆忙吧。」他的語氣有些幸災樂禍。

我怔怔地站在雨中，想起那一天，德心張開雙手跳舞的模樣，忍不住哭了……

「是我害了妳，是我多管閒事害了妳！」

冰冷的雨水讓大腦慢慢冷靜下來，我想著剛剛立雯告訴我的事，還有個很重要的關鍵。於是前往我當時住的醫院，或許是我的樣子太狼狽，跑去急診室詢問時，很快就有好心的護理師告訴我答案。

「妳說那天啊，我記得妳，妳被送進來後，到清晨又有個跟妳差不多大的女孩送來急救，是割腕自殺呢，現在的小女生真傻。」

「名字是，郭德心嗎？」

護理師一怔，尷尬一笑，「我不能透露這些，違反醫療保密。」

我失魂落魄走到醫院門外坐下，冷得全身發抖，卻不想回家。

那個自殺的一定是德心。

她被抓回去後，到底受到怎樣的傷害，我連想像都不敢，光是我自己就差點自身難保了，何況是她。

手機響起，是爸爸打來的，「才讓妳去上學第一天，就敢不遵守回家時間，我看妳這次的教訓，受得還不夠嘛。」

「對不起！爸爸，我忘了帶傘，所以在等雨停，我現在馬上回去。」像個機器人般，畢恭畢敬回答，被打過的記憶仍歷歷在目，恐懼逼著我瘋狂地往家的方向跑。

德心是不是因為自殺，所以收到邀請函了呢？

我猜一定是的。

回家後，直到半夜我才敢偷偷起來滑手機，看著德心的臉書每天發佈的動態消息，幸福又快樂，那笑容好美，她從沒那樣笑過。

「那她的父母為什麼也要搬家？還有，他們難道不會去把德心帶回來嗎？」這些疑問我都不得而知。

事情到今天為止已經過了一個月，我仍每天關注著德心的臉書，那些照片與日常分享，從沒出現過她的父母，只有她一個人，像個得到自由的小鳥，每天快樂地飛翔著。

「這些，就是我所知道的了。」我看著對面的女人，說她是女人好像年紀不太符合，她看起來就像個剛畢業的大學生，但銳利的雙眼像警察似的，她問什麼，我就回答什麼。

她忽然出現，想問我關於『青鳥的眼淚』的事情，我說不知道，她卻提起了德心，還說是立雯叫她來問我的，說我曾有過一段日子，很認真在調查茶館的事情。

女人耐心地滑著臉書，一個貼文都不願錯過，「妳跟她這麼好，難道不會怨恨，她就這樣自己跑了，沒有救妳嗎？」

我一怔，抿唇不語。這句話有如一根刺，而且是我始終不願面對的刺。

她明明和我約好了，但是我並沒有救她成功，所以才讓她以死亡的方式接近茶館，這是她用生命換來的成果，沒道理我還要她也帶上我，太不公平了，不是嗎？

「而且，不管妳怎麼傳訊給她、怎麼試圖跟她聯絡，她都沒有回妳吧？」女人指著那些貼文，每一篇我都很努力按讚留言，但她一次也沒回過。

「那又如何？搞不好再跟我聯絡，會讓她父母找到她。」

女人綻放出邪惡的笑容，「她的父母那麼神通廣大，會找不著她？」

「別說了，至少她現在是安全且幸福的不就好了。」

「那妳呢？」

「我……？」

女人直盯著我的雙眼，我動彈不得，感覺魂魄都要被她吸走似的。女人有雙漂亮的大眼，態度也很親切，但不知為何，眼神總是……有點悲傷，所以才會被她的目光給吸引。

「妳明明也很痛苦得要命，卻不敢以命相搏，試一次看看。」

我低下頭，無法反駁。

「如果試了，真的死了怎麼辦？這樣就見不到媽媽了——妳是這樣想的吧？明知媽媽那樣，卻還是渴望……」

「對！」我憤怒打斷，「我就是這樣想的，又有什麼不可以？即使現在很痛苦，只要忍耐到畢業就好了，我可以逃走，然後再想辦法跟媽媽聯絡上，我的爸爸沒那麼厲害，無法隻手遮天，我是逃得了的！然後……我會努力讓媽媽喜歡我！」

女人好整以暇托著下巴，烏黑長髮垂落在肩，「就像郭德心說的，妳的眼裡還存著希望，和她不一樣，所以妳才無法收到邀請函，因為妳其實並不想收到。」

我語塞。真奇怪，和她聊了快兩個小時而已，她卻在聽完我的故事，就把我摸透了。

「不過，她確實很幸運，在那麼痛苦的時候，還能遇到像妳這樣真心的一個朋友。」最後一句話，讓我的眼淚不禁奪眶而出，女人拿走帳單，獨留我一個人坐在那，哭到不能自已。

該說這句話救了我嗎？

一個月以來的愧疚幾乎快把我吞噬了，我一直認為……德心會不會到現在還在假裝很快樂，她其實受到了更可怕的對待，她……

我衝出咖啡廳，喊住女人，「喂！那個地方，真的可以實現願望嗎？德心她真的很快樂嗎？」

女人回眸一瞬，眼眶好像有點紅，她露出燦笑，「我相信喔，所以才到處調查啊。」

「那就好，是那樣的話，就好。」

我吸吸鼻子，看著終於從雲層中透出來的陽光，驅趕了連日來的烏雲，乾冷的秋天總算降臨，而我相信，德心會在新的人生裡，每天都很開心，一定會。

卷二、夫唱婦隨

1.

在我們這行，大部分的紅牌一點都不如外表光鮮亮麗，她們不是揹負著家裡的債務，就是有個得癌症的父母，不然就是有小孩要獨力扶養。

也許有的人一定認為，這不過就是她們欺瞞客人的題材，但我得說，沒人在這行會把工作當成人生志願一樣拼命，即使錢很多，但消耗的精神與殘害的身體健康，都不會讓人想要這麼努力。

路言慧就是個拼命的女孩，擁有一張標準鵝蛋臉，精緻到讓人過目難忘的美貌、脫俗的氣質和動聽的歌聲，像她這樣的女孩，沒有被星探發掘真的很可惜，她就像跑錯了軌道的星星，墮入這紙醉金迷的場所，夜夜陪笑喝酒。

據我所知，她沒有小孩也沒有家計負擔，雖然我和她只是同事關係，但其實我們很投緣，所以才會在她一出事的當下，自告奮勇陪她來急診室。

大約兩小時前，她坐檯到一半忽然肚痛難耐，緊急送醫後，才知道她竟然喝酒喝到胃穿孔。

一年三百六十五天，除了公司過年店休之外，她從不休息，明明是個可以自由選擇上班時間的地方，她卻把這裡當成日常，一天不來好像會全身發癢似的，而且還從下午做到凌晨，明明像她這樣漂亮的人，根本不需要這樣，只要她願意，多得是客人願意捧上萬金來包養她。

我真是不懂，她為何要這樣虐待自己，如果我有她那樣的條件，才不會讓自己如此辛苦。

所以我才說，大部分的紅牌，都有一個不為人知且無法拋棄的包袱，這個包袱逼著她們，無法輕鬆度日。

胃出血的原因，飲酒雖然也有影響，但醫生說，她是因為長期空腹飲酒造成的，而且她還有營養不良的症狀。賺那麼多錢的人，難道連讓自己好好吃上一餐，都那麼難嗎？

她蒼白纖瘦的模樣，讓我不忍直視，客人總誇她身材好、皮膚白，他們並不知道，她一整年在酒店度過的時間，都比在家還多。

即使如此，她依然是個樂觀的人，偶爾她也會說，等她有錢了，想去念大學，她說高中同學都已經要大學畢業了，她很羨慕，所以要更努力才行。

我很想告訴她：「妳一個禮拜的薪水都夠付一整個學期的學費了，這種事有什麼難的？」當然我沒說出口，在這個地方，對於每個人揹負的重擔，大家都有心照不宣的默契，只要對方沒說，我們就不問，就算對方說了，也不要追問細節，最好聽過就忘——畢竟有時也可能不是真的。

我二十歲就入行了，八年的時間晃眼就過，打滾這麼多年，早就不奢望在這裡能找到什麼知心好友，但路言慧不一樣，非常不一樣。

她很純真，明明身陷在爛泥一般的世界，她依然努力保有善良，只是偶爾喝醉的時候，會偷偷跑去廁所哭，哭過再假裝沒事的繼續陪著客人談笑風生，她總把悲傷藏在深處，我很想知道，她藏的悲傷是什麼？

總是名列第一的她，自然少不了許多忌妒的目光以及惡意攻擊，但面對那些，她總不為所動。

「琳恩，沒關係的，至少妳不討厭我啊，要讓每個人都滿意太累了，被討厭就被討厭吧，至少……她們還願意花費力氣討厭我、陷害我，而不是無視我。」

明明是她受到傷害，卻反過來被她安慰，但這番安慰的話語，不知為何讓我內心一陣刺痛。

我滑著她的手機，發現她的通訊軟體的好友數雖然破千，但那些全都是客人，每天傳訊給她的，除了我之外，沒有其他女性友人。電話簿也是差不多狀況，找了半天，總算在裡面找到一個人名後面還加了愛心符號的男人，查看紀錄，他們每天都會通話一至兩次，或許這個人就是她男友了。

打了好幾次才聯絡上對方，對方也馬上發現我並不是路言慧本人。

「什麼？胃出血在急診室？」

「她身上沒有健保卡，你能不能替她帶來呢？」

「我馬上過去。」

看來她的人生就算再痛苦，還是有個不錯的人在身邊，我忽然感到欣慰，同時也有點嫉妒，原來她的人生也不是全然悽慘的。

不到二十分鐘，男人匆忙趕來，一看見我馬上禮貌打招呼。

「妳好，我叫林志隆，是小慧的男友，妳是她的同事嗎？」

「是的，叫我琳恩就可以了。」

林志隆看起來和路言慧年紀相仿，有雙性感的桃花眼，笑容相當有魅力且長相帥氣，雖然個子不高，但站在路言慧身邊，兩人看起來非常登對。

「她應該是有喝酒的關係，所以睡著了，醫生說必須要安排手術，這些是剛剛領的一些單子和注意事項。」

林志隆仔細地聽我轉達各個要事，隨即溫柔一笑，「妳真是個熱心的女孩子。」

「我都二十八歲了，是女人了。」

「原來是小姐姐啊，可是一點都看不出來呢。」他似乎很容易和女孩子輕鬆聊天，我並沒有繼續回應他的話，感覺這樣很輕浮。

「那麼，我就先回去了。」
「嗯、小姐姐回去小心。」
「你還是叫我琳恩吧。」
「不能加姐，對吧？」他眨眨眼，眼神隨便一瞥都有強大的電力流竄，或許和他有品位的打扮也有關係，他讓我感覺是個危險的人，一旦太靠近，也許就會深陷在那份魅力裡不可自拔。
我完全不能理解，路言慧怎麼會跟這種人在一起。

＊

隔天我決定自行休假一天，反正我們公司並不會像其他公司一樣，會硬性規定小姐們一個禮拜要上幾天班。
我去漫畫店租了一些漫畫小說，我記得她非常喜歡看書。
「看書很好啊，漫畫常讓我笑到流淚，小說也常陪我度過無聊的時間，從小我就喜歡和書待在一起。」她曾經這麼說，還說宿醉躺在床上無法動彈時，就會看書。
「有時啊，要醉不醉的，我也會看。」
「妳有睡眠障礙啊？」
「這應該算職業病吧，長時間都是酒醉入睡的人，太清醒還真不習慣。」她眨眼一笑，說得輕鬆，我卻聽得心酸。
有多少人能懂我們這行的辛苦呢？也許在他們眼裡，我們不過就是愛慕虛榮、喜歡賺快錢的女生，還有不少人認為，女孩子一旦這輩子入過這行，人生就有了一塊汙點。

所以我總是害怕別人知道我的工作，我在房東、鄰居眼裡，努力扮演著職業正常的女子，很怕自己染上酒店的氣質，一直活得小心翼翼，就連男友，也都交往得很短暫，一旦被質疑工作的真實性，我就會先提分手。

走到病房前，路言慧住的是健保雙人房，隔壁剛好是空床，非常安靜，她的病床在靠窗那邊，每天灑進來的陽光，應該能為她帶來些許活力。

「言慧，我來了。」

路言慧正坐床邊摀著肚子，我心一驚，「怎麼了？沒事吧！」

「琳恩……呼……妳來啦……」

「別說話了，我去叫醫生。」

她抓住我的手，「我沒事，醫生說了，在手術前止痛藥不一定有效，因為穿孔了嘛……除非打止痛針。」

「那妳幹嘛不打？」

「很貴啊。」

我翻個白眼，「妳賺那麼多，不在這種時候花，要等什麼時候啊！」

她痛得臉色慘白，卻仍倔強地不願點頭，「我可以忍。」

我不管她是什麼原由不願如此，我衝去問護理師自費止痛針的價錢後，立刻替她安排，並把錢塞在她枕頭下，「這一針是我送妳的住院慰問，不准拒絕。」

「琳恩……謝謝。」止痛針打完之後過了一會，她已不再冒冷汗，對我一臉歉疚。

「不說那個了，妳男朋友呢？妳就要動手術了，怎麼不見他的人？」

「他很忙。」她淡淡一笑，「而且只是胃穿孔手術嘛，我一個人也可以。」

「誰說的？」林志隆提著一袋換洗衣物進來，他沒好氣地瞪了路言慧一眼。「就會給我找麻煩，肚子餓不會吃飯嗎？」雖然語氣不好，但看得出來，他眼底盡是對路言慧的心疼。

「琳恩，妳也來啦？那今天要麻煩妳幫我多陪陪小慧了，我等等還有工作。」

「當然好。」

路言慧深情地望著林志隆，對於他的出現很是開心，「阿隆，謝謝。」

「妳要趕快好起來才行。」他搓搓她的頭，「好好養病，我先走了。」

「嗯！」

待他離去，我好生羨慕地說，「妳男友知道妳的工作還對妳這麼好啊。」

「是啊……」她咬咬唇，「可是他很討厭我酒醉的樣子。」

「哪個男人看自己的女朋友為了工作喝成那樣會開心呢。」

「對吧？我也是這樣想的，阿隆他……對我真的很好。」她說著說著，臉色微微泛紅，明明平時可以很大方和客人開黃腔、營造曖昧氛圍，但私下的她，原來也有這麼純情的模樣，我想不會有人相信，大名鼎鼎的言希會像個少女一樣害羞。

「昨天晚上他很慌忙地趕來醫院呢。」

「真的？」

「我還以為他是個輕浮的人，對妳這麼好我就放心了。」

先不說她男友是不是真的對她那麼好，但我總覺得她努力賺錢的原因，應該和那個男人有關。

＊

路言慧入院的消息，全公司都知道了，她的客人知道我和她最要好，紛紛都點台指名找我，只為了向我打探她的狀況。

「你為何不自己去看她呢？」眼前這名客人，一直是大家眼裡的大咖，他每次來，都只為路言慧一擲千金，卻從不會對她毛手毛腳，只要她笑了，他就很滿足了，算是忠實粉絲之一。

「她的家人都會在醫院，被看到了總是不好，她不是沒讓家人知道自己的工作嗎？」

「喔……是啊。」原來她都是用這個理由啊。

「聽說她爸又欠一條賭債了，唉！」

果然家裡有狀況什麼的，是最好用的理由，男人其實根本不在乎那個理由的真實性，他們想要的，只有女孩的心而已。

路言慧能擁有這麼多客人，除了她的外貌以外，還有她長袖善舞的手腕，好像天生就得吃這行飯似的，她總能知道男人想要、想聽的是什麼，然而看過生病的她之後，她也不過是個普通的女孩而已。

「明天，再去看看她吧。」說是這麼說，結果我卻因為被下一桌客人灌酒，睡到傍晚才起來。

頭痛欲裂的日常，提醒著我又賺了一次辛苦錢，有時真的很羨慕，被男人捧在掌心疼的小姐，可以滴酒不沾地賺到比我多上好幾倍的錢。

買了些補品，這個時間路言慧的麻醉應該也退了，雖然沒能趕得上她動手術，但有林志隆在應該沒問題。

這時剛好是晚餐時間，我找了間餐廳打包一碗糯米紅棗粥帶去給她，才剛走到病房門口，便看見林志隆已經在裡面，但表情不太好。

「開刀居然要花這麼多錢！還不准出院，搞什麼啊！」

「對不起……」

「妳也知道要道歉，光妳生個病，不只花我一堆錢，這段時間妳沒去上班少賺的，妳要怎麼賠？」

「阿隆，等康復後我會更努力的，我很能賺，你相信我！」

「我當然知道妳很能賺啊，是說妳的客人不都擔心妳擔心得要命？不如讓他們來醫院看妳，還能拿些錢吧？」

「可是這樣的話，那你……」

他兩手一攤，「妳就好好住妳的院，我不會再出現了。」

「可是這樣我會想你……」

「難道妳想看我沒錢花嗎？因為妳，我最近手頭都變緊了！」

「知道了，我會和客人們說的，那至少每天打一次視訊電話，好不好？」

「隨便啦，沒什麼事的話，我要走了。」

一聽到這句，我趕緊快速跑回電梯口，假裝剛剛從那裡出來，走沒幾步便撞見林志隆，他立刻露出和上次差不多的笑容。

「小姐姐……啊、琳恩，妳真的是小慧的好朋友呢。」

「言慧還好吧？剛動完手術，我很擔心她。」

「有妳來陪她，她一定會好得很快。」這次近距離看著他，發現他真的長得很帥，但個性就……

「你和言慧交往很久了嗎？」

「很久了啊，我們是高中同學。」
「有個像你這麼疼她的男友，她真是幸福。」
「小姐姐沒有男友嗎？啊、看我真是健忘，還是習慣這樣叫妳。」
「算了，隨便你怎麼叫吧，我先去看言慧了。」
「妳還沒回答我呢。」
「對，我單身。」對上他的眼眸，對比他剛剛對待路言慧的態度，簡直判若兩人。
「太好了呢。」他笑盈盈地說完，便走了。完全摸不透這個人在想什麼，我只知道不出所料，就是他像個吸血鬼，吸取路言慧的人生。
病房內，路言慧落寞的身影看了讓人唏噓，一見到我來了，還趕忙堆起笑容，「琳恩！」
「還好吧？」
「醫生說麻醉退了就能慢慢吃點東西。」她雖然這麼說，可是旁邊的桌上卻沒有任何食物。
「我帶了點粥來，等等妳就能吃了。」
她感動地拉著我，「謝謝！只有妳對我這麼好了。」
「妳男友呢？他也對妳很好啊。」我故意這麼說。
「嗯！他真的對我很好喔！」
「比如說？」
「比如……」她歪著頭回憶，娓娓道來他們的愛情最初的模樣。
林志隆高中時是個不學無術的小混混，但因為帥氣的外表，反而讓他的壞更有魅力，他很花心，女友一個禮拜換過一個，直到有天他看見正在練習儀隊的路言慧，深深被她吸引。

「我一直對自己很沒自信，是他讓我有自信起來的。」

為什麼身為美女的她，會有這種煩惱呢？我真不明白。

「直到畢業後，我才答應跟他在一起。他說，我點頭說願意的那天，是他人生最幸福的瞬間。他說，他想要和我一起住，這樣才能每天每天看到我。他說，為了我們的家，希望我們能一起努力。他說，無論這個世界再怎麼變，他永遠都需要我。」

她說著說著，臉上露出的幸福不像演的，彷彿剛剛他們的對話只是我聽錯了。

「其實，我剛剛聽見他對妳說的話了。」

路言慧非但沒有慌張，反而幫忙解釋，「妳別誤會阿隆，他這人說話比較粗魯，可是心很善良，而且他真的很擔心我。」難道不是因為擔心她無法賺錢給他花嗎？

「妳……妳為什麼會這樣覺得呢？」

「因為，他是我人生裡，唯一說過需要我的人啊。」

我受不了地脫口，「需要妳賺錢給他花吧！」

她一愣，苦笑，「這也是一種需要啊。」

「妳這不是在自欺欺人嗎？唉……」本來要把她罵醒的，但看見她悲涼的笑容，我再也罵不下去。

「快點吃粥啦，還想再穿孔一次？」

「琳恩，謝謝妳對我這麼好。」

我才沒有對她多好，她卻把我當成救命恩人似的，我該閉口不言的，卻還是打破禁忌地問了，「妳有什麼故事嗎？」

「咦？」

「妳的人生，有什麼故事嗎？」

「我的人生沒有故事好講的，很無聊。」

「無聊也沒關係，說說看吧。」

路言慧擔憂地望著我，滿是猶豫。

「放心，我不會告訴客人的。」

她趕忙搖頭，「我不是那個意思，是真的很無聊。」

路言慧的媽媽，總共再婚了兩次，她則是媽媽和第一個丈夫所生的孩子，第二次再婚後，生了個跟媽媽長得一模一樣的弟弟，很受疼愛。原本就因為長相和父親很像的關係不受寵了，弟弟的出生無疑讓她的生活更加水深火熱。

高中畢業典禮那天，她的東西被丟在家門外，門鎖也被換了。

「把妳養到十八歲已經仁至義盡，別再來煩我！」

「媽……妳不需要我了嗎？」

「誰會需要一個拖油瓶？」

「那弟弟呢？他不是被新爸爸接受了嗎？」

這句反駁，讓她得到一個耳光，她只能拖著那些行李，在外遊蕩。

也是在那樣的夜晚，她無助地打給林志隆，看到他慌忙趕來的模樣，她感動得無法忘懷，原來自己也被人深深地喜歡著。

「阿隆，我沒有家了。」

「跟我在一起吧，我家就是妳家，是我們家。」

回憶至此，她輕輕淺笑，「那天晚上，阿隆帶我去看了日出，還親手做早餐給我吃，那是我最不幸也最幸福的一天。」

多麼矛盾哪。

明明在那天被家人拋棄了，但她卻如此珍惜那天的記憶，因為有人在那個晚上對她伸出了最暖的手。

我無法再評斷她的選擇，我看得太多了，再傻的女孩都有，但是無論她們再傻，都捨不得狠狠罵她們，因為她們受過的痛苦，太多了。

「這怎麼會是無聊的故事呢，謝謝妳願意告訴我。」她的眼底，因為我的話而產生了些許霧氣，我給了她一個擁抱，「以後傷心難過的時候，別再一個人了，找我，好嗎？」

「嗯！」

我想，我們終於從同事變成朋友了。

直到路言慧出院之前，我每天都盡可能地帶些食物或補品去找她，雖然林志隆說不要去看她，但還是遇到了幾次，也許他並不如我想得那麼壞。

而得到允許去探望她的客人，給的錢都夠她休息兩個月不工作都沒關係了。

出院那天，我們約好要一起去她家看付費電影，正巧遇上也來接她的林志隆。

「琳恩妳也在啊，太好了。」林志隆看起來有點緊張，他走到病床旁，認真地看著路言慧。

「阿隆，你不是說今天有事……」

「有事啊，因為我想要跟妳求婚。」爆炸性的宣言讓我們都愣住了，連隔壁床的病人也忍不住探頭偷看。

他跪了下來，真摯的目光讓人移不開眼，「小慧，這些年謝謝妳一直陪在我身邊支持我，這次妳生病讓我明白，我無法忍受未來沒有妳的日子，我也許還不夠好，但我會努力，嫁給我好嗎？」

啊……這是我第一次看到有人求婚，也是第一次看見，路言慧高興到痛哭的模樣。

「我願意。」

2.

無論如何，路言慧也算上岸了。

上岸。

我不知道在其他行業會如何解讀這兩個字，但對於我來說，這兩字如同救贖，能把我從這日日陪笑的世界裡拉出來的，救贖。

多少小姐夢寐以求能有這樣的機會，然後又多少小姐美夢一場後被拋棄，再次重操舊業。

至少我是不相信，即使我曾經多麼期待。

可看著路言慧和林志隆時，又覺得他倆的愛情，或許真能開花結果，她總是那麼幸運。

「琳恩，志隆居然說要辦婚禮耶，他那麼節省的人，說要辦婚禮、還要拍婚紗喔！」路言慧渾身洋溢著待嫁新娘的幸福喜悅。

「我知道妳很愛他，但婚後，妳還得要繼續待在公司上班嗎？」

「不用喔，志隆說了，他前陣子開了間公司，要我去幫忙，以後我再也不需要喝酒了。」

「什麼公司啊？」

「好像是人力仲介吧，我聽他稍微提過，只是太多專有名詞了，我也不太懂。」

「抱歉，是我過度擔心了。」

她趕忙搖頭，「琳恩，妳就是把我當朋友才會這樣啊，我很開心喔。」

「嗯，我也是。」

路言慧出院至今已經過了半個月，不同於剛出院時的氣色，現在的她不只被補品滋潤，也被愛情灌溉到像朵盛開的花，讓人不忍隨意摘下。

不想去上班時，我會繞來她家，陪她聊天，討論著婚禮的細節，林志隆看上去似乎真的很認真工作，白天幾乎不在家，傍晚和我們一起吃飯後，又會出門。

「阿隆真的變了，自從求婚後，現在無論再忙都會回家吃飯，他說，晚餐當然要和老婆吃，才是好男人。」

「真羨慕啊。」

「琳恩妳這麼美，一定也會找到一個好男人的！」

我挽著她的手，「誰說我一定要有男人？我一個人也可以活得很好。」

「如果是琳恩的話，我相信喔，因為妳總是活得很帥氣，我一直很羨慕妳。」

「羨慕我什麼？」

「每次妳有不想坐的客人，或是坐到一半那個人對妳很不好，妳總能很帥氣地轉身就走。看著這樣的妳我常想，妳好像老是在和不公不義鬥爭，這是一件勇敢的事，為了現實低頭的我，寧可忍氣吞聲，也不想因此少賺了錢，所以心就變得冷漠了。」

我都不知道，她是這樣看我的，在她的眼中我竟然變成一個勇敢的人，充其量我不過是個任性的人罷了，即使在這樣大家都鄙視的工作裡活著，也不想活得沒有尊嚴，因為自卑，才讓我變得張揚。

什麼不公不義啊，我才沒那麼偉大呢。

就是討厭炫耀權勢、狗眼看人低的男人而已，也討厭那些自恃貌美，就頤指氣使的小姐。

明明我賺著這些人的錢，卻還要張狂的展現自我，告訴他們我一點都不卑微，這樣的我才可笑吧。

「妳能變成我的好朋友，大概是我人生第二幸福的事了。」
「第一又是林志隆吧？」
她嬌羞一笑，輕點點頭。
「對了，妳的那些客人們啊，一個個每天都在打聽妳的消息，我告訴他們妳也沒和我聯絡，他們傷心極了。」
「唉，其實我也怕結婚的錢會不夠，晚點打算和一個客人見面。」
「那妳的未婚夫……」
「他不會發現的，晚餐後他不就會出門了嗎？」
「要我幫妳掩護嗎？」
「不用！我絕對不會讓我的朋友幫著我一起說謊。」
她就像一朵生長在淤泥裡的蓮花，無論現實再怎麼骯髒，都無法玷汙她。
晚餐時間，林志隆準時回來了，還帶了兩瓶昂貴的香檳。
「這是客戶送我的，一瓶送琳恩吧，多謝妳這麼照顧我老婆。」他眨眼一笑。
我面無表情地收下，淡漠回應，「謝謝。」
「妳的姊妹還真是難以討好啊，我看婚後我都沒有同一陣線的隊友了。」
「琳恩她只是怕生。」路言慧幫忙打圓場，從還在上班時她便是如此，客人們之所以這麼喜歡她，除了她年輕貌美、氣質出眾外，還有一點是她非常會察言觀色，懂得說話的藝術，有次客人因酒品太差，而瘋狂亂砸杯子時，也只有她敢接近對方，三言兩語就讓他消氣，還乖乖賠償了損壞杯子的錢。也因此，她的客人三教九流都有，且個個來頭不小，有一半的人還只對她才出手闊綽。

「別看琳恩這樣，很多客人為了博君一笑，連續指名她一個禮拜呢，所以囉，她對你冷漠也是很正常的。」她用著溫軟的聲音替我辯解，而林志隆的表情卻很不以為意，明明如此不屑，卻還對我露出了假笑。

「這樣啊，那我還真想看看呢，開玩笑的，是說我老婆和妳常在一起，個性也變得活潑了呢。」

路言慧一愣，隨及抿唇淺笑，「我去拿開瓶器。」

「我又沒說要現在喝。」

「喔……」

「幫我拿啤酒吧。」

等路言慧一離席，他轉頭便對我說，「小姐姐，看來能看到妳笑，是件千金難買的事囉？」

「隨你解讀。」

路言慧拿了啤酒回來，表情有些慘白，難道她的胃又不舒服了嗎？

晚餐後，林志隆果真立即出門，我沒有把那瓶香檳帶走，反問：「妳確定妳真的沒事？」

「沒事啦，止痛藥吃了就好了。」

「可妳這樣還要出門……」

「一下下而已，因為發哥和我說，想為我的結婚祝福，所以要拿點錢給我。」

「他知道妳要結婚?!」

「知道啊，和我不錯的幾位客人都知道，都說要提前拿紅包給我，因為他們不方便出席嘛。」

「妳的客人對妳還真是死心蹋地。」

「說什麼呢，我們都是朋友而已。」

朋友才不會這樣呢，雖然我想這麼說，但看著她一臉無邪，便把話吞下去了。

「反正妳小心一點吧。」

有時我真的很想知道，到底要變成怎樣的女人，才能像路言慧這樣，男人們都心甘情願地拜倒在石榴裙下。

回家後，買了幾瓶啤酒，打開和同事們的群組，看看有什麼有趣的話題。

「喂、妳們聽說了嗎？言希要結婚了！」

一口啤酒差點沒噴在螢幕上，這個人是怎麼知道的？

「真假啊！妳怎麼知道？」

「吼，發哥告訴我的啊！他們今天還要見面呢，發哥真的很喜歡她，連她要結婚也不生氣。」

「那她結婚的對象是誰？」

「聽說是個富二代，長得還很帥喔！羨慕死她了，怎麼好事都只發生在她身上。」

是啊，我也很有同感。

「她會不會是去青鳥許願了啊？」

「許願？」

「妳們不知道嗎？最近啊，有個都市傳說，是間名叫『青鳥的眼淚』的茶館，只要能找到那裡，什麼願望都能實現喔。」

「孩子，夜深了，早點睡吧。」

「是啊，別作夢了，都幾歲人了，這種事妳也信。」

「怪力亂神！」

一下子，這番發言馬上被大家吐槽到洗版的程度。

忽然，發話者傳了個語音訊息想要中止吐槽，「是真的！我妹的學校，聽說就有兩個學生許願成功、遠走高飛了！有一個還是富家千金呢。」

「好啦、好啦，我們相信妳，趕快睡吧，妳現在不是調午班嗎？」

因為太在意這番發言，我忍不住回應，「他們都怎麼找到的？」

「琳恩，妳還真的信啊？」

「不像妳！」

「聽說，會收到一個紅色的邀請函，上面會有一隻快哭的青鳥。」

「不要和她起鬨了啦，換話題了！」

「妳們真討厭！我要去睡了啦。」

「晚安～」

我豪飲完一罐啤酒，把啤酒瓶捏得扭曲，腦海裡仍在意著這間奇妙的茶館。

——如果可以，我也想許願看看哪，我也想得到和路言慧一樣的幸福。

人一旦喝起酒，時間的流逝便會過得很快，我有點明白許多人酗酒成性的原因，或許是因為他們不想覺得寂寞的時間太難熬也說不定。

手機刺耳的鈴聲把我從恍神中拉回，桌上早就堆滿了啤酒罐，我翻找一會兒才找到手機。是路言慧打的，都這麼晚了，難道她又發病了嗎？

「琳恩！琳恩……救……救救……」

「妳他媽的現在是打給誰啊！臭婊子！」

電話直接被切斷，但剛剛的聲音太過可怕，一時之間讓我反應不過來。

酒精讓我的反應都變遲鈍了，我趕緊灌下一大杯水，這才分辨出，第二個聲音應該是林志隆的聲音……而路言慧則在……求救！

我連忙搭車趕去她家，還沒下車，便看見路言慧哭喊著跑出來！

「快上車！」我趕緊開車門，司機也機警地踩下油門，往後看，還能看見林志隆像頭發狂的野獸，站在路中央大吼大叫著。

路言慧滿臉鮮血，手腳也都是瘀傷和擦傷，她瑟縮著身子，像隻嚇壞的小貓，我也很慌亂。

「先去我家吧。」我只能吐出這麼一句。

「謝謝……」她怯怯低語。

*

人的悲劇總是來得很突然。

可能幾分鐘前還像童話般美好的日子，下一秒便崩塌得比土石流還快。

後來我明白了，不是悲劇來得太突然，而是我們從沒好好正視過現實，才忽略細節，以致於演變成大受打擊的模樣，我曾經很討厭這樣遲鈍的自己。

路言慧此刻的模樣，和過去的我極其相似，她的眼淚像失去了開關控制，已經來到我家一個多小時，都還停不下來。

她身上有多處擦傷，脖子還有深深的勒痕，纖細的手腕也滿是瘀青，就連她漂亮的光療指甲，都斷了好幾隻。

她抽咽地喝了幾口酒，情緒稍稍冷靜下來。

「琳恩……他……他不是個壞人。」

我懷疑自己的耳朵聽錯了，她現在是一開口就幫對方辯解嗎？

「我也不知道為什麼今天會這麼嚴重，但平常不會這麼嚴重，他今天看起來是真的想殺了我。」

「我不太懂妳在說什麼，所以他平常就會打妳？」

她趕忙搖頭，「只有喝得很醉的時候才會，我想他是壓力太大了。」

路言慧此刻就像那個遲鈍的我，愚蠢得令人不忍直視。

「妳到底在說什麼啊！他把妳打成這樣，妳還覺得他好？」

「不是的，是因為他不知為何，知道我和客人出去，他應該是氣我沒和他報備，所以才……才會想殺了我吧。」

我從來不知道，路言慧竟然是個這麼傻的女孩，她是真的這麼認為嗎？

她為了要讓我相信林志隆有多好，拼命闡述他們平時的相處模式。

林志隆和她在一起半年後，便要她辭去飲料店的工作到酒店去上班，如果不這樣做的話，他們的日子會很艱難，而林志隆討厭貧窮的感覺，明明他自己都沒工作。

由於我們公司是少數可以日領薪水的酒店，所以琳恩每天下班都要把薪水袋原封不動地交給他。有次她因為肚子餓，偷偷從薪水袋裡抽了一百元叫外送來吃，卻被林志隆發現金額不對，當場抓著她的頭髮，拉到巷子裡教訓。

「我有准許妳打開嗎？啊？妳居然敢違背我的命令！」

「對不起，阿隆，我太餓了……」

「妳如果吃太胖，要怎麼上班啊，我也是為妳好。」

路言慧發自內心認為，這真的是為她好，而她也從來沒有怨言。平時，她也不能私藏客人給的小費，如果客人約她私下出遊，也絕不能拒絕。

「妳要好好經營人脈，以後才能幫得上我啊！我已經準備要開公司了耶。」

為了一圓林志隆的夢，她連休假的時間都沒有，只要被林志隆發現她在家，不免又要一陣毒打。

「阿隆他真的讓我成長、學習到很多，我工作可以這麼努力，都是他的功勞。」

「小慧，我有時也不知道自己怎麼了，每次看到妳被我傷害，我就好討厭我自己！我這麼糟糕，根本不配和妳在一起！」在傷害過後，林志隆總是會自責，有時還會搥牆懲罰自己，這些行為都讓路言慧很心疼。

「我知道！我都知道你是愛我的，別傷害自己了好嗎？我們會沒事的。」所以她也一再的原諒，甚至把這些事當成了日常。

她說著說著，眼淚止不住地掉下，一點都不像她口口聲聲說的沒事。

「真的嗎？」我問。

「嗯？」

「妳是真的認為一切都會沒事，未來會很美好嗎？」

她眨了眨眼，表情有點僵硬，「當然啊……」

「可是妳的表情，為什麼一點都不幸福？」

她撐起職業笑容，想要笑得開心，笑得像之前在我面前表現的一樣，但那笑容逐漸歪斜，最後變成哭聲。

「為什麼呢？我也不知道為什麼……我應該要覺得幸福，但、但是，我覺得我糟糕透了！活在這個世界上惹人厭，真的糟糕透了！」

總算說出真心話了。

從她生病住院到現在，她花了這麼大的力氣，才把自己的內心喊出來，我輕輕拍著她的背，給她安慰。直到快清晨時，她的情緒才被酒精穩定，即使雙眼腫得讓她眼睛快睜不開，在發洩過後，她的臉色也好上許多。

「妳有沒有，很討厭自己的時候？」她沙啞地問，雙眼無神地看著落地窗外的晨曦，明明快天亮了，但光芒彷彿無法照進她的眼底。

「還好。」

「我常常有那種想法喔，甚至會覺得，啊……好想從這個世界消失啊，這樣就不需要再痛苦地面對每一天了。」

「妳是不是喝醉了？」我已經數不出來我們到底喝幾罐。

她咧嘴一笑，眼底泛著淚，「沒醉！我說的是真的嘛。今天阿隆打我的時候，我就想過被他打死了也好，結果真的快死的時候，我還是想求救……很可笑對吧？」

「一點也不可笑，還好妳打給我，現在我們才能待在這。」

「琳恩，妳對我真好，妳從來都不會嫌棄我，無論多晚，妳總是願意幫助我……」

「別說這些了，怪難過的。」

「我是真的很感謝，因為每個對我好的人，總是想從我身上得到什麼，當他們無法得到時，就會討厭我，為了迎合他們，我只好一直做我不喜歡的事。」

「妳是指……妳的客人們也是？」

「當然啊，哪有白吃的午餐啊。」她苦笑，「所以我很討厭自己啊，愈來愈討厭，討厭到連照鏡子都不願意，我是不是、從一開始，就被不期待出生在這世界上呢？」她絕望地看著我，我不自覺掉下眼淚。或許，我是想起了自己。

「別說了，妳醉了，好好休息吧。」

我把自己關到房間裡，因為她的話，內心感到無比刺痛。

她敲了敲門，在門外擔憂地說，「琳恩，對不起我說錯話了，妳別不理我好不好？對不起、對不起，阿隆說得對，我就是個禍從口出的人！」

我聽見門外有奇怪的砰砰聲，打開之後，發現她不停用頭撞著牆。

「妳在幹嘛啊！」

「琳恩，請妳原諒我。」

「我沒事，妳別這樣好不好？」

「妳真的沒生我的氣？」她害怕地抓著我，身上已經都是傷了，她居然還這樣自殘！

「我們再喝兩瓶吧。」

打開啤酒罐，我看著路言慧，就像看著過去曾悲慘的自己，「我也是喔，曾經走到哪都被人嫌棄，根本沒人期待我活下來。」

「琳恩……」

在我年紀尚小，必須住在叔叔家時，毒打是家常便飯，我成了那個家每個人發洩的出氣包，只因我吃他們、住他們的，有什麼資格抱怨。

「後來長大後我明白了，幸福不是別人給的，是自己爭取的。」

「自己爭取……我也可以嗎？」她吶吶地問。

「當然可以啊，只要不繼續和林志隆在一起的話。」

「我知道，我更知道我做不到。」她露出笑容，「認識妳，真好。」

「我也是。」

或許女生間的友情便是如此吧，在交換了各自的祕密之後，羈絆彷彿就加深了，親密也不再那麼虛假，我們相擁入眠，這天的夢特別美好。

睡到了下午，才發現路言慧早已起來把客廳也打掃過了，她用冰箱剩餘的材料煮了一碗麵。

「快來吃吃看。」

「妳之後打算怎麼辦？」

她還沒開口，我家的門鈴便響起，因為門上沒有貓眼，所以開門瞬間我嚇了一跳！

「嗨，琳恩，謝謝妳照顧我老婆一整晚。」林志隆笑嘻嘻地說，略過我走進屋。

他一見到路言慧立刻重重地跪在地上！

「老婆！是我錯了！還好我們的孩子還在，我發誓，我一定會好好照顧你們母子！」

我詫異地嘴巴微張，路言慧懷孕了，那昨天還喝那麼多酒！

路言慧歉意地瞥了我一眼，我不明白那歉意是從何而來，「阿隆，沒事的，我知道你不是故意，我們回家吧！」

林志隆開心牽著她，兩人就這樣從我眼前經過，離開。

「琳恩，我們再聯絡喔，昨天真的謝謝妳！」

一頭霧水愣了好久，直到人走就走遠了，我才發現餐桌上，自始至終只放了一副碗筷，也就是說，是路言慧要林志隆來接她的。

都被打成那樣了，她還歡歡喜喜地跟人家回去？而且還懷孕了！

「說什麼認識我真好，好個屁啊！」從沒看過這麼執迷不悟的女人。

不……

我又何嘗不是呢。

只要是女人，為了那個願意給自己愛的人，要她待在地獄都願意吧。

「哈……哈哈哈！」我怒極反笑，也不知嘲笑的是她，還是自己。

很久很久以前，我也像她那樣，被男人踩在地上，還苦苦哀求著他不要拋棄我，因為失去太可怕了。

手機跳出一個訊息，是路言慧傳的，『琳恩，我知道妳此刻會特別氣我不愛惜自己，但是我真的太愛他了，我好想和他有個家，為了這個，其他的痛苦我都可以忍，很抱歉讓妳為我擔心，如果可以，我還是希望妳能祝福我。』

當事人都這麼說了，我又能說什麼呢。

我無力地走到餐桌前，吃一口麵，很好吃，能作出這麼溫暖料理的人，竟然是個滿身是傷的女孩，多麼令人嘆息啊。

3.

臉上畫著全妝，昂貴的香水味飄散，因為人人都噴一樣，再昂貴都顯得廉價。腳上踩著三吋半的高跟鞋，大衣裡穿著裸露的連身洋裝，甩了甩上了電棒的頭髮，此刻的我，任誰看了都知道我的職業。下了計程車，我卻失去了踏進公司的動力，只好繞到附近的小公園發呆。

有時會這樣，因為被提醒了痛苦，所以寂寞得令人難受，像被蟲子啃咬似的，渾身難受。

踏入這行之前，我曾當過土地買賣業務員，因為這個工作不需要看學歷與經歷，憑著一股熱血就能加入。

面試的時候，面試官對我說：「只要會聊天就行了，妳應該不怕生吧？」

還以為是如此簡單的工作，但真正上工後，卻是沒日沒夜地陪著主管四處應酬，因為必須跟這些人脈打好關係，才能讓客戶決定要不要把土地賣給我們，或是收購我們的土地。

短短半年時間，我從一個啤酒喝三瓶就吐的人，進化成千杯不醉。

偶爾，很討厭客戶們把我當成了陪酒小姐，還會對我有吃豆腐的行為，但為了能夠把這個客戶穩住，我也只能忍耐。

「琳恩，辛苦了啊，林董已經跟我買上次那個物件了。」

「難道是中華三路那個？」

「對呀。」

「可是、那不是我……」

「放心啦，妳也會有獎金，協助獎金不是三千嗎？很多了吧，妳這麼年輕又沒有家累。」

「可……」

「難道妳真的以為，林董跟妳這麼要好就會找妳買？買賣這種事又不是兒戲，當然是找可靠的人啦。」主管冷笑的表情，我一輩子也忘不了。

「所以才說只要會聊天就好了嗎？」

「不然公司請一個小女孩幹嘛？好好把握能待在這裡的時間，累積點人脈吧，等妳過了二十五歲，未必還能待在這兒！」

我在那間公司整整待了兩年，由於整日陪客戶四處喝酒，也結識了不少酒店經理。

這兩年期間，每一個我努力斡旋的客戶，最後他們真的要買賣時，選的對象都不是我，看清事實後，我就死心了。選了一間酒店重新開始，不、應該說，自甘墮落的開始。

女人在男人眼裡稱不上信任，何況對他們來說，我還只是個乳臭未乾的小孩，不管我再怎麼努力，都不會被認可，唯有酒量贏過他們時，我才能得到一點平衡感。

偏偏在剛上班沒多久，我認識了他——伯仲，伯仲之間的伯仲，我總笑說，他的名字很美、很詩意，他的人也和的他的名字一樣，令人著迷。

他大我十歲，看起來卻和我相差無幾，說話的方式也很年輕，原本以為是個輕浮的人，熟識後發現，他總能解讀我的弦外之音，總能細心地觀察我的一切，彷彿他的眼裡只有我。

那對一個初戀的女孩來說，是個致命的男人，像毒品一樣的男人，一旦上癮，便會墜入黑暗的深淵裡，再也回不來。

「妳就是這樣才不會有人喜歡妳！我真不懂妳在驕傲什麼，什麼都無法跟人家比，還整天擺出高尚的嘴臉！被拋棄是妳活該！」刺耳的言語，伴隨著疼痛的拳頭，當我還沉淪在他的溫柔裡時，回神我已經被他的暴力埋葬，連呼救的本能都放棄。

自從我們同居在一起，他就變了個人，整天毒打我不說，也不工作了，我成了客人們常常嘲笑的那種女生，賺錢給男人花的傻女生。

我那時候，也很討厭我自己。

討厭到，想要拿美工刀把自己的臉刮花，或是乾脆從樓頂一躍而下，什麼都不再煩惱。

可當我想這麼做時，卻看見了伯仲牽著一個女孩，他對她寵溺的笑容，是我幾乎忘記的模樣，他貼心幫她拿包包、在餐廳替她拉椅子，把那女孩當成公主一樣，都是他曾經對我做的。

那時我就知道，啊、我被拋棄了。

我日日夜夜忍受著他的暴力、給他錢花，居然還會被拋棄。

「真正不被期待活著的人，是我啊……」我想著這不堪的回憶，低喃出聲。

我很感謝那時伯仲被我發現了這些，才讓我沒有輕易結束生命，因為自尊受傷的羞憤感，激起我活下去的動力。

幾年後，我聽說伯仲和女孩交往兩年分手了，期間花在女孩身上的錢，比我花在他身上的還多，他為了女孩努力工作，最後還是被甩，甚至他從沒動過她一根寒毛，她成了他心中的放不下的摯愛，而我在他心中，彷彿不曾存在。我告訴自己，只有錢不會背叛自己，沒有任何人能依靠，我也能好好活下去，但一天天累積的孤獨，幾乎快把我淹沒了。

路言慧問我會不會討厭自己，我騙她的，我討厭死了，到現在仍然很討厭，從憎恨這個世界，到自我厭惡，每天除了喝酒，找不到任何快樂。

我疲憊地縮著身子，任由幹部打來的電話響著，只因為我今天，連強顏歡笑的力氣都沒有。

群組的訊息忽然熱鬧起來，我忍不住打開來看。

「太勁爆了，各位！看看這些照片！」

一連串的照片，都是路言慧半裸被偷拍的模樣，從旅館的鏡子反射，可以看出每個拍攝者都是不同男人。「客人的群組這幾天都爆了！聽說言希為了在結婚前撈最後一筆，和她的客人說可以睡耶！」

「靠！真假啊！她是不想回來這行了嗎？」

「這跟那個有什麼關係，我們這群裡還不是有不少人在接S？」

「是沒錯啦，但言希堅持了幾年的清白，突然像跳樓大拍賣一樣，不覺得唏噓嗎？」

「哈哈哈！跳樓大拍賣咧，應該說她打定主意不再回來了吧。」

「她的那些客人應該都瘋了，渴望了那麼久的女人，終於啊！」

「是啊，但也有不少忠實粉絲滿心碎的，認為他們心中的蓮花墮落了。」

「會說那些話的人，是根本沒得到特別代價過吧，我是有聽說她本來就會給客人一些回饋喔。」

「欸，妳們要一直講她到什麼時候？煩死了！整天言希、言希的。」

「有人酸葡萄囉。」

我關掉群組，有點放心不下，再次傳了訊息給路言慧，卻遲遲未讀。

搭計程車回家後，驚見那個失聯的人，竟然蹲在我家門口，像個受傷的小貓，惹人憐惜。

「琳恩！妳回來啦。」她立刻站起來，卻因為貧血差點站不穩。

「喂……妳怎麼都不回訊息啊！」

「我的手機被阿隆拿走了，為了方便幫我跟客人聯絡……」

「什麼意思？」

她的臉色看起來似乎比上次還要蒼白，身上的傷雖然已經結痂，但精神狀況似乎比上次看起來更不好。

我先把她帶回家，熱了前一晚熬的湯給她喝。

她喝完湯便累得睡著，直到深夜她才醒來，而我剛好又一個人在客廳喝酒，這回我沒讓她再殘害自己。

「喝汽水吧。」

「琳恩……一瓶就好，我需要酒精。」看著她瀕臨崩潰的模樣，我拗不過，還是開了一瓶給她。

「阿隆說，我懷孕的話，可以趁機賺一筆。他說我的客人都對我很大方，約他們出來做S，拿的錢一定是別人的五、六倍，甚至不止。」

「我就知道……」

她一見我憤怒，又連忙解釋，「不過，他說這全是為了我們的寶寶，因為養孩子很花錢，所以才要我努力一點……」

「那他做了什麼努力？幫妳拉客？」嘲諷脫口而出，她卻莞爾一笑。

「真好，有個可以替我生氣的朋友，真好。」她靠在我的肩上，「只有在妳這裡，我才能暢所欲言。」

「平常不行嗎？」

「嗯，不行。阿隆說，我不可以講話太強勢，上班時，也不能得罪客人，要乖巧得宜，要溫馴謙卑，要像他們心目中的完美女人，才會被疼愛。」

「所以妳才老說羨慕我，像我這樣有什麼好，男人才不喜歡這樣的我。」

「誰說！阿隆就常誇妳，說妳這樣的女孩很有個性，對男人是種吸引力呢。」

看著她激動為我辯解，我忍不住輕笑，「妳的男人這樣誇我，妳不吃醋？」

「不會啊，因為阿隆不喜歡強勢的……啊、我不是……」

「別慌張，不是說在我這可以暢所欲言嗎？就別顧慮，我懂妳的。」

她跟著笑了，但笑容很快就消失，「真的好噁心，想到這幾天，一天跟好幾個男人做愛，想到就噁心，明天……明天還有更討厭的，所以阿隆才答應讓我來妳這過夜。」

我心一冷，「明天還要幹嘛？」

「要4P。」

「……」

我好想叫她清醒點，但我知道，裝睡的人永遠叫不醒。

她抱著膝蓋，應該是想到了明天將要面對的，害怕地微微顫抖。「我知道妳一定很想罵我，我都知道自己這樣有多糟糕……可是、我沒有失去的勇氣，比起要經歷這些，失去阿隆這件事，會讓我更害怕！」

「為什麼？」我拋出疑問，但好像問的人，是當年的自己。

「琳恩，他很了解我，即使他的個性這樣，他卻是世上最了解我的人。」

「但他也是讓妳變成討厭自己的元兇啊。」

一瞬，路言慧看我的眼神，像看穿了我，她好像忽然明白，我跟她曾經是一樣的。

但那是曾經。

「妳聽過『青鳥的眼淚』嗎？」她話峰一轉。

「最近這個很流行？怎麼每個人都在講。」

「不是有個同事的妹妹，學校裡流傳著這樣的地方嘛，如果是我，我也真想收到邀請函呢。」

是啊，有那麼神奇的地方，誰不想去那裡許個願？

嗯？好像哪裡不太對。

我倏地轉頭，她默默地拿出手機，「我騙妳的，我有手機，可是群組傳的內容太不堪了，所以關機了。」

「等等！妳也在那個群組裡面?!」

「我用別的帳號加進去的……妳不也在裡面？」

我點點頭，她的表情太淡定了，身為話題紅牌，她不知道成為群組裡的話題多少次，所以她一直都知道，都默默地在看……不知為何，我忽然有種悚然的感覺，以及慶幸自己從沒在裡面說過她壞話。

可是，她明知道我在裡面、也聽過青鳥的傳言，為何又要突兀地再問我一次？她想試探我嗎？

「一開始偷加進去，只是想知道大家都怎麼說我，然後聽到那些惡言惡語，我真的好痛苦，想著她們見到我都笑盈盈地，甚至有幾個和我都還不錯的樣子，但沒想到她們背地裡是這樣，只有妳，一次也沒說過。」

我笑了笑，忽然覺得眼前的她，讓我有點不太認識了。

「我只要有時間，就會把大家的聊天內容全都仔細看過，我要知道，在她們心裡，我是怎樣的人。」

「這樣不是更痛苦嗎？」

「被人討厭一點也快樂不起來，但看著別人的醜陋，就會覺得，自己沒那麼骯髒了。」

「我懂。」

「我知道啊，妳一直都懂我。」

「如果找到那間茶館，妳想許什麼願？」

「不知道。」

她把剩下的啤酒喝光，露出意猶未盡的表情，「如果可以，我希望能把痛苦的記憶都移除。因為現在我的心，每天每天都好痛，每天每天，都像快喘不過來，折磨著我。」

在她再次睡著後，我反而更睡不著了。

路言慧的反覆無常，以及真實面貌讓我心驚。

本來以為像兔子一樣的人，忽然變成了狐狸，潛伏在暗處，讓人看不清目的。

一般人誰會偷偷加入群組，每天看大家說自己的壞話，然後再裝不知道的和她們繼續相處？這種忍耐力，至少我辦不到。

她說她想要舒心，她的願望不是應該是，和林志隆白頭偕老、一輩子對她好嗎？舒心有什麼含意？她到底想做什麼？

光是猜測這些，就足夠讓我失眠。

加上那天她先一步聯絡林志隆來接她，最後又裝傻道歉地離開，這個行為更讓我覺得，她也許不如我認識的那樣單純。

我雖然躺在床上閉著眼睛，但思緒一直無法冷靜，清晨她醒來之後，在我房間來回踱步，最後走到我身邊，貌似拿起我的手機，還抓起我的手解鎖，她想知道什麼？

五分鐘後，她才走出房間，接著迅速走回來，再次拿起我的手機，這次放下後，她輕輕梳理著我的瀏海，指尖冰冷的溫度，令我發毛。

直到她離開我家，我才敢睜開眼睛，棉被下的身體，早就冒了一堆冷汗，我也不知自己為何要這麼害怕。我似乎忘了，在這種地方工作的女人，說話可以相信的程度，也許連一成都不到。

我拿起手機，檢查她開啟過的軟體，卻發現她把進程都刪掉了，無從查起，她小心的程度，很不像她。

那麼無助奔跑在路邊的人，絕不會是演戲，但……

「醒了嗎？」手機忽然跳出她傳的訊息，讓我一顫！

我的心跳不禁加快，偷偷走到門口，我有個預感，路言慧似乎還站在我家門外。

*

那天之後，路言慧整整消失了一個禮拜，完全聯絡不上，群組內也漸漸不再提到她的事。

我覺得很可悲，一個人被這個世界遺忘太容易了，網路的發達，讓人與人之間的聯繫變得疏離，只要離開了一個地方，很快就會從人們的話題中淡出，最後不再被想起，或許哪天有人忽然想到，也只會說：『想當初那個誰也是很紅耶，現在不知道怎樣了。』曾經被熱烈討論的人，一瞬就變成聊天中的過場，一點都不重要。

深夜，帶著五分的醉意下班，準備去排班區搭車，忽然看見路言慧掛著淺笑在等我。

「我猜妳應該快下班了。」

「妳這一個禮拜都去哪兒了？我很擔心。」
「我沒事，妳看我不是還好好的嘛？」她原地自轉一圈，露出的笑容很輕鬆，看起來的確不像發生了什麼事。
「我買了消夜，今天去我家吧。」
「妳家？」
「對啊，放心，阿隆今天不回家。」
「是喔……」
她癟癟嘴，「妳看起來好像不太願意。」
「沒有啦，我只是喝得有點多。」
我們一起坐車去他們家，他們家的屋內，已經買好不少嬰兒用品，完全就是準備迎接一家三口的樣子，看起來跟上次不同，非常的溫馨。
「妳今天就睡客房吧，卸妝和保養品都有，別擔心。」
「好像和朋友去畢業旅行一樣。」我笑道。
「就當成是畢業旅行吧。」我聽不懂她的意思，她把滷味放在桌上後，又拿了一瓶威士忌，放了兩個杯子。
「妳還喝?!」
她抬眼輕笑，「不要緊的，這裡已經沒有寶寶了。」她指指她的肚子，說得太過輕描淡寫，反而讓我訝異得啞口無言。
她率先豪飲一杯，酒精使她的心情更興奮，看起來一點都沒為這個悲劇傷心的樣子。

「因為才懷孕不到三個月，這些日子接連做愛，讓胎位不穩，然後那天又4P……後來就……」她說，進行到一半她突然大量出血，客人們嚇得當場離開，還是她自己報警叫救護車，雖然事後那些人出於良心不安，紛紛匯了加倍的金額給她，但也無法挽回寶寶的生命了。

我的食慾盡失，完全無法下嚥，看著她因為過度打擊，變得雲淡風輕的模樣，更讓我害怕。

「算了啦，或許這是祂的選擇也說不定，因為出生在這個世界，我未必有自信可以好好愛祂，我也許……會和媽媽一樣。」她的瞳孔無神地看著地面，說話的音量愈來愈接近自言自語。

「所以妳這幾天都在醫院？那這些東西……」

「是我今天買的。」她看著嬰兒車，笑道：「畢竟阿隆說了，要和我組個家，怎麼可以沒有嬰兒用品呢。」

她陷入了瘋癲狀態，說著說著就笑了，「哈哈哈！那些看我笑話的人，一定會開心極了！對吧？我如她們所願變得很淒慘了！」

「妳不要這樣……」

我還希望她像之前那樣拚命哭泣，都比現在這樣好。

她從茶几底下拿出一張紅色的明信片，「妳看，我收到了，青鳥的邀請函。」

我半信半疑地接過，明信片的正面果然印著一隻快哭泣的青鳥，背面則是這裡的地址和路言慧的名字，除此之外，中間應該填寫內容的部分卻空著，直到最下方印著四個字：『恭候大駕。』

這紅色的明信片，不知怎地愈看愈不舒服，它的紅更接近血紅，像一張不祥的卡片，散發著黑暗的氣息。

我抬眼正要說話，卻再次被她那有點發狂的目光，給嚇著。

「上面沒有地址。」

「啊？」

「寫了那四個字叫我去，卻沒告訴我在哪裡。」

「會不會是假的？」我小心翼翼地說，很怕刺激到她，前面五分的醉意，早就被她嚇得退去。

她拿回明信片，用力嗅了嗅，「明明是血色，卻有茶香；明明邀請了我，卻不告訴我方法，真累啊……」

她又倒了一大杯酒，連續喝得太快，讓她的臉泛起嫣紅，眼神愈來愈恍惚，像隨時都會崩潰，搖搖欲墜。「妳是怎麼收到的？」

她靠著沙發，眼神恍惚，「不知道，昨天晚上……忽然有人按門鈴，一直狂按！但打開門之後，卻只有這張明信片在地上。」

「怎麼愈聽愈像惡作劇？會不會是公司裡的……」

「這一定是真的。」

「妳怎能如此確信？」

她那張好看的臉上，綻放了如花的笑容，「因為昨晚，我正打算在浴室割腕自殺，熱水剛放好，門鈴就響了。」

「……」

我不再反駁她，全身因為她的話而感到冰冷，我知道今天的她，為什麼看起來那麼快樂了，那是準備赴死的人才有的輕鬆感。就像遞出了離職信的人，忽然覺得任何煩惱，都將不再困擾著自己，就是那樣地灑脫。

「琳恩，妳要覺得慶幸妳沒收到。收到這張明信片的人，肯定是對於呼吸這件事感到厭煩了，因為空氣太髒了。」

4.

香噴噴的菜香，及鍋子裡噗茲噗茲的煎魚聲，讓我一度分不清自己在哪裡。

久違的暈眩感，實在想不起昨晚到底喝多少酒，記憶變得很零碎，只記得路言慧收到了明信片，然後……然後呢？

「唔……」

「好香喔！」

「不准偷吃！」路言慧打了林志隆的手一下，兩人的互動就像平凡的小夫妻，充滿了日常的甜蜜——如果，我都不知道林志隆命令她做了什麼的話。

我輕咳兩聲，讓他們知道我醒了。

「琳恩，快去刷牙洗臉，來吃飯了！」路言慧充滿朝氣地說，好像至今為止，什麼事都沒發生般，開朗到詭異。

難道林志隆都不覺得這樣的她很奇怪嗎？

「琳恩，昨晚睡得好吧？」林志隆關心地問。

我輕輕頷首，便去盥洗，到底是哪裡奇怪呢？因為太過正常嗎？

六菜一湯的菜色非常豐盛，彷彿今天是個什麼值得慶祝的日子。

「妳是客人，多吃點。」林志隆夾了一塊雞腿給我。

「謝謝。」禮貌致謝後，發現路言慧也一直笑吟吟地看我。

「怎麼了？」

「琳恩，我們下午去逛街好不好？」

「好啊……」

「老公，可以嗎？」

「好啊，別太晚。」林志隆的應允，讓路言慧看起來更開心了，像個期待遠足的孩子，我實在無法適應她這麼大的轉變。

午餐結束後，林志隆馬上要外出，路言慧忽然問道：「你今天也是不回來過夜嗎？」

「嗯，不回來。」他勉強一笑，但我沒錯過他忽然黯淡下來的目光，帶了點憤怒。

「我又話多了，抱歉。」路言慧習慣性低頭認錯，尷尬的氣氛才緩和一些。

「我老婆就交給妳了。」

待他一走，路言慧那過份開朗的表情已消失不見，果然都只是演給林志隆看的。

「我剛剛表現得怎麼樣？」

「很好啊，很有朝氣。」

「可是、可是阿隆他……妳也看到了，從我出院回來到現在，他不但沒去醫院照顧我，也不回家過夜了。」她說得絕望，語氣即使不再期待這個人，但心卻無法說謊。

「妳等等想去哪裡逛逛？」

「我想吃甜點，想吃好多好多東西，吃到吐，吐了再吃。」

我以為她這麼說是開玩笑，沒想到她真的從各式小吃開始吃，再吃到各個麵包店的蛋糕、烤肉、生魚片，彷彿想把所有的食物都吃一遍。

吃到已經吐了三次，她的臉色相當慘白，我才看不下去，帶她去藥局買胃藥。

「我知道妳想發洩，但沒有人這樣吃的，妳愛惜一下自己的身體好不好！」

她難受地摀著肚子，「如果……如果還是去不了那間茶館的話，我想在死之前，把沒好好吃過的食物都吃一遍。」

「妳、妳難道……那傢伙就這麼值得妳付出生命嗎！」我不可置信。

不對，我根本沒資格這樣罵她。

我都懂，都懂的……

「我已經找不到目標了，連明天為什麼要睜開眼睛，都找不到理由。」她笑著說，笑得愈開懷，內心就愈崩潰，人說怒極反笑，傷心過度時也會，笑自己蠢、笑這個世界的荒唐。

「那我們就一起去頂樓吧，一起跳？」此話一出，總算讓那張刻意微笑的臉上，震出一絲驚訝。

「妳為什麼會想要死？」

「是啊，為什麼呢？」我笑了笑。

「琳恩，我發現我不了解妳，我告訴了妳我所有的事，但妳總對我卻有所保留。」

「有嗎？」

「妳知道為什麼我三番兩次，都在最痛苦的時候都去找妳嗎？」

因為沒有別的好朋友了吧？

「因為我知道妳的祕密。」

「……」我不知道我的表情現在如何，但我猜應該很鎮定，這麼點套話的伎倆，動搖不了我。

她噗嗤笑出聲，「被我嚇到了吧！」

「就算知道我的祕密，但和依賴我是兩回事吧？」我摸摸下巴，反問。
「是啊，一直都是兩回事。」她站起身，背對著我，「一直都是兩回事喔。」
更不了解對方的人，是我才對。
尤其是她這陣子急速變化的行徑，更讓我疑惑。從昨晚開始，我總覺她看我的眼神，很怪異。
她時而憂鬱，時而大笑，林志隆真的快把一個好好的女孩給逼瘋了。
她走著走著，忽然停了下來，我怕她被車撞到，趕緊把她拉到路邊，「怎麼了？」
「如果今天，我是妳的話該有多好。」
我眼神一冷，「妳羨慕我？」
「妳不是也羨慕我嗎？如果我跟茶館許願，希望我們兩個可以交換身體……」
「我從沒說過羨慕妳吧？」
她微愣，隨即又笑了，「妳是沒說過，但妳和我要好，不就是因為羨慕我嗎？」這句話猶如一根刺，刺得讓人想要反擊。
「都被妳看穿了啊……」我撐起假笑。
「如果跟妳交換，我也許就不會恨阿隆了。」刺傷人之後，緊接著下一句，卻又讓人無法再氣她。
「走吧，不是說想吃冰？」
她挽著我的手，「琳恩，妳的忍耐力真的很好，我剛剛說了那種話，妳也不會對我生氣。」
「我怎麼會氣妳？」
「是啊，不該是妳來氣我。」她苦笑地說。
四處吃了一個下午，到了晚上，已經撐到連酒都喝不下。

路言慧堅持要先送我回家，她難道不知道，她才是那個需要被好好照顧的人嗎？

「今天換我住妳家吧，反正阿隆也不回家。」

「我家？可是……從妳上次來之後，我都還沒打掃，很亂耶。」

「我可以幫妳打掃啊。」

「妳需要好好休息，還是我今天也住妳家？」我再次婉拒，但她似乎不願意。

她忽然摀著肚子大笑起來！「哈哈哈！妳是不是怕我看見阿隆的東西都在妳家？我早就知道了。」

「……」這次，我的表情又是如何呢？還是很鎮定嗎？不是吧，是和她一樣，開懷大笑！

她看我笑，反而不笑了。

「妳憑什麼笑啊？憑什麼啊！」她歇斯底里大吼。

「對我生氣妳就開心了嗎？就算是這樣，林志隆也不會把對我的溫柔，拿去對待妳。」

早在路言慧開刀時，我便和林志隆偷偷聯繫上，本來他對我就有興趣，所以我並沒有費很大的力氣。

對於這種男人來說，偷情的刺激很容易讓他上癮，且林志隆的個性喜歡有挑戰性的女人，有挑戰性，但不代表就要強勢，他們對於可以征服這樣的女人來說，會特別有成就感——就和當初，有眾多追求者的路言慧一樣。

她氣得牙齒直打顫，或許她本以為，我會祈求原諒或找藉口之類，但這樣的態度更讓她大受打擊。

「妳、妳……」

「妳應該也是上次來我家才發現的吧？在妳偷偷檢查我手機那次？今天還一直對我故弄玄虛想嚇唬我，妳還太嫩了！」我難掩喜悅。

路言慧的眼淚又可憐兮兮地狂掉，我卻對她的痛苦一點感覺也沒有。

誰叫她要自投羅網跑來我們公司上班，誰讓她當初要搶走我的伯仲，還沾沾自喜地拋棄了他，不過就是報應，而我能親眼目睹她慘到這副模樣，簡直比中樂透還令人喜悅！

手機的訊息聲接連響起，我把訊息打開給她看。

「寶寶，不是說送她回家就回來嗎？怎麼那麼慢啊？」

「我好想妳，今天別再理那瘋女人了。』

她親眼看到林志隆對我傳的訊息後，雙腳發軟，可悲地坐在地上。

「妳活該啊。」

「我、我為什麼活該？我到底……到底做錯什麼了？妳為什麼要這樣對我！我那麼信任妳！」她聲淚俱下。

「別怪我好嗎？我也沒有真的喜歡林志隆，我如果高興，明天就能甩了他，像他那種渣男，我可沒妳這般好興致，還想和他天長地久，是妳先搶了我的伯仲。」

「伯仲？伯……」她的表情顯然是想起來了，「妳是他那時候的……呵！哈哈哈！哈哈哈哈！自作自受啊！」她又哭又笑，看起來已經崩潰了。

她忽然抓住我的腳，祈求地說，「那妳現在就去跟阿隆分手好不好？以前是我錯了，我已經受到懲罰了！」

這女人，瘋了不成？

「好啊，我現在就去說分手，妳在樓下等著。」其實，我內心還是有點不好受，報仇的快感並不如想像中快樂，心中那根刺，反而愈刺愈深，愈刺愈……

一打開家門，林志隆便緊緊擁住我，我對他的溫柔很是很作嘔。

「滾。」我一把推開他，安全起見，我退一步在門外，「現在就滾出我家，分手吧。」

「寶寶，怎麼了？」林志隆慌了，即使他想掩飾，但若不是我站在門外，他應該已經抓著我去撞牆了也說不定。

「我不想再說第二遍，還是要我大喊到讓鄰居都出來看？」

他的表情扭曲得滑稽，這些日子為了讓他把心放在我身上，我從沒用過這種趾高氣昂的態度，果然這種態度最能激起他的憤怒。

他用力踹了門一腳，忿忿走進電梯。

直到看著電梯下去到一樓，完全沒有動靜後，我這才躲回家裡，累得不想再動。

「青鳥的眼淚……哼，真有那種地方的話，就去救救那可悲的女人吧，她應該很快就要再自殺一次了吧。」

反正，都不關我的事。

*

如果有人問我，會不會愧疚？答案是不會，我只不過是把路言慧對我做的事，返還給她而已，雖然時間點很殘忍，在她經歷了那麼多事後，還補她一腳，我只當那是利息了。

後來，聽說林志隆下去後，發瘋似的毆打路言慧，打到被路人報警，林志隆才停手。我問過那天的管理員，他說路言慧動也不動地躺在地上，直到被救護人員載走。

即使這樣，她肯定還是會祈求林志隆不要離開吧，一定會的，總之她的人生也只能那樣了。

過了一星期，這段時間仍然有不少客人會提到她，她前陣子到處和客人做那種事，如今的她在那些男人心中早就失去價值，成了茶餘飯後的話題。

「我說那個言希啊，還真是好命！她老公若是知道她上岸前生活這麼糜爛，還會對她這麼好嗎？」

「對啊，聽說還懷孕了，也不知道是誰的種。」

我忍不住好奇，「她已經結婚了？」

「妳是她好朋友卻不知道？她難道沒有請妳當伴娘嗎？」客人質疑起來，我都忘了，我之前就是利用這點，才跟她的幾個客人熟起來的。

「唉，我也很無奈啊！誰知道她說要結婚後，忽然就不和我聯絡了，好像把我封鎖了吧。」

「對對對！她也把我封鎖了！我怎麼打電話給她，她都不接。」另一個客人激動地說。

「你們去看她的IG，她現在的生活可幸福了。」

「IG？你也會用這些年輕人的東西啊。」

「當然啊，不然我跟女兒怎麼會有話題！」

話題轉眼就從路言慧轉到了親子關係，我的思緒卻還停在她很幸福這點，這怎麼可能呢？

下班後，我馬上點開IG，因為我也沒什麼事和人分享，不……應該是說就算分享了也沒人會看，所以即使我有這些社群軟體，卻很少點開來看。

好在之前就有追蹤路言慧，很快地，我便理解客人為什麼說她很幸福了。

從前幾天開始，她先是分享了婚紗照，照片裡的她笑得耀眼，完全不似最後一次看見她那樣憔悴，就好像真的很幸福一樣。

隔日的照片則是她在被窩裡賴床的模樣，上頭還寫著：「老公居然偷拍我賴床的樣子，還好他拍得很好看，就饒過他吧！」

昨天則是一段影片，是她拿著冰淇淋，興奮地跑到拍攝者面前甜笑，寫著：「新婚的日子每天都好甜蜜！」

到了今天，則是一堆嬰兒用品的照片：「好期待寶寶誕生到這個世界，我一定會很愛很愛他。」

「這怎麼可能啊，她的小孩不是沒了嗎！又在妄想？」

雖然嘴上說不可能，但她這幾張照片都太幸福，一點都不像演出來的……

「難道青鳥幫她實現願望了？」

真的有這麼神奇？神奇到可以改變人生到這種程度？還能讓小孩復活？我不相信真有這麼天馬行空的事。

我又持續觀察了路言慧的IG一星期，她的貼文每天都花招百出的炫耀自己的幸福不說，還到處去旅行。那個曾經連一毛錢都捨不得給路言慧花的男人，竟然會帶她去旅行?!

「太扯了。」

我決定去找路言慧，即使會被她拒在門外也沒關係，我想親眼確認這些照片的真實性，畢竟照片裡始終沒出現過林志隆這點，還是很奇怪。

去到他們的公寓，按了好幾下門鈴都沒反應，打給林志隆他的手機也沒開機，本來打算要走了，旁邊往這走來的大嬸卻把我叫住。

「小姐，妳認識他們嗎？」

「呃、路言慧是我的同事……」

「妳同事？妳也是因為聯絡不上她，才找來的嗎？」大嬸不耐煩地說，「他們已經遲繳房租半個月了！妳可以幫我作證一下，我開門只是想確認他們人在不在、沒有要動他們的東西嗎？」

「好啊……」

「也不曉得這對夫妻在搞什麼！上次我打給路小姐，她說她在醫院，還答應我隔天一定會給我繳房租，結果隔天人就聯絡不上了！」大嬸邊唸邊找鑰匙開門，大門一打開，裡頭卻飄出一股臭味，臭到像有老鼠死掉似的，味道相當刺鼻。

「搞什麼啊！給我把房子弄得這麼臭！」大嬸碎碎唸著，「喂！你們在不在啊……」

大嬸打開了客廳的電燈，客廳的桌上，仍擺著我那天晚上用過的杯子，連擺放的位子，好像都沒變過。

味道臭到不憋氣就無法忍受，所以我就沒再往裡面走。

大嬸直接走到主臥，沒想到卻突然大叫起來！

「啊！這、這……」大嬸嚇得軟了腳，我忽然有不祥的預感，甚至有點害怕……如果路言慧真的死了的話，那麼這幾天發文的人又是……

我怯怯地走到房門口，大嬸用爬的，迅速爬到外面，「有、有人死了啦！」

我看著房內一大片乾掉的血跡，遍佈在地上、床上，躺在床中央的人，胸口上插了一把刀，而那個人竟然是……林志隆。

如果死掉的人是林志隆，那麼路言慧，又是和誰結婚的呢？

＊

「妳現在還有在追蹤她的IG嗎？」始終不願告訴我名字的女人問道。

若不是她買了我全場，我想我也不會坐在這，聽她問那麼多問題，簡直像警察一樣，除了不停發問之外，無論我說了怎樣的言論，她都能面不改色。

看起來明明比我小的她，卻喜怒不形於色，一定不是簡單的人物。

「沒了，應該說，她的IG忽然消失了，怎麼找也找不到，可能我被封鎖了吧。」

「封鎖的話，不會連帳號都找不到。」

「是喔，隨便啦。」一直看別人幸福的生活，對我來說也沒什麼意思，本來是希望報仇的，但現在想來，我的復仇反而讓她拿到許願的門票，這還真是……

「妳看起來好像對林志隆的死不太關心？」

「關心那種廢物要幹嘛？他死了也好，對這個世界還比較有幫助。不過他似乎是被強盜殺死的，警察說兇刀上採集到闖空門大盜指紋，還真是時運不濟啊。」

「闖空門大盜？」她瞇起眼，看起來就像琢磨什麼事似的。

「妳不會以為是路言慧殺的吧？那不可能！聽說她被打到送急診後，突然就從醫院消失了，也沒回家，因為林志隆還有回醫院找她。」

「妳調查得還真仔細。」

我抿抿唇，「我只是想知道林志隆死了之後，她到底跑去哪而已。」

不想再繼續這個話題，我話峰一轉，「所以，妳也想找到茶館嗎？」

女人抬眼一瞥，眼底盡是鄙夷，「我想找到茶館的理由，絕對不會和妳一樣膚淺。」

「我膚淺？妳又知道我想幹嘛了？」

她嘴角微彎，明明比我年紀小，但她此刻的壓迫感，絕不是在開玩笑的，感覺再多說錯一句話，就會被她打死，難道她是路言慧派來對我報仇的嗎？

「真正最可悲的人是妳，妳只不過是找個理由對付路言慧罷了，對妳來說，妳恨的是，她明明有和妳差不多的際遇，但卻不像妳變得再也無法純真，妳妒嫉她的天真、她對人性仍有希望，因為這些都是妳再也無法做到的。」

我一句話也無法反駁，拳頭慢慢握緊，卻不知道該揮向誰。

「妳只是想把路言慧摧毀，讓她像妳一樣，再也無法相信任何人，這樣妳的內心才會平衡，所以真正可悲的人，是妳啊。」

女人將最後一口酒喝完，走出包廂前又說：「對了，別把妳自己想得太偉大了，真正壓垮她的人是林志隆，我猜他被妳分手後，也沒打算要繼續和路言慧在一起，所以才會崩潰。」

「不可能。」

「因為對她來說，重要的只有家人和戀人，她壓根就不認為朋友能交往一輩子，所以對於妳的背叛，她或許早就覺得遲早都會發生也說不定。」

我再也無法忍耐，歇斯底里地大吼，「不可能！」

「妳就是這麼不重要，對誰來說都不重要，是個隨時可以被遺忘的人，比路言慧還慘，因為至少妳會一直記著她，而妳……妳連個想要恨妳的人都沒有。」

女人說完這些話，便走了。

我則氣得把嘴巴都咬出了血，一步都無法離開，僵在那裡好久，直到少爺進來包廂整理，我才逼著自己走到休息室。

休息室裡，小姐們各自滑著手機、聊著天，即使我的臉色如此難看，也沒有人注意到我，即使我已淚流滿面，也沒人在意。

明明我和路言慧要好的時候，大家總會和我打交道，想從我嘴裡套出關於她的八卦，但自從她不在，我又變回那個沒有存在感的人了。

即使我明天忽然消失了，也不會有人想要討論的人。

我打開和路言慧的對話紀錄，裡頭我已經傳了無數次訊息給她，她都沒有已讀過。

「林志隆怎麼死了啊？妳沒事吧？」

「妳是逃走了嗎？」

「所以妳和其他客人結婚了嗎？是那個茶館幫妳找的人選嗎？太厲害了吧！」

「為什麼都不已讀我，妳就這麼怕看到我的訊息嗎？」

「喂……之前是我不對，我跟妳道歉。」

「妳真的不和我當朋友了嗎？」

「別封鎖我啊……」

「我只有妳了啊……」

卷三、沉魚落雁

1.

一年一度的平面廣告設計大賞的頒獎典禮相當熱鬧，我身為客戶部的經理，忙碌到連喝水的時間都沒有。

「林經理！貴公司人才輩出啊，這已經是連續第四年得第四年了吧。」同業的李經理雖然笑著道賀，但其實私下他經常散布我們公司的謠言，又加上今年又拿下設計大賞，我看接下來得要更小心他這個人了。

我堆起笑容，「哪裡，今年得獎的員工也是初生之犢不畏虎，做那麼大膽的設計，我都以為今年無望了，哪知道今年的評審接受度這麼高呢？」

「呵呵，又是新員工？我都想向你們人事部討教，要怎樣才能年年都有資質這麼好的新員工呢。」

「我也不清楚，改天我介紹人事部的人給你？」

「不了，你還是多和我喝幾杯解悶吧！」

「行，晚上肯定讓你喝個過癮！」

雖然被當成眼中盯，但在表面上大家都很友好，即使知道李經理經常對我們公司放暗箭，但若多請他喝幾杯酒，他還是能安分一陣子。如何讓這些豺狼虎豹們滿意，就是我這個客戶部經理的工作。

令人厭倦到，偶爾會很討厭的工作。

為了這份工作得常常應酬，連老婆都在去年和我離婚了，帶著女兒回去台中娘家，到現在要見女兒一面比登天還難，但贍養費卻不容許我慢給一天。

人生活到了四十多歲，又變回孤家寡人並沒有讓我太難過，除了女兒的事，我覺得少了一個人給我壓力反而輕鬆許多。

「林經理，明天想和你開個會，你安排一下。」設計部的組長張玟珮走到我旁邊輕聲交代。

「沒問題。」

張玟珮組長瞥了不遠處準備要接近我的女孩們，冷笑，「林經理還是一樣忙碌呢。」

「沒這回事。」張玟珮雖然只位居組長，但因為和大股東之間的曖昧關係，幾乎沒人敢忤逆她或私下說她任何壞話。

「林經理，我好緊張啊！」許希雯湊到我旁邊來，身為大賞得主的她，才二十三歲，雙眼純真無暇，臉蛋美到過目難忘，去年一進公司，她便被選為年曆的模特兒之一，長得漂亮、又有才華，真是……無趣。

「別緊張，妳可以先想想，明天想要吃什麼大餐，就不緊張了。」我摸摸她的頭，給予她安撫。

「經理真的要帶我去吃大餐？」

「當然啊，還是妳不願意？」

「我、當然好啊……」她紅著臉低下頭，嬌羞跑回後台準備。果然年輕人總是很純真，一點點體貼的舉動，都能讓她們如此雀躍，雖然這些反應對我來說，就像對工作一樣厭倦。

只有一個人，永遠讓我不會膩。

我的目光尋找著她的身影，很快地在最前排的右方，找到胖得很顯眼的孫雅容，她依然戴著厚重的眼鏡，但表情看起來有點不太對，其實光她今天還會出現就已經讓我很訝異。

她就是太善良了。

我擠出人群，想要走到她的附近，這時頒獎人也已上台，現場相當吵雜。

「讓我們歡迎本屆大賞得主——許希雯！」

鎂光燈在這時喀擦喀擦地閃著，反射在孫雅容的鏡片裡，讓人看不清鏡片下的她，是什麼眼神。

我想讓她可以看到我，但她卻在下一秒，忽然從懷裡拿出玻璃瓶，迅速把裡面的液體潑向正在擺姿勢給大家拍照的許希雯！

「啊啊啊——！」

刺耳的尖叫聲讓我耳鳴了幾秒，周遭的聲音都消失了，只剩下那個判若兩人的孫雅容，在灑完液體後，冷笑地看著在地上打滾尖叫的許希雯……

大家發愣幾秒後，立即撲上去把孫雅容壓制住！

「是硫酸！快叫救護車！」

我不敢置信地站在一邊，沒有再往前走，許希雯的身體各處都在冒煙，她痛苦得嘶吼尖叫，場面相當驚悚，完全無法想像，她幾分鐘前還很嬌羞地笑著……

孫雅容被壓在地上，不掙扎也不說話，她的目光瞥向我，看起來想要對我說些什麼……

「麻煩請往後退！」保全立刻控制了現場，我被保全推走，沒有及時看到她的唇語。

「雅容……」

她怎麼會做出這種傻事，她不是一直都忍耐得很好嗎？

而且她不是說了，只要還能和我說說話，她就能撐得下去嗎？

「天啊！好可怕啊！林經理，孫毀容怎麼會這樣啊！她瘋了吧！」

「是啊，真可怕，她怎麼會這樣。」我無意識地附和著，但心情卻很麻木，我看著孫雅容就這樣被銬上手銬，帶上警車，我知道從今以後，應該再也見不到她了。

「為什麼妳要這樣呢……」我悄聲低喃，避開了人群，卸下偽裝的面具，再也笑不出來。

＊

孫雅容這個名字，第一次聽到的時候，是在四年多前。當時人事部的吳經理還在和我炫耀，說有個在大學時期就年年拿獎的學生，早早就被公司內定下來，很期待她今後在公司的發展。

「你看，長得也不錯吧？」吳經理遞出一張資料，上頭的大頭照看起來有點奇怪，但確實是好看的女孩。

結果隔天來報到後，吳經理氣得立刻跑來找我抱怨。

「有沒有搞錯啊！肥得跟豬一樣還敢把照片修成那樣！天啊，現在的孩子真是要不得、要不得啊！還好她是設計部的，不然整天看著那張臉，連工作的心情都要被破壞了，嘖！」

「有那麼嚴重嗎？」

「你不會去設計部晃一圈瞧瞧？但我勸你做點心理準備，不然喔，可能會嚇到要去收驚喔。」吳經理悻悻然地說。

「好，我會做好準備的。」但事實上我根本一點興趣都沒有。

午餐去員工餐廳吃飯時，才剛進入餐廳，就發現大家全都默契地，盯著坐在角落的人看。是個看起來至少超過百斤的女孩，一直垂著頭，所以看不清楚她的臉。

「超丟臉的耶，她怎麼敢修成那樣啊，這樣正式來報到後，都不怕尷尬嗎？」

「對啊！她不這麼做的話，搞不好還不會被討厭。」

「第一天來上班就成為全民公敵，她做不做得下去啊？」

「一直討論這些負面的事，會變老喔。」我笑著加入女孩子們的話題，她們馬上改口。

「林經理！你怎麼都不回人家訊息嘛。」

「我忙嘛，對不起喔。」

「林經理，下禮拜要不要和我們一起唱歌？」

「我如果有空的話，再聯絡妳們喔。」

應付的同時，我偷覷了孫雅容一眼，發現她也正在看著我，只是看我的眼神，和所有女孩都不一樣。

那是看穿我的眼神，我知道她看穿我了，只用了幾秒鐘的一個目光，那眼神穿透了我的面具，直搗我的內心，像在說：『你根本就不想和這些人說話，別再假了。』

「──有意思。」

雖然對這個人感到有興趣，但我並沒有刻意去接觸她，我很想知道，她鬧了這麼大的笑話，能在這間公司待多久。

出乎我意料的是，她不但待得住，還為廣告設計大賞做出非常厲害的作品。

「雅容啊，妳這作品打算報名對嗎？」

那天我原本在和總經理談公事，但總經理卻突然要孫雅容到辦公事找他。

「這個作品如果得獎了，你也可以讓客戶們知道，我們公司來了個人才。」總經理給我看了作品，我很是驚豔，在公司待了十多年，我也清楚這是目前為止，招募到最好的人才。

我看著孫雅容緊張低下頭，回答問題也變得維維諾諾，這點對總經理來說是大忌。

「問妳話呢，為什麼要像做錯事的人一樣？」

「是、我想要參賽！」

總經理沉吟一會兒，站起身拍拍她的肩膀，「雅容，我知道妳很優秀，但妳要知道，若是得獎了，得主的形象就代表公司，妳這麼容易緊張，這樣很不得體。這次的作品就讓別人代替妳參賽吧。放心，若得獎的話，獎金、績效都歸妳。」

「咦？可、可是……」她猛然抬頭，驚訝得連話都說不好。

「行了，妳出去吧，這事就這麼定了。」

表面上是讓人代替參賽，但大家都心知肚明，就是她的作品被搶了。總經理指派了媒體部一名長相甜美的女孩參賽，果不其然，這部優秀的作品得獎了。

頒獎當天，孫雅容也有去參加，她落寞地坐在一隅，看著那個在台上笑得燦爛的女孩，也跟著笑了，是真心替女孩開心的笑。

我感到非常不可思議。

正常人這種時候，還會真心替對方開心嗎？

她總驚奇得讓我想要一直觀察她，甚至……不知不覺想要靠近她。

典禮結束後，她獨自搭公車回家，我不小心跟著她一起上了公車，且馬上就被她發現了。

「你是那天的……」

我莞爾一笑，自然坐在她旁邊，「我剛剛就覺得妳眼熟，妳是孫雅容吧？妳好，我是客戶部的經理，林俊齊。」

「你好……林經理也搭公車啊？」她狐疑地看著我。

「不，我是跟著妳上來的。」我老實承認，對於一個這麼容易看穿我的人來說，我如果說謊一定會被發現。

「林經理還真是誠實。」她露出淺笑，轉頭看著窗外，不知在想什麼。

「妳不問我為什麼跟著妳嗎？」

「人會問問題，是因為想知道，但很顯然地，我並不想知道，應該說，沒有興趣了解。」

我的笑容有些僵硬，向來八面玲瓏的我，從來沒在女孩子面前吃過悶虧，就連我老婆要和我離婚，也是由她當壞人，我不過就是個為了工作忽略家庭，才被老婆趕走的可憐男人。

這樣的我，居然會被區區一個女孩無視？

「好吧，就算妳不想知道，我現在也不知道自己會跟著到哪裡了，妳等等應該會吃飯吧？帶我一起去吧。」

這次她乾脆閉口不言，把我當成陌生人似的。

「好歹我也是經理，妳這樣……」

「今天是休假日，難道經理打算公私不分嗎？」

她的回答很白目，不過至少她願意正眼看我了，雖然只有短短兩秒。

內心狩獵的本能被挑起，我打算認真出招，就不相信無法把她變得和其他女孩一樣。

孫雅容還真的無視我到底，她在二十多分鐘後下車，我才發現這裡離我以前住的地方很近，那是我結婚前的事了，我不太願意去回想起那時候，所以也很久沒有回來這個地方。

跟著孫雅容一路走到某間很舊的食堂前，我在門口裹足不前，因為我從沒想過，自己有一天還會再來到這家店。

如果在這裡打道回府，也許我和孫雅容就不會再有交集了，想起稍早前的不甘心，只好硬著頭皮拉開木門，這個門還是像以前一樣難拉，一點都沒變。

「歡迎光……臨。」韓沛晴看到我也同樣吃驚，她的美貌依舊，彷彿幾十年的歲月，都沒在她臉上留下痕跡。

「雅容！怎麼走那麼快不等我呢？」我對著正在滑手機的孫雅容裝熟，這下她的表情總算有了較大的起伏，她蹙眉瞪著我，欲言又止。

我的眼角餘光一直在看著韓沛晴，她見我和人有約，便不再搭話，反而裝得像不認識似的，拿著菜單向我介紹。

「那我點跟她一樣的就好。」

「好的，請稍等。」韓沛晴走到廚房門口，喊道：「老公，炸豬排再追加一份喔。」

我能感受到，孫雅容一直在盯著我的表情變化，之後便不再有興趣地滑起手機，連個提問都沒有。又是對我沒興趣，所以不想問嗎？

再怎麼說也太……

「這裡的炸豬排很好吃。」她的目光從手機上移開，「經理如果不喜歡的話，等等可以喝酒幫助消化。」

「好啊。」

我居然也會有這種時候，從來都是我向別人提出邀請，對於別人的邀約，一向都是敷衍帶過的，卻因為她身上難以言喻的特別，讓我無法拒絕。

晚餐後，我堅持要付錢似乎讓孫雅容很不開心，但她並沒有在韓沛晴面前和我拉拉扯扯，只是皺著眉地走到外頭等我。

「就去前面的超商喝吧。」

「妳是認真的嗎？」

「去了別的地方，喝的酒難道就不一樣了嗎？」

女孩子不是都喜歡去燈光美、氣氛佳的地方嗎？我即使內心有一百個不願意，卻還是默默地跟著她走去超商外的座位區。

當第一口啤酒下肚，點上一根煙，我赫然發覺，果然地點在哪一點都不重要。

孫雅容輕輕一笑，鏡片下的雙眼，也跟著笑得彎彎的，「酒才是主角啊，地點只是配菜。」

「沒錯！」我們一起乾杯，為了什麼而敲響酒瓶一點都不重要，重要的是我們想要喝酒的心情是一樣的。

酒精是最能讓人卸下心防的東西，所以我才很愛帶客戶去喝酒，尤其酒店還有小姐在旁，他們更容易敞開心扉。很顯然地，此刻敞開心扉的人是我。

「妳很特別。」

「我一點都不特別，你不過是沒遇過我這樣的人，換了個場景，你就以為我特別。」

我能理解為什麼她有辦法做出那些廣告了，她有雙很犀利的眼，以及精準的敏銳度，我猜任何人在她眼裡都無所遁形，但偏偏她不打算善用這項天賦在社交上。

她像一朵奇異的花，自顧自生長，滿不在乎到令人嫉妒。

「妳在公司難道不會不快樂嗎？」

她嘴角微彎，並不是想要笑，更像在嘲笑自己。

「我的不快樂的源頭，這輩子都無法變好，所以一直讓自己心情不好有什麼用？」

「什麼意思？」

「因為在這個世界，如果沒有一張花容月貌的臉，不管再怎麼努力都沒有用。」

她說得雲淡風輕，但緊咬的牙根，卻反應出她的不甘心。

「可是妳並沒有放棄的意思，對吧？」

「對！我會證明自己，我會讓所有人都知道，我的能力和我的外表無關，無論我長得如何噁心，我一樣能做出可以賣錢得獎的作品！」她說得自信，此刻的她哪還有畏縮的模樣，如果她能在總經理面前也如此的話……

「妳為什麼在公司要那麼緊張？」

她一聽，剛剛的自信蕩然無存，她洩氣地說：「那是因為現在喝酒了啊，而且又只有經理你一個人，如果身處在一個，無論何時都有人拼命在看你、觀察你的地方，你還能做你自己嗎？」

我被這番話堵得啞口無言，更驚訝的是——我忘了要偽裝了。

「妳家住這附近吧？我們多買一些酒和下酒菜，去妳家喝？」

「咦？」

「放心，我又不會吃了妳。」

她微愣，瞇眼看了我幾秒，「經理，對我就不用了吧。」

「什麼？」

「你對女孩子慣性的曖昧，對我就不必了，不然我會覺得很噁心。」

「……」才剛剛覺得和她聊天的氣氛不錯，下一秒不加修飾的言語，又讓我尷尬地無處可躲。

我提著酒，跟著她走到社區內的某間小套房，意外的是她家非常乾淨，書架上擺滿了工具書，在完全沒有半本小說的書架上，我感受到了她滿滿的野心以及孤寂。

「妳就這麼想成功啊？」我打趣地說。

「張組長跟我的條件相差無幾，她都能當上組長了，只要我努力，我一定也可以。」

人家有強硬的後台，才能升遷得這麼順利，不然以張玟珮的能力，怎麼可能待在設計部，更不用說她的身材還比孫雅容胖上十幾公斤……

「喝酒吧。」我不好打碎她的夢，只能這麼說。

她點點頭，一大杯黃湯下肚，卻臉不紅、氣不喘。

「我會不會被妳灌醉啊？」

「我不會撿屍你。」

「哈哈哈！」

真輕鬆，已經好久沒和人喝酒這麼放鬆了，每次和客戶無論喝得再多，都要用意志力堅守住自己，絕不能失態、失控，要保持完美的形象直到回到家那刻為止。

偏偏那時回到家，前妻還不放過我，拼命罵著我、抱怨我，我那時常常會懷疑，如果當初，我娶的人是……

「怎麼了？看你的表情，是不是又想到食堂老闆娘了？」

「妳就算喝了酒，還是這麼敏銳。」

她聳聳肩，不再多問。

「很久很久以前，我和她交往過。」

她吃著魷魚絲，雙眼盯著電視機，看起來就像沒在聽，這樣反而能讓我放鬆地說出來。「我們是青梅竹馬，但當年我的家境很不好，原本可以一起上相同大學，但我卻沒有錢繳學費，我們的人生從那時開始分歧。後來，我在打工的地方認識了我的前妻，她很欣賞我，也直接提出以交往為前提的要求，並承諾她能讓我的生活徹底改變，因為她的父親很有錢。」

我又喝完一罐啤酒，我從來沒對人訴說過這段往事，面對她就像面對樹洞一樣，說著說著，好像就能安心了。

「我苦惱了很久，沒有馬上答應，我承認那時已經開始和前妻約會，我也一直找機會要告訴小晴、要好好和她分手……最後，我沒能來得及說出真相，她就先對我提分手了，原因是她覺得我們淡了，對未來的理想也不同了。」

「如果是這麼正常的分手，那你們互相看見彼此時，怎麼會那麼尷尬？」她忽然轉頭，直直地盯著我。

「我也不知道……」

「難道不是因為，她早就發現了你前妻的身分以及和你的關係，所以決定成全你嗎？」

「我、我不清楚……」

「別再自欺欺人了，你不過就是卑鄙得讓女人承擔罪過，讓自己永遠能當個好人的，林經理罷了。」

她應該比我更適合在客戶部工作，就連口不擇言也說得剛好，我猜她最後一句的停頓，絕對不是想那樣叫我。

「是啊，我承認。」我竟然承認了，一輩子不曾承認過的我，居然會在她面前，輕易接受不好的自己。

「但那都過去了，你就不要再把自己圈在過去了吧。」她伸了個懶腰。

我笑了笑，看著這樣的孫雅容，很想知道她還能有怎樣的一面。

「以後，我每個禮拜天都能來找妳喝酒嗎？」

「我很想說不要。」

「為什麼？」

「因為你應該很擅長讓女孩習慣你的存在，然後受傷的永遠是女孩。所以趁著酒意剛好，我已經替林經理叫好計程車了。」

我被強制送客了，被這個在公司連句辯解的話都說不出來的女孩趕走，沒想到她在私下喝了酒，個性卻大膽得令我錯愕。

「真的很有意思。」

2.

「喏，妳應該還沒買吧？」我遞給孫雅容一張舞台劇的門票，她一臉驚訝。

這已經是我第三次來她家喝酒了，上次來的時候，我注意到她家有不少舞台劇的DM，剛好今天知名劇團的新戲開賣，我就先買了兩張，看她驚喜的表情，證明我沒有買錯。

「你怎麼知道我想要看這齣！」她異常地興奮，完全不像上禮拜看到我時，表情充滿了無奈。

「沒想到妳也喜歡，真巧。」

「是嗎？你也喜歡嗎？你最喜歡哪個導演？今年目前為止你覺得哪齣最深刻？」

本來應該要很敏銳的孫雅容，居然沒看出我要的小把戲，完全被『興趣相投』四個字給蒙蔽了雙眼。

原來她也會有這樣的時候啊，所以不是時刻都很警覺嘛，真可愛。

「妳冷靜點，要說起劇團的話，最經典的一定是屏風的戲了。」

「你有經歷過屏風的時代嗎！」她雙眼發光，很期待我說下去。

「那妳最喜歡誰說故事的方式呢？」

「我啊……」把問題丟還給她，她隨即侃侃而談起來，我只要重點時附和，或是發表一些學術性的發言，看起來就像真的對舞台劇很有研究一樣——我很常用這種模式和客戶們拉近關係。

「哇……我沒想到林經理居然也會看劇，我第一次和人討論得這麼開心呢。」因為開心，她喝酒的速度也比前兩次快上許多。

「是嗎？我也很意外妳這麼喜歡舞台劇，看戲能給妳的設計帶來什麼靈感嗎？」
「也不是靈感，就是覺得……看戲的時候，跟著演員們一起活一遍，人生好像就沒那麼痛苦了。」
我摸摸她的背，給她安慰，「妳的日子一定過得很辛苦吧。」
「嗯。」她的眼神有點迷濛，正當我想要靠近時，她忽然說，「林經理，靠得太近了。」
「……」
她倏地站起身，走到冰箱前又拿了兩瓶啤酒，「我覺得林經理今天喝得太少了。」
我笑了笑，「是啊，今天確實喝得不夠。」
完全沒有任何尷尬，彷彿剛剛什麼事都沒發生，但我們內心都清楚，她這是擺明地拒絕和我進一步。
「我很好奇，妳交過幾個男朋友？」
「不管我交過幾個男朋友，都不關林經理的事，因為我們並沒有要發展成曖昧關係。」她晃了晃酒瓶，「我們是祕密的酒友關係。」
「酒友？我還以為會是舞台劇的同好。」
「嗯、那個也可以。」
我發誓，我絕對沒有那種因為遇到挑戰性，才有想要靠近她的想法，我就只是覺得，她和我遇過的任何女生都不一樣，也許我們應該要成為朋友。
「不過妳可能得忍受我一些缺點。」
「我覺得我防守得很好。」她咧嘴一笑，那張臃腫的臉，也能笑出天真的笑容，很可愛。
「妳真的很可愛。」
「呃……謝謝。」剛剛無論我怎樣做她都不曾害羞，沒想到無心一句誇獎，卻讓她不知所措起來。

「喝酒吧。」我笑開來，「以後私下就叫我俊齊吧。」
「可以嗎？」
「當然！我允許妳。」
「俊齊。」
「雅容。」

＊

在公司時，孫雅容依舊是那個唯諾的模樣，我有時都分不太清，哪個才是真正的她。
「天啊，該說老天爺是公平的嗎？孫毀容做出來的東西真的很好欸。」
經過女廁，我聽到裡頭不算小聲的談天，忍不住停下腳步。
「什麼好不好，那明明就不是她負責的案子，她偏偏還要多做一份設計，心機真的很重！」
「咦？可是我記得那不是妳上次去拜託……」
「我可沒做過這種事喔。」
「……」
「對吧？」
「嗯、對……」
看來孫雅容又被同事陷害了，像她這樣沒有人緣，就算有人想幫她，也都不敢幫。
所以說在這種團體生活的地方，還是別太突出才不會被針對啊。
「不過放心吧，那個設計最後還是會變成我的。」

「怎麼說？」

「呵，妳等著看就知道了。」那位女同事一走出來，便和我遇個正著，我正想找個藉口，她卻欣喜若狂。

「林經理！好巧喔。」她叫什麼名字來著？我已經想不起來了，只記得她和我睡過一次後，有陣子都以我的女朋友自居，後來被我冷落，她才認清本份，收斂了一些。

「好久不見，我正好想到妳，才想說過來設計部看看。」

「想到我？真的？」她眼睛睜得雪亮。

啊、我想起來了，她好像叫李娜，長著一張標準美女臉，高挺的鼻樑、深邃的大眼，以及豐滿的胸部，是任何男人都抗拒不了的類型。

她抿抿剛補好口紅的唇，似乎在暗示著什麼，「我就知道林經理……咳、找我一定有什麼事吧？」

好在她這次反應夠機敏，有看出我剛剛一瞬的神色，沒再像之前一樣，說出會讓人誤會的話。

我輕輕一笑，摸摸她的頭，「華新公司的設計不是由妳負責嗎？晚點我會去和客戶見面，想先看看進度。」

李娜對著同事們使眼色後，隨即笑呵呵地說，「我這次的設計很棒喔，你來得正好呢。」

李娜帶我到小型會議室，馬上展示出她的作品，我只看一眼便知道，這個作品是她剛剛要其他同事偷來的——孫雅容的作品。

「妳這次的設計很有特色呢，跟以前不一樣了。」

「是嗎？」

「妳成長了。」

「我在其他地方也成長了喔。」她靠近我的耳邊，悄聲調情。

「晚上下班我再去妳家。」

我看出了她想要的，說出她想聽的，為什麼女人總是這麼無趣？輕易被人料中，卻還沾沾自喜，以為自己很聰明。

離開辦公室，恰巧目擊孫雅容正氣憤地在捍衛著自己的權益，猶如一條力爭上游的小魚，卻敵不過水流的力量，終究會被打擊到連一點力氣都沒有了吧。

「部長！那個明明就是我的設計！這些全都是設計的原形和資料，我的電腦也都有紀錄可以查，你怎麼可以……」

「孫雅容，不要在這裡大聲嚷嚷，妳如果不滿，可以不要幹。」

「你……」

部長拍拍她的肩，「沒能力保護好設計，是妳自己的疏失，我只看結果。」

多麼地大言不慚啊，連我看都覺得可笑至極，何況當事人。孫雅容應該會很失落吧，就算是她，接連受到這些，她難道還能……

「我明白了，保護好就行了吧？那個設計，我藏了一個BUG在裡面，真正的完成版在我的USB裡，如果部長直接把設計交出去，我是不介意對方若發現了，會不會惱羞成怒。」

「妳說什麼？」部長一聽，隨即坐下來檢查電腦，「妳……妳居然藏了暗諷他們醜聞的物件在、在設計裡！哼，那有什麼，把這個改掉就……嗯？」

李娜看情況不對，也湊了過去，「怎麼會這樣啊！檔案竟然損壞了！」

孫雅容嘴角上揚，「部長，我保護得不錯吧。」

我差點失笑出聲，費了好大的勁才忍住，只差沒拍手叫好了。

她果然跟其他人不一樣，光是看著她對抗自己人生的模樣，就覺得這個世界好像有趣了一些。

「孫雅容，妳如果不馬上交出ＵＳＢ，我會按照公司規定懲罰妳。」

「憑什麼？」

「憑妳任意損壞公司資產，現在電腦也因為妳這個檔案的關係當機了，是事實吧？」

轉身離去前，我聽到了部長這麼說，她再也沒有理由反抗了，雖然現實很殘酷，但她從來沒有放棄過。

晚上，李娜嫵媚地替我口交，我一邊享受著她的臣服，一邊想著孫雅容現在正在幹嘛，是在家舔拭傷口？還是借酒澆愁？

忽然，李娜火力全開到讓我無法再分心，她雙手勾在我的脖子上，舔著嘴唇，「誰叫你剛剛要分心，不准你想別人。」

「妳真是淘氣。」

「齊……我真的很喜歡你。」

「嗯，我也喜歡妳。」

「那為什麼我們不能在一起？」

「妳知道如果談辦公事戀情最後分手的話，吃虧的永遠是女生吧？我很喜歡妳，不希望妳因為我的關係，而毀了前途，我會很心疼。」

「那我們不分手就好啦，我可以嫁給你！」

「我雖然離婚了，可是還有個小孩喔，妳這麼年輕，就算願意做後媽，妳家裡也不會同意。小娜，我很喜歡妳，所以不希望讓妳受到任何痛苦。」

「齊，你這麼溫柔，要我怎麼忘記你。」

「不用忘記啊，我們不是朋友嗎？」

「謝謝你總為我著想。」說著，她跨坐在我身上，以行動表達她的感謝。

只是很奇怪，纏綿的時候，我依然在意著孫雅容，也很在意此刻手機發出的訊息通知聲。

最後在深夜時分，我獨自來到她家樓下，看著那扇亮著燈的窗戶，糾結著要不要聯絡她。

「你怎麼在這？」她提著一袋酒回家，臉頰泛紅的樣子，剛剛一定已經喝了不少酒。

「來找妳喝酒。」

「今天不是禮拜天，你請回吧。」

「嘿！別把我當成壞人好嗎？我真的只是基於對朋友的關心，妳不需要這樣防我。」

她的背影看起來很猶豫，我自己也沒多少把握，她願不願意相信我。

「上來吧，如果不怕喝到明天沒辦法上班的話。」

我鬆口氣，快步跟上，覺得自己和她的距離，總算又縮小一些。

不過，我想在縮短和孫雅容的距離之前，我應該先縮短酒量的距離。

當我次日睜開眼，大中午的艷陽把我的臉曬得發燙，落地窗的窗簾沒有關上，我就這樣躺在沙發上睡了一晚，肩頸特別痠痛，我甚至不知道自己是何時睡著的。

桌上擺了一包解酒藥和字條：『林經理，很遺憾您今天得請假了。』語句後面還畫了個笑臉。

「真淘氣呢。」我搖頭輕笑，這才發現終於在她家過了一夜，雖然是在這樣狼狽的狀態。

*

「吶、你們聽說了嗎？今年的比賽，孫毀容又要把作品讓給別人耶。」

「真假啊！這都第三年了……她還真是大方啊。」

「她不大方行嗎？她可以不要做啊，看看去別的地方，還有沒有人願意採用她的設計。」

「每次看著孫毀容，都會慶幸自己再怎樣，也沒長成她那樣。」

「哈哈哈！真的！」

「我不懂，妳們一直在說孫毀容，為什麼不說張組長？她不是也……」

「妳如果想要失業的話，就繼續說完。」

看來，小菜鳥及時保住了自己的工作。

我在茶水間的門口聽完這些討論，悻然離開，裝作什麼都沒聽到。

晃去設計部，沒看見孫雅容，卻遇見再次搶走人家設計的李娜，她看起來很開心，畢竟前年她利用那個設計在業界打響知名度，只是去年搶輸了一個清純的新進員工，不到半年，那名新員工就辭職了，聽說是李娜動的手腳。

我猜孫雅容應該又跑去某間較遠的咖啡廳，果不其然，在那家店最隱密的位置，發現了孫雅容。

「找到了。」

她依舊趴著，「我好像都沒有祕密基地了。」

「去年不是信誓旦旦說，今年絕對不會被搶走了嗎？」

她絕望地露出半張臉，「這個世界，從來沒有公平過。」

「那就不要一直想著要爭取公平。」

「你希望我放棄？」

「我可沒這麼說，妳做任何決定我都支持。」

見她又把臉埋起來，我有點懊惱，「要怎樣才能讓妳心情好一點？」

「唱歌給我聽。」

我皮笑肉不笑地捏捏她的手，「妳還真會找機會尋我開心啊。」

她坐起身，臉上已經有了笑容，「你不就是來逗我開心的嗎？」

三年了，我很訝異我和她居然真的當了這麼久的朋友，她知道我一切的醜陋，知道我的花心、我的真面目，如果以醜陋來比喻，她醜陋的是外表，而我醜陋的是內心。兩個醜陋的人，變成了互補的好朋友，誰能想到呢？

「你知道嗎？是張組長勸我把設計讓出去。」她失望地低下頭，張玟珮對她來說就像希望之光，僅僅只是仰望著，也能讓孫雅容得到無限動力，這樣的人也來勸她，一定很失望。

「她怎麼說？」

「她說只要我今年再讓一次，她保證明年一定會幫我一起保護作品，這三年來，是她第一次對我說這麼多話。」她苦笑，「結果卻是……」

「等等，那不是很好嗎？」

「咦？」

「妳才進公司三年多當然不知道，被張組長看上的員工，前途不可限量！她從未主動和人打交道，更不用說還跟妳談條件了，她應該是真的想幫妳。」

「張組長有那麼厲害？比部長還厲害？」
孫雅容明明觀察力那麼強，卻沒發現張玟珮才是設計部的背後掌權嗎？
「妳相信我，雖然她要妳等到明年，但接下來妳的案子應該不會再被搶了。」我拍拍她的肩，有點欣慰她總算熬過來了。
她半信半疑地看著我，「俊齊，你是在安慰我，還是說真的啊？」
「當然是真的了，這樣接下來妳可能也要準備面對客戶，以前開會時，客戶不是從來不把妳放在眼裡嗎？因為其他人都對外說妳只是助理。」
「你知道得還真多。」她自嘲一笑。
我雙手搭在她的肩上，「以後，妳不是助理，而是真正的設計師了！走！我帶妳去訂做一些套裝。」
她突然被我的行動力給嚇到，一臉覺得我真的太誇張的表情，很不甘願。
此時，張玟珮親自打電話給她，「是、組長，是……是……咦？沒、沒那回事！我非常願意！好的、好的！」
孫雅容定睛看著我，這下她完全相信我的話了。
「組長說，明天要我一起跟S公司開會，你知道吧？是那個S公司喔！還說……說要我以設計師的身分參加，會好好地向他們介紹我。」
「所以，我們要不要去買套裝了？」
「要！」
「那就來個大改造吧。」

「幹嘛啊？搞得跟偶像劇一樣。」

「有什麼關係，誰說妳不能演偶像劇呢？」她還是一樣，內心非常自卑。

我拉著她站在服飾店的櫥窗前，櫥窗裡的我們，就像兩個世界的人，可是只要我們把手牽在一起，看起來就會……

她忽地甩掉我的手，「不要這樣愚弄我！」

「我沒那個意思，我本來是要……」

「算了，套裝的事我自己解決吧，再見。」

看著她匆忙離去，我盯著自己的右手，看了許久，「剛剛那樣牽著，有那麼討厭嗎？」

每次覺得和孫雅容很要好的時候，下一秒她又會用力推開我，好像害怕我把她吃了一樣。

「我怎麼會吃了妳呢？真是的，還是一樣純真地可愛。」

我無所謂，我的存在，就算只能待在暗處支持她，我也樂意。

翌日。

昨晚和幾個朋友去酒店喝酒喝得太晚，我帶著一身濃濃酒氣到公司，卻發現公司的氣氛，比平時還要熱鬧許多。

「哇靠！看到群組分享的了嗎？」

「我不用看照片，剛剛搭電梯就遇到了！天啊！馬上醒腦耶。」

好奇心驅使下，我湊近那兩名人事部的員工，「你們在看什麼啊？」

「就是這個啊！孫毀容醜女大變身！變成孫花容了！」

「而且你知道為什麼要叫花容嗎？」

我感受到一鼓邪惡的氣息，想叫他們不要說，他們卻異口同聲地大喊，「因為女生看到花容失色、男生以為看到如花！」

我就知道一定是這麼不堪的比喻，好像所有形容其貌不揚的形容詞，全都加在孫雅容身上，這些人都還覺得不夠。

即使我們已認識三年，瞥了眼手機中的照片，我不禁倒吸一口氣。

照片中的她畫著詭異的濃妝，的確和如花搞笑時的妝容很像，以及大墊肩的黑色套裝，完全無法想像她是去哪裡買到這種衣服的，再來是她努力對著大家撐起微笑的表情，讓照片的恐怖程度翻倍！

「就說陪她去買了……」

走到電梯前，剛好遇見從裡面出來的孫雅容，她被張玟珮拉著，急匆匆地奔出公司。

一小時後，當我一走進與S公司開會的會議室，看見完全判若兩人的孫雅容，不安地坐在位子上。

她那張可怕的妝容換成了剛好可以遮掩滿臉痘疤的妝，穿上高雅的套裝，手腕再配上最新款的J12，讓她的造型變得非常有質感。

當客戶現身，她不再像三年前那樣唯諾，而是有自信地跟著張玟珮，介紹自己時雖然簡潔，但眼神卻散發著光采。

我像看著毛毛蟲蛻變的瞬間，感到興奮又期待。

她終於振翅揮舞，變成一隻色彩斑斕的蝴蝶了！

長達三小時的會議結束，早上還淪為全公司笑柄的她，走出會議室時，人人看她的目光都變了。

「雅容，聽說這次由妳負責S公司，真厲害！」李娜率先奔到張玟珮和孫雅容面前，看起來無比真心地恭喜道賀。

「謝謝。」
「等等一起吃午餐吧？讓大家有機會恭喜妳。」
一旁的張玟珮冷道：「她等等要跟我和客戶一起吃飯。」
我沒錯過李娜瞬間僵硬的表情，比踩到狗屎還難看，孫雅容的臉上卻沒有得意之色，而是皺著眉頭離開。
應該要高興啊，作品都被人搶了幾次了，怎麼一點都不快樂呢？
因為太好奇了，所以晚上我一忙完就直接去找她，雖然因此不能和新進員工約會很可惜，但好奇心還是勝過一切。
——「哪有為什麼？因為我從沒討厭過她啊。」
「她不是搶過妳很多次案子？妳還……」
「我如果是她，也會討厭長得又胖又醜的人吧，因為這種人，根本沒資格活著。」
「妳怎麼會說出這種話？」
「不是我說的，是大家都這麼說。」
「可是以後他們不會再這樣說妳了。」
她莞爾一笑，「傻齊，你相信啊？張組長也只是在利用我而已，利用完就會丟了。」
所以我才說，她和我認識的所有女孩，都不一樣。

3.

從孫雅容地位一百八十度大轉變已經過了三個月，就算是她想法如此悲觀，最近好像也能慢慢接受事實了。

張玟珮不但真的在提拔她，還處處維護她，本來一開始還是有不少人在嚼她舌根，但現在已經聽不到人們在茶水間說她壞話了。

我們的喝酒地點，難得轉移到某間安靜的酒吧，酒保替我們各調了一杯酒，我的濃烈熱辣，她的卻帶股清甜。

「妳的比較好喝。」

她不滿地瞪著我，「我不喜歡和你間接接吻。」她把我喝過的部分，用紙巾擦掉。

「妳對別人客客氣氣，怎麼對我還是這麼直接。」

「因為你不一樣。」

她見我的表情詭異，又補上一句，「你是我的祕密酒友。」

「唉，看來經歷過三年的時間，我的地位依然沒有得到升遷哪。」聽了我的自嘲，她呵呵一笑。

「如何？這三個月來，能夠光明正大地負責每個案子，不再是做好後拱手讓人的感覺，不錯吧？」

她輕點了點頭，「感覺真的很好，但也很不踏實。」

我舉杯輕敲，「恭喜妳，夢想成真了。」

「像我這種人，得到這樣的成果，真的就會幸福了嗎？」

「妳又……」

「你聽過『青鳥的眼淚』嗎？」

「那是什麼？」

「聽說那是一間，可以實現任何荒誕願望的茶館，什麼都可以，可以改頭換面、中樂透……還聽說會幫人殺人呢，最後這點我是不信啦，如果真的會殺人那不就……」

我忍不住打斷她的話，「任何願望都可以嗎？」

「對呀，你相信？」

我聳肩一笑，「就覺得這很像騙小孩的故事，妳老是喜歡這種不切實際的東西。」

「因為這段人生就算活下去，也很不切實際啊。」她語出驚人，卻馬上笑了起來，「開玩笑的，我現在已經不會這麼想了，因為願望已經實現了。這間茶館的傳說，是我前陣子發現的，本來還想找找看。」

「沒錯，妳現在不需要這麼想了。」

她搓著下巴，忽然轉頭看著我，「可是很奇怪，如今的我是靠著張組長提拔才能有轉變，那張組長又是誰幫助她的呢？像我們這種人，真的有辦法只靠能力得到大家認可嗎？」

「妳們是哪種人啊？別老說些……」

「不是被人同情，就是被人當成厭惡對象的人啊。」

我臉色一僵，「妳的意思是我在同情妳嗎？」

她的表情慌亂，一副被我說中的模樣，這就是為什麼這三年來，只要我想要往前，她就會拒我於千里之外的原因嗎？我同情她？

「孫雅容，哈！是我太笨了。」我將酒一口飲盡，擺了張千鈔在桌上，直接甩門而去。
「等等！俊齊！等等我！我不是那個意思，你聽我說……」
她追了出來，我卻還在氣頭上，對著駛來的計程車揮手。
「俊齊，你、你……請你原諒我！」我已經坐進車內，看著她手足無措的模樣，有點難受。
「如果妳真的覺得抱歉，上車，去妳家。」
我想我的意思表達得很清楚，她愣了愣，像做足了勇氣，終於願意向我跨步──「好，去我家。」

＊

孫雅容真是我見過最難預測的女人了。
那天晚上，我們終於發生了關係，但萬萬沒想到，從那個晚上之後，她對我的訊息不讀也不回，我打給她也不接，去部門找她，她總說肚子痛要去上廁所。
我只好爭取和她一同開會的機會，像現在，她也把我當成空氣視若無睹，連眼神都不曾和我交會過。
「林經理，你一直盯著孫毀……孫雅容幹嘛？」一旁的陳助理困惑地詢問。
「不覺得她最近變得很不一樣嗎？」
「她現在趾高氣昂得很，懶得說她，經理也別在意，反正她這是小人得勢。」
「為什麼說她是小人？」
「經理不知道嗎？孫雅容一直處心積慮的在陷害人啊！」
因為消息太過離奇，我悄聲說，「開完會到四樓會議室等我。」

陷害？小人？

我總覺得，這三年來我是錯估孫雅容了。

陳助理早早便在會議室等我，看他一臉興奮，就像要分想多大的八卦給我般，既緊張又期待。

「那個孫毀容啊，經理不會真的以為是因為她又胖又醜才被全公司討厭的？錯！大錯特錯！」

陳助理一一整理時間線和事件給我聽。

最開始孫雅容因為修過頭的照片，一進公司便引起譁然，當中人事部的陳彥美就是照片的散布者，孫雅容三番兩次去找她理論，要求她道歉，她當然不肯。過沒多久，她當人小三的鹹濕對話，無故被散播出去，人家老婆也找到公司來，最後便草草辭職了。

那些對話，就是孫雅容偷拿了人家手機找到的。

「有證據嗎？」

「當然有，證據就是孫毀容故意把湯灑在陳彥美桌上，幫她擦拭手機的時候，說要去廁所幫她擦，過沒幾天就出事了。」

再來是三番兩次搶孫雅容案子的李娜，據說李娜被逼到一定要搶案子的原因，是因為業界謠傳她的設計是偷來的，質疑她的剽竊嫌疑，為了證明自己沒有剽竊，她只好一再私下拜託孫雅容，並付出了不少封口費。

「證據呢？」

「李娜自己常講溜嘴，而且以前很愛買名牌的她，現在都只買平價，還常常到處向人家借錢呢。」

「至於這次張組長會幫孫毀容，我看一定也是她一手計畫好的，她那個人啊，根本不在乎別人說她什麼，為了成功不擇手段，對於擋到她的路的人，她一點都不會留情。」

我不禁感到發毛，一直以來，我到底都怎麼觀察她的？為什麼一點跡象都沒有……

「林經理，你還好嗎？怎麼臉色這麼難看？」

「我沒事。所以你們都知道這些事？」

「當然啊，要知道誰才是害人精，才能防範於未然嘛，我先去忙啦。」

我若有所思地走到吸菸室，深深吸了一大口菸，好平復內心的波濤洶湧。

我林俊齊，看過多少形形色色的人，居然把孫雅容給看漏了？不可能，我不相信。

不知不覺，一根菸已經吸完，剛想走出去，便看見孫雅容站在門口，愧疚地看著我。

眼下吸菸室沒有人，但她不吸菸，所以她是特地來找我的？

「借我一根菸吧。」她生疏地點燃吸一口，卻被嗆到猛咳！

「不會抽菸的人，這是在幹嘛？」

「這樣等等有人進來，才不會覺得你和我認識。」

我感到懊惱，「妳就這麼討厭我？」

她一聽，用力地搖頭，「當然不是！我只是……不想讓你為難，我希望你能忘記那天，當做什麼事都沒發生。」

「為什麼？」

「你是林經理，公司裡多少女孩喜歡你，和我這樣的人扯上關係，會很可怕。」

一瞬，我忽然覺得立場對換了，往常都是我用話術哄女孩子，此刻卻反了過來，這是何等……報應。

「好，當作都沒發生。所以我們還是沒變吧？還是祕密酒友？」而我居然妥協了，只因為害怕她永遠躲著我。

她的眼神很哀傷，但明明該傷心的人應該是我。

「嗯。」

她把燃燒到一半的菸，擱在菸灰缸上，「俊齊，我雖然讓你忘記那天，但我會記住的，那是我人生最美好的時刻。」她笑得很燦爛，從未如此燦爛，但我內心卻很難受。

她真是太自私了。

我卻無法討厭她，因為太過好奇她的一切，她這三年來，早就在我心底好久好久了。

我沒有再去打聽陳助理告訴我的事，我不想再知道得那麼深入，說我自欺欺人也好，我只想認識現在的她，和她繼續每個禮拜喝酒，像個什麼都不知道的人……

「林經理、林經理？」跟張玟珮開會到一半，她忽然嚴肅地喊著我。

「嗯？」

「我剛剛告訴你的，你有記下來了嗎？」

「當然。」

「很好，這幾年你一直都做得不錯，這次也拜託你了。」

即使以位階來說，我比張組長高，但我卻不得不接受她這樣的說話方式，因為，她會給我，我想要的。

「這次事成的話……」

張玟珮笑了，嘴邊的肥肉全都擠在一起，「放心，李董那邊已經在進行了。」

我也笑了，想到只要再忍耐一陣子，就不必再看張組長的臉色，就喜不自勝。

我把資料收好，走出會議室時，恰巧和孫雅容擦肩而過，她連看都沒看我一眼，內心仍舊有些失落。

「雅容啊，上次S公司的案子妳做得很好，這次他們也打算……」

又是S公司，若孫雅容這次再完成一次他們的案子，她明年根本不需要比賽，也許會被更好的公司挖角也說不定。

到那個時候，她只怕會離我更遠了。

＊

「即時新聞快訊！稍早在廣告設計大賞頒獎典禮，以硫酸攻擊得獎者的孫姓嫌犯，押送途中警車與闖紅燈的轎車發生嚴重擦撞！押送員警兩傷一病危，孫姓嫌犯並未在現場，警方推測她已經逃亡！」

才剛做完筆錄回家，電視新聞裡的報導，讓我不禁駭然。

警車和轎車都撞得面目全非，在這種情況下，我真是難以想像孫雅容竟然還能從中逃出……她難道都沒有受傷嗎？

身無分文的，她能夠逃多久？

誰能想像一年前的此刻，她還是公司炙手可熱的廣告設計師……如果S公司的那個案子，後來沒有發生那種事的話……

＊

S公司有了第一次委託給孫雅容的經驗，第二次委託的案子更大、更受矚目，不但內定一位百萬代言級的影星，還打算讓廣告與高流量Youtuber合作，所以廣告企劃的部分便更為重要。

孫雅容接下此案後，連續一個星期都在公司加班到深夜。

我則會趁著那時公司沒人，再買點吃的回去找她。

「怎麼啦？愁眉苦臉的。」

孫雅容從一疊疊的資料裡探出頭，眼睛多了深深的黑眼圈，但身形卻不見消瘦，似乎還胖了一些。

「你怎麼來了？」

「我聽說妳最近都在加班，不是說好了，我還是那個祕密酒友嗎？所以我帶酒來看妳。」

「我現在不能喝。」她的語氣充滿了不耐。

「那吃點東西呢？」

「我最近為了方便都只吃麵包，都胖多少了，還要讓我吃宵夜？」今天的她，感覺起來攻擊性格外地強，我猜這只是她的情緒發洩。

「好吧，那我就先……」

「別走，都來了，聊聊天吧。」

我們並肩坐在小沙發上，看著桌上的鹹酥雞，她最終還是沒能抵擋住誘惑，我忍俊不禁。

「吃慢點，妳最近中午連員工餐廳都沒去了，有這麼忙？」

她滿口食物地嚼了好幾口，開始抱怨，「這次的案子真的太難了！我做了很多資料，也寫了好幾個版本的企劃，但我都不滿意。」

「難得妳也會有這種時候。」

「什麼意思？」

「以往妳不管做任何廣告企劃，不都憑著直覺做嗎？曾幾何時像現在這樣？」

她若有所思地往後一仰，「不是這樣的。」

「那是？」

「因為S公司說了，這次的廣告要有莊子的元素，再加上他們預定拍攝的人選是膚白貌美的李晶晶，我實在無法將這兩樣組合在一起。」

我點點頭，打開一罐啤酒，她還真的堅守原則，並沒有和我一起開喝。

「莊子的話……我記得在齊物論裡不是提到過沉魚落雁嗎？用來和李晶晶放在一起作發想的話，不是剛好？」

「可是……我記得那個原意本就不是在誇讚美女啊。本來只是在說動物並不能感受人類的美貌。」

不愧是孫雅容，連這個都知道。

「但是後來的詩人不是也拿這句成語作詩了嘛，原意誰會在乎？廣告不就是以大眾取向？」

一語驚醒夢中人，雖然她有點不甘心被我提點，但眼神卻重新散發起光采，「我本來做來做去，都是用原意下去當故事的引子，可是這樣的企劃看起來非常像在諷刺那些女明星的美貌，所以才這麼苦惱。」

「喔？我看看怎麼諷刺的？」

她把一疊已經翻爛的資料丟給我，接著把我剛剛給她的靈感振筆疾書地記下。

我把她的原案看完後，忍不住拍案叫絕！

「這個廣告太吸睛了！如果可以被拍出來，絕對讓人印象深刻！」

「哪有那麼誇張啊……」

「但確實像妳說的，這種充滿了諷刺意涵的企劃，我看不需要到李晶晶那關，可能經紀人就會先把這企劃打掉了。」畢竟整體看起來，會讓大眾誤以為在諷刺主角整型，加上李晶晶本來就整型傳言不斷，這個版本的確不可能。

「對吧？但我覺得你給我的靈感就不錯，以詩作出發點，風格也變得古風浪漫起來。」

「想不到妳也懂浪漫。」

「你這句話什麼意思？」今天的她果然在態度上處處都很強勢，是她改變了，還是本就如此……

「啊、我沒有貶低的意思，只是覺得妳……對任何事，好像都很冷靜。」我意有所指，希望她能回想起，是如何拒絕和我的關係。

她肯定聽懂了，所以眼神猶疑地不敢飄過來我這裡，「都快十一點了，既然已經有新的靈感，就明天再做吧？」

「可是……」

「不然我買的這些酒，我自己一個人可喝不完。」我指指一大袋的啤酒，她最終還是棄械投降，帶著我回她家暢飲舒壓。

酒酣耳熱之際，她說起了醉話，「你不覺得莊子很公平嗎？他說動物並不能分清楚人的美醜，代表了美醜不過是個主觀產出的情感，如果我們的世界像動物一樣，或許就不會因為誰長得比較奇怪，就過得比較慘了。」

「妳現在也不慘啊。」

「我不覺得我可以保持這個地位多久，就像張組長，仍然有很多人想要取代她、認為她不配她的位子，不是嗎？」

「妳醉了。」

「我沒醉！」她忽然緊緊盯著我，我有些緊張，這些日子以來，她從未這樣認真地直視我的雙眼。

「我知道你的祕密喔。」

「我的祕密？」說起我的祕密，或許我知道她的祕密更多些也說不定，對於那些謠言，我始終沒能問出口。

她嘴角一勾，「我知道你和張組長的祕密。」

「……是嗎？但妳好像不討厭我？」

「我怎麼可能會討厭你，你又不是自願的。」她拍了拍我的肩，「我懂你啊，就像你懂我一樣。」

我抓住她拍在肩上的手，溫柔地在手背上烙下一吻，「雅容，我……」

她忽然湊近到我眼前，傻傻地笑了，她的酒量明明很好，今天卻醉得奇快無比，可能是她太過疲累的緣故。

而且，我也終於得以見到她對我毫無防備的模樣，「妳居然真的醉了。」

她雙手環著我的脖子，「俊齊，我……有一天一定可以正大光明地告訴大家，我喜歡你，而且不會讓你丟臉。」

「別說話了。」我覆蓋住她的唇，這一次我們是心甘情願地進入彼此的身體，我能感受到她的熱情，也能感受到她對我的真心。

幾天後，聽說S公司這次同樣也很滿意孫雅容的作品，還說她總是能讓他們耳目一新，這下子那些見不得人好的其他同事們也乖乖閉嘴了，有了大企業撐腰，以後孫雅容想要什麼案子都能有。

我記得那天烏雲密布，卻沒有半點風雨，好似暴風雨前夕的寧靜，誰也沒發現這個異變，各自活在工作日常中，為自己的人生勤勤勉勉，卻仍抵不過幸運的人，一舉便能得到所有。

「天啊！是李晶晶耶！她居然會親自出現！」

率先認出這名知名影星的同事，興奮得彷彿隨時都會昏倒，我順勢瞥了眼那名經過我們面前的李晶晶，本人真的非常漂亮，但大白天來人家公司還戴著不規則大圓帽，就有點招搖了。

還好她走路的曲線很性感，不枉她性感女星之名。

「連林經理都看呆了吼。」

「她來我們公司幹嘛？」

「應該是討論廣告的細節吧，她不是主角嗎？S公司真的大手筆耶，李晶晶怕是有錢也請不到。」

「是啊，以她紅遍亞洲的知名度來說……」我和同事還沒討論完，同事的手機便迅速跳出一堆訊息，他看了之後面色發白。

「怎麼了？」

「出事了！李晶晶是來找碴的！」

對比起他的激動，我依舊淡定，「找什麼碴？」

「聽說孫雅容給她的企劃案，從頭到尾都在汙衊長得美的人，連橋段也在影射李晶晶的整型傳聞！」

「什麼?!」我驚慌地衝去按電梯。

「經理、經理你去哪啊？」

「當然是去設計部！」

「你忘了我們在一樓是在等嚴董嗎？」

「對喔……」我點點頭，但心思早就擔心得不得了。

「不對啊，我看過她的企劃，不是那種內容啊……」

「經理，這邊說孫毀容給了兩份企劃，正常版的給了S公司，嘲諷版的特地寄給李晶晶，所以她才這麼生氣！」

「兩份企劃……難道是……」那天晚上我看到的那份？那又是怎麼流出去的？

孫雅容應該更小心一點的，明知道現在想把她拉下來的人，比螞蟻還多。

「嚴董您來啦？這邊請。」聽到招呼聲，我只能暫時埋頭工作，打算等晚上再去問看看情況。

但那天孫雅容並沒有等到晚上，到了下午她已經成了眾矢之的，先是被總經理叫去訓話，接著又被張組長叫去，所有人都在罵她、唾棄她，只因她這次的行為，害我們公司少了很大的收益，還因此得罪了S公司，以後要想接到那麼多案子，怕是困難重重。

「該死的，就說不能捧那種人！現在好了，大家都跟她一起受苦！」

等著看她摔下來的人很多，很快就罵聲四起，她想擋也擋不住，只能變回那個畏縮的她，成了過街老鼠般的存在。

「反擊啊，告訴大家妳不是這樣的。」我好想這麼告訴她。

「孫雅容，妳這次闖的大禍真的太誇張了！我看妳不適合待在設計部，我把妳調去客服……」

砰。

龐大的身軀就這樣對著張組長跪了下來，「張組長，求求妳再給我一次機會！這次、這次我一定……」

「夠了，喪家犬說的話，有什麼好聽。」張組長示意讓她滾蛋，然後瞥見站在門口、進退不是的我。

「杵在那幹嘛？進來！」

孫雅容抽抽噎噎地起身，我想投以關懷的目光，但她卻因打擊過大，根本沒發現來的人是我。

我順手把門關上，闔上前，從門縫中看見她狼狽地往廁所走去，其他人都洋溢著歡快的表情，彷彿這是他們期待已久的大戲。

「這些人真是……」

「林經理，你說什麼？」

「沒事，張組長，上次的事應該沒問題了吧？」

「當然。」

4.

「啊——！」尖叫聲從女廁傳來。

「孫毀容自殺了！」

我和張玟珮立刻衝到廁所，驚見滿地的鮮血，「林、林經理！」第一發現者立即癱軟在我的懷裡。

「大家還愣著幹嘛？報警了嗎？」張玟珮厲聲詢問。

孫雅容的左手有一道深深的刀口，鮮血如同水龍頭般，快速地衝出血管，眼下卻沒有一個人為她止血，只是聚在門口看熱鬧，這樣冷血的場景讓我不寒而慄。

我跨步拿出手帕按壓在孫雅容的傷口上，其他人見狀，議論紛紛起來，我已做好會被臭罵的心理準備。

「林經理人也太好了吧？她想死幹嘛還幫她啊？」

「沒辦法，是林經理啊，他就是對誰都很溫柔。」

「那我也去幫忙林經理。」

「我也去！」

大家紛紛找出幾條厚實的毛斤來幫忙止血，即使孫雅容臉色蒼白到已經休克，但我相信，她若是看見這幕，就會覺得這個世界不是那麼絕望，還是有人會……「林經理，你應該和孫毀容沒有交情吧？」一旁的李娜忽然問道。

「當然啊！現在我們已經跟S公司打壞了關係，若是再被爆出有員工自殺身亡的消息，我們的形象不就要變成黑心企業了？」
「林經理說得很有道理，大家千萬不能對外洩漏今天的事，上頭那邊我來處理。」張玟珮交代完後，便火急火燎地衝去找上頭報備。
一連串的意外發生得太突然，我滿身是血跟著到急診室，最後只剩我在那等待，一等孫雅容脫離險境，便回電給上頭報告。
然而孫雅容那道傷口割得實在太深，傷及動脈的情況下流了很多血，即使我使用按壓法也壓不了多少，我在手術室外等了好久，才終於等到手術結束。
「醫生，孫雅容怎麼樣了？」
「命是撿回來了，不過當事人還這麼想不開的話，她近期可經不起再一次，你是她的家屬嗎？」
「不……我只是同事。」
「麻煩請她的家人來吧。」
孫雅容的病床被推到普通的三人病房，她還沒清醒，桌上已經有一堆藥品在等著注入她的身體。
我向公司報告完畢，便被催著快點回公司，只好先丟下她。
直到我忙完所有公事再回來，她都沒有醒，擔心她又想不開，我決定在這過夜。
大概是半夜時，我感覺到有人從床上走下來的聲音，這才發現她已經醒了。
「妳醒了？」
「噓，小聲點。」
我扶著她走到病房外，靠在欄杆上，她看起來有氣無力，「我居然沒死。」
「不要再做這種事了！」

「都是騙人的啊。」

「什麼？」

她的眼神，絕望得徹底，乾澀的眼睛沒有半點濕潤，我卻覺得她悲傷得快死了。

她從口袋裡抽出一張血紅色的明信片，「那個『青鳥的眼淚』啊，聽說得先死過一次才能收到邀請函，但上面卻沒有寫地址，是不是很可笑？」

「什麼叫死過一次！妳知道妳今天有多危險嗎！差點妳就要失血過多而死了！」先不說她那張明信片是怎麼收到的，這種荒誕的事情她也信！真是瘋了！

她嘲諷地笑了，「或許只有花容月貌的女孩才配看得到地址。」

「妳不會為了收到有地址的邀請函，就天天自殺吧？」

「我才不會那麼傻。」說著如此矛盾的話，我都不知道要怎麼吐槽她了。

「我只是不願放過任何可以翻盤的機會。」

「成功對妳來說，就那麼重要？」

「不是成功重要，我只是想要得到公平的對待，如此而已。」她輕嘆一聲，或許是失血過多的關係，她的聲音變得輕飄飄地，好似隨時都會消失。

「我想要可以有幾個知心好友，也想要有個戀人，那個戀人長怎樣都可以，只要他有勇氣與我站在一起就行，然後我們的交往並不會被人品頭論足。我還想要可以平凡的工作，交出了漂亮的成績也許被上司讚賞、也許被上司利用，怎樣都好，我希望我還能有他們想要利用的價值。」

我實在難以想信這些話，會從昨晚還自信到亮眼的人嘴裡說出來，她的信心有這麼容易被摧毀嗎？

「我更想要……可以無所顧忌地大吃，也不用聽到『啊、就是吃那麼多，才會那麼肥！』的這種話，我想要自己可以每天照鏡子，也不會討厭自己的長相，我想要……想要的只是，像個平凡的女孩一樣，過完這一生就好。」

「雅容……」我已經擠不出安慰的話了。

「但那些都是癡人說夢，對不對？」

「不是的……」

「另外那份企劃，只有你看過。」冷不防的一句話，讓我一怔。

「妳懷疑我嗎?!」我實在不敢相信！我就連聽到別人對她的謠言，也都是選擇相信她！

「因為只有你看過啊。」

「就因為只有我看過，我更不可做這種搬石砸腳的事！」

「……也是。」她苦笑一番，「沒辦法啊，我已經不知道有誰不想陷害我了。」敵人太多，所以她寧願誰都不區分了嗎？我對她感到很心寒。

「你今天留在這裡，不就是因為被交待要回報我的狀況嗎？你可以回去了。」

「可是……」

「放心，我不會再做傻事，而且這樣一鬧，我相信張組長也不會把我趕出設計部了。」

她說得沒錯，張玟珮的確是這麼決定的，因為不想在這種時機上鬧大，也不想再刺激孫雅容。

「雅容，不管妳相不相信我，我一直都是站在妳這邊的。」

「我知道啊，我說過了，俊齊，我非常了解你。」

若是真的了解我，又怎會懷疑我？我心灰意冷離去，想著她說過的話，以及她營造出來的隔閡感，也許從明天開始，她已經不會再和我私下見面了。

——結果，被我猜中了。

當孫雅容在一星期後復職，那些排擠她的行為全都由明轉暗，只要做得不明顯，孫雅容就沒理由當擋箭牌，說是同事害她自殺的。

明知道對方因為霸凌而崩潰，而那些霸凌者卻只會想，要如何欺負得剛好，才不會把人給逼走。

她的頭低的比以前更低，低到根本不敢與人四目交接的程度，曾經想要跟這一切對抗的她，如今看來就像個行屍走肉，只能勉強過活。

我傳訊給她、她沒回，去她家找她、她已經搬家，除非我敢在公司找她搭話，否則我們只能變回陌生人。

或許，只要忍到風頭過了就好了吧。

我曾經這麼想。

但晃眼半年過去，風頭仍然沒過，全公司集體討厭一個人的力量，讓我心生畏懼，主要還是因為，這次的年終大家都少了將近一半，而公司也以暗喻的方式，表示因為有人毀了和S公司的關係，所以業務量大減，才無法給大家如往年般的年終。

一定是藉口吧。

有沒有減少業務量，我這個客戶部的會沒發現嗎？S公司一年交給我們公司處理的案子，一隻手指頭都數得出來，且這次的事情，也沒有在業界裡傳開，大家根本沒當回事。

但董事會卻狡詐地藉機減少年終的發放，只因為有一頭活生生地代罪羔羊處在那兒。

「雖說人是自私的，但人的自私，有時殘酷到不忍直視。」我坐在吸菸室裡喃喃自語。

少了孫雅容的這段日子，我的快樂也少了很多，再也沒有人像她一樣，擁有讓我挖掘不完的樂趣。

走出吸菸室，正巧與孫雅容碰個正著，伸手想搭話，她卻在下一秒閃身走過，彷彿我是什麼瘟疫。

又過了三個月，孫雅容果然沒讓我看錯，我還以為她會就此消沉，因為從那之後她在設計部只是個打雜的，再也接不到任何案子，就連借用她的能力，別人都不屑。

但她卻在這時參加了別的公司公開舉辦的設計大賽，因為沒有限定自家公司，所以孫雅容才得以報名，且一舉拿下冠軍！

那個主辦單位沒有人叫她要讓賢，沒人鄙視她，而是真真切切地把獎項頒給了她，還讓她得到不少獎金。

風光頒獎後，緊接著想要委託她的廠商蜂擁而來，誰也沒想到我們公司還能藏了這麼一個能手。

我真心地佩服她，她不只像個小強一樣，怎樣都打不死，在忍受整整九個月的職場霸凌下，她還能想著要怎樣從困境裡逃出生天，還能有像她一樣有趣的人嗎？

但這次的成功，並沒有讓她徹底翻身，她不過又是爬回了之前的位子而已，所有指名來找她的廠商，全都被張玟珮壓下來，表面上說推薦了更好的人選，實際上還是由孫雅容操刀。

「妳總要贖罪吧？放心，妳若好好贖罪，我不會阻止妳參加三個月後的設計大賞，當然，是由妳自己的名義參加。」那次，我聽見張玟珮這麼告訴她。

為了贖罪，她只能認命做了三個月的代工，有時直到深夜，我都看見她還在公司，也許是在準備比賽的設計。

後來，好不容易比賽得獎名單出爐，她的名字連個邊都沾不上，她失望地好像失去了全世界，明明年年都能得獎的她，居然連個佳作都沒有。

前三名的作品正式公開，我才發現張玟珮真夠心狠手辣，她竟然把孫雅容的作品偷給許希雯使用，再從報名表中，把孫雅容的報名抽掉。

這件事我不需要去和誰確認，就能猜到。

因為孫雅容的作品有種獨特的氛圍，帶著像是天空藍的氣息，看似憂鬱，實則艷陽高照，把心照得暖暖地，那是她的個人特色。

當她出現在頒獎典禮時，我相當驚訝，我一直想給她支持的力量，如果她能與我四目交接，她就會知道她不是一個人，永遠不是。如今她再次與死亡擦邊，我很替她高興，只願她之後的人生可以幸福一點、快樂一點。

*

最近，白鈴蘭一直很喜歡的團體又出新專輯了，原本在前一張專輯裡的最後一首歌，她就嗅到了若有似無地死亡氣息，她還以為想錯了。但新專輯裡，明明白白地揭示了所有鋪成，才讓人感慨——啊啊、作為歌曲中的那個『我』，終究還是在寫完最後一首歌自殺了啊。

多麼不勝唏噓。

新專輯是另一個尋找主角的女孩，一路走訪主角走過的路，慢慢尋找他的蹤跡，直到最後一首歌，發現了他已自殺身亡的真相，悲慟得不能自已。

明明是如此悲傷的專輯，曲風卻像午後的驟雨，帶著些許黏膩，也帶著淡淡壓抑，該是悲傷的歌曲，卻輕快的像雨後天晴，有種鬱悶一掃而空的快意。

或許自殺本就是這麼回事。

「喂！妳有沒有在聽我說話啊！」李娜不開心地發出抗議。一看就比自己年紀小的女生，憑什麼一副高高在上的態度，要不是能拿到不少錢，她才不願意說這些晦氣的事呢！

「有，該聽的重點都聽完了。」白鈴蘭懶洋洋地拿出一只信封袋，李娜急忙數完，這才滿意離開。

三天前，當白鈴蘭從電視新聞上，看見孫雅容從車禍現場消失的新聞後，直覺這裡會有她要找的人，便以最快的速度趕到這個地方，也因為跟設計大賞有關，很多資訊不像之前，必須等待徵信社調查，她這次算是最快接近受邀者的一次了。

一開始整間公司都沒人願意和她談孫雅容的事，直到林俊齊主動接近她，約她晚上在酒吧喝酒，他會慢慢告訴她所有。

是個渣男呢。

這是白鈴蘭當下感覺到的，事實上當渣男說完全部，仍不停勸酒時，她更確信了這個推測。

「其實我家離這裡滿遠的，每次來這間酒吧喝酒，我都習慣在附近住宿，才不用搭那麼遠的車，有次我還差點吐在車上呢！」渣男如此暗示。

「是喔。」

「是啊，妳是外地人，今晚也是住飯店吧，在那兒呢？」

「是××飯店。」

「離這兒很近耶！那我們一塊去吧。」

真是糟糕透頂的手段，所以她在先上計程車後，便用力把車門關上，讓司機直接開車。

從後車窗可以窺見，林俊齊原本溫柔紳士的表情逐漸剝落，變成一副惡狼的模樣。

人心不可測，至少她為了追尋「青鳥的眼淚」，也不是一天、兩天了，怎麼可能就這樣被欺騙。

為了確認林俊齊說的是否屬實，白鈴蘭隔天中午還是跑了一趟設計公司，在樓下等人的同時，發現有不少警察出入。

她一問之下才知道，林俊齊居然在清晨死了！死於附近的旅館裡，並且監視紀錄只有他一人進入，所以變成離奇懸案，警察們紛紛四處奔走，想要尋找證人。

她深知此地不宜久留，只好從林俊齊的故事中，找出幾個有提到的人名來問話。

分別是張玟珮、李娜以及韓沛晴。

這才拼湊出林俊齊沒說出來的真相——

「啥？我和他有那方面的掛鉤？別說笑了！我要也不會挑那種貨色！是他自己說想要和我交易，他知道我盯上了孫雅容，說他可以幫我整治她，前提是我必須幫他把一間小餐館逼倒，當然不是我出手，是我男友幫我。」張玟珮眼底滿是不屑。

「小餐館？為什麼他要那麼做？」

「哈！他和他的小情人異想天開想在一起，所以他率先離了婚，小情人不想當壞人，說只要老公的餐館無預警倒閉，她便有理由提離婚，因為他已經無法養家了。不過，我倒不認為用這種理由就能有多清高。」

「妳為什麼會盯上孫雅容？」

「一個公司，不需要兩個又胖又醜又有特權的女人，看一眼就知道了，只要給她時間，她總有一天會爬到比我高的位子，我可不想看到這種光景。」

「嫉妒？」

「對，我忍受著怎樣的日子，才能保持現在的地位，她卻只需要付出天分？我不能容忍這種事。」

不需明說，白鈴蘭已經猜測出她背後的故事，她不再多問，改去找韓沛晴確認。

小餐館真的倒閉了，她只好以介紹羊乳的理由登門拜訪。一開始韓沛晴還以守喪為由強力推拒，她費盡口舌，才得以進屋。

果然，韓沛晴家中四處擺著蓮花，明顯是有人過世——「呃、不好意思，您府上最近……」

「我老公死了。」她毫不避諱，「所以妳現在信了吧？我沒什麼心情訂羊乳。」

「您家的家具看起來都很新，難道你們是新婚嗎？」她不怕死地繼續追問。

「對！新婚不到一年！可以了吧！」韓沛晴歇斯底里地大吼，盛怒之下又把她推出門外！

最後，她只好找上李娜確認，要讓李娜開口太容易了，用錢就能打發。「我承認，我是以金錢為前提去和孫毀容交易，但她也答應了，不是嗎？但這卻不是我提議的。」

「是林俊齊吧？」

她不屑地點點頭，「就是他！要不是半年前被我發現他一直在騙我，而且他還又結婚了！我才不知道自己有多蠢！哼，那個男人在被我發現真面目後，什麼都招了，一副被我看清也無所謂的模樣。」

「他招了什麼？」

「他說要不是因為想要陷害孫毀容，他根本不會再和我上床，他為了陷害她，打從一開始就故意去撞孫雅容，害她把湯打翻，讓陳彥美誤以為是孫雅容偷盜照片，事實上他早在前一晚和陳彥美發生關係時，就偷偷盜走了，他還說，為了等到能下手的時機，原本以為要等上一個月，沒想到連老天都幫他，很快就讓他有機會陷害了。再來就是我，他清楚知道我這種食髓知味的個性，而且到最後我會因為下不了台，只好繼續跟孫雅容買案子，這也在他的掌握之中。」

「那張組長那呢？」

「妳都查到我這兒了，還裝傻？這一切不都是張組長唆使的嗎？我看張組長故意要讓孫雅容摔得重一點，才讓她先去天堂走一遭的。」

接著李娜再繼續說什麼，白鈴蘭早就沒在聽，她慢慢把事情脈絡整理清楚，再回想最後孫雅容一直對林俊齊說過的話。

「啊……她都知道吧。」白鈴蘭看著已經歡快地走到外頭打電話的李娜，似乎在說著，她今天有錢去哪好好揮霍一番。

「孫雅容都知道，打從一開始就看穿了也說不定，她一直在告訴林俊齊，她懂他這件事啊。」

為什麼明知前方山有虎、偏向虎山行呢？

或許是因為——在孫雅容絕望的人生裡，曾經試圖想要相信，這個世上有些人可以因為時間而改變、可以因為真誠而改變、甚至不覺得有人為了害一個人，可以在她身邊潛伏那麼久。

如果這麼長的時間都是假的話，那麼他們夜夜喝酒的快樂，難道就不真嗎？

事實上，白鈴蘭光從聽故事的角度，都聽得出林俊齊難掩以上對下的態度，即便他很努力隱藏這些情緒了，可當他說著孫雅容可愛時，眼神卻充滿了嘲諷，好像孫雅容在他眼裡不過爾爾，好像她一個胖女人說的夢想有多可笑，好像他不過就是在施以同情，而孫雅容應該要以感恩戴德的姿態接受才對。更不用提他每次說著喜歡孫雅容、還是做愛後的敘述了，惺惺作態到令她想吐！所以這個渣男最終以死亡收場，她是一點都不意外。

剛剛才停下的陣雨，又緩緩落下雨滴，落地窗逐漸變得模糊不清。「那麼，妳也去了茶館了嗎？」偏偏，孫雅容是個孤獨到連任何社交媒體都沒有的人，白鈴蘭無從尋找，無法確定孫雅容是不是真的改變了人生。

「歡迎光臨！」

此刻，咖啡廳裡走進一名樣貌清秀脫俗，但眼神卻有點怯懦的女人，她的肢體很僵硬，像是不習慣被別人注視似的，唯唯諾諾地點完咖啡後，她慢慢走到角落一桌的男人面前。

「如何？表現得還可以吧？」

「非常好！就是這種感覺！妳完全抓住那種換臉之後的肢體了！其他我希望能再加強眼神的部分，會和角色更加接近。」

原來只是演戲。她差點就要以為，那是她未能見上一面的孫雅容了。

戲如人生，白鈴蘭相信，她離終點，剩下咫尺的距離了。

她收起畫得密密麻麻的地圖，起身走往下一站——青鳥飛翔的下一站。

卷四、父慈子孝

1.

晚上十一點多，好不容易才把衣服洗好、晾完，腰痛卻在這時發作，忍著腰痛走到廚房，我把今晚的剩菜全放在小盤子裡，查看飯鍋，卻剩不到半碗飯。

「這樣明天的午餐……」如果煮了一定吃不完，老公又不喜歡吃不新鮮的飯，只好明天再去自助餐買白飯了。

將碗盤洗好，已快十二點，今晚又沒能趕上我最愛看的電視劇，若想看明天下午的重播，我就得在中午前就先把大部分的事情做好才行。

腰又痠又痛，逼得我無法再多思考，洗完澡已經十二點半，老公早就睡得鼾聲作響，他一個人躺了一整張的雙人床，我卻只能睡旁邊的小床。

比起隔壁家的胡太太，我認為我已經幸福一些些了……

是嗎？

我真的覺得幸福嗎？

每天最輕鬆的時光，永遠是和胡太太一起喝個茶，話個家常，那種時刻最幸福，因為只有她願意聽我說話、也願意回應我，我想我們都一樣，沒有誰比較好。

胡太太本名叫崔玉恭，有其他人在時，我會喊她胡太太，只有我倆時，我們會叫彼此的暱稱，我叫她小恭，她叫我小喜，我常笑說我倆的名字合在一起，就是恭喜發財。

十年前搬來這時，人生地不熟，小恭主動幫助我不少事，帶我去菜市場、分享好看的韓劇，日子突然多了點新鮮感，不像以前還住在老社區，和誰都當不成朋友，因為我的一舉一動隨時都會被人告訴老公，如果做了丟人現眼的事，是得不到好果子吃的。

小恭不一樣，她會告訴我她的煩惱，我也會說點我的，最後發現我們的煩惱都差不多，都是覺得自己在這個家裡，可有可無。

「小喜，我女兒訂婚了，但我卻沒能參加、也不知情。」

「什麼?!」

「還是我恰巧看到某個親戚按讚，才看到我女兒的文定儀式，舉行的地點也在我老公的老家，他們完全不告訴我。」

「這不會太誇張嗎！他們是怎麼跟男方說的？好歹妳也是她的母親！」

「母親？」小恭像聽見什麼可笑的單字，眼底透著諷刺的笑意，「安靜的打掃機器人，才是我的職稱吧。妳知道嗎？再過個幾十年，到我們都白髮蒼蒼時，我就會失業了，因為會有真正的打掃機器人取代我。」

「妳在說什麼瘋話，妳女兒……唉、不說了！我真氣！他們居然這樣對妳！」我氣得直跺腳，小恭卻只是淡漠地笑著。

「很正常啊，妳忘了我連吃飯也都不能與他們同桌，得先讓他們都吃飽了，才能撿他們吃剩的啊？所以訂婚這麼大的事，我更不配知道。」

「哎！我說妳怎麼沒想過提前夾些菜放著？老這樣吃會營養不良的。」

她馬上搖搖頭，「那可不成！以前我剛嫁進來時，就是這樣，結果啊……被教訓得整整一星期走路傷口都會痛！」

是了，讓我們這十年都這麼要好的原因，是因為我們都活在地獄裡。

「誰讓我丈夫說，我老是學不會他們家的規矩，我一直是在挨打中學習的，現在都三十年了，早習慣啦！」

她說得豁達。

或許到了我們這個年紀，已經沒有什麼事好不豁達的了。

小時候光是糖被搶了，就覺得委屈極了，好像這輩子都吃不到似的，可以傷心一個下午；少女時，光是看了一本瓊瑤的愛情小說，就可以為了劇情揪心整整一星期。什麼時候開始，這些七情六慾早就被時光磨得平淡，無論發生了怎樣的喜怒哀樂，好像都不足以撼動內心世界。

可是唯有那麼件事，是我怎樣也無法習慣的。

那便是當兒子對我說的話愈來愈少，甚至一個月不到一次時，內心的失落與難受，總像胃酸過甚似的翻攪得難受。

以及，這聽了快三十年的鼾聲，也讓我難受。

＊

「小喜，今天下午要不要一起去新開的咖啡廳看看？」

我細算著老公給我的菜錢，光是今天中午連買碗白飯都嫌奢侈，實在花不起一杯五、六十塊的咖啡。

「我有優惠卷，難得讓我請客一次吧？」

盛情難卻，我歡喜答應，雖然那部韓劇下午的重播又得錯過了，但能和小恭悠閒一個下午，比什麼事都好。

小恭與我不同，我從一開始嫁進這個家，就沒什麼存款，嫁妝也少得可憐。老媽請媒婆替我去說媒，說了好幾家，才終於遇到中產階級的老公，願意與我結為連理。

小恭聽說以前也是個老師，和我以前教幼兒園不同，她是名大學教授，書讀得很好，即使不結婚，如今可能也會位居高位也說不定。

但她的母親卻不允許她整天在外拋頭露面，說她這樣很丟人，朋友的女兒都結婚生子了，唯有她到了快三十還嫁不出去。

在種種逼迫下，小恭和母親介紹的胡家華結婚，胡先生家裡是軍人世家，代代在軍中都有很高的職位，所以個性也很一板一眼。即使小恭每次說起往事都輕描淡寫，但我知道，那樣高知識、又有能力的女孩子，要適應這樣傳統的家庭，一定吃了不少苦。

她一定被那些利刃拋光了無數次，才變成現在這樣無欲無求的模樣，對她來說，能和我一起喝杯下午茶，彷彿也是同等幸福的小事。

雖說以前她攢下不少錢，但這幾年她的兒子經常跟她討要金錢，有時一開口就要幾萬，就算她以前存再多的老本，這樣被她兒子索討下去，我真擔心她以後連養老的錢都沒有。

「小恭啊。」我清了清嗓子，又燙又熱的咖啡一時還無法喝下。

「怎麼了？妳老公不會又打妳了吧？」

「不是，我是擔心妳。」

「我有什麼好擔心的。」

「妳那個不務正業的兒子，現在還是沒找到工作吧？每天睡到落日才醒，醒來就只曉得跟妳要錢……」

「也沒有只跟我要錢，晚餐的時候就挺好的。」

「那是因為妳老公很嚴格！他就算跟天借了膽，也不敢在妳老公面前撒野！」

小恭露出苦笑，吹涼了咖啡，啜飲一口。

「書承確實不敢，那孩子以前不是這樣的……」

「哪兒不是了？之前他念高中時愛逃課，妳還得幫忙瞞住老公，不然他就會對妳發脾氣，這些妳都忘了？」

「好了、好了，妳怎麼當成自己的事一樣氣了？小心氣壞身子！都是那麼久以前的事了……」一點都不久，這也不過才六年前而已。

「妳的事就是我的事！小恭，妳那麼聰明，以前還有個七十多歲的老人去念大學呢！妳現在才六十，人生還能再重來，不必受這種氣！」

「都六十歲還要重來啊，這人生若真那麼長也太累了，我不想活那麼久。」

「唉！是啊，我其實也不想活那麼久。」

氣氛轉眼變得憂鬱，我們之間經常這樣，說到高興時便高興，但常常說著說著，又會漸漸低落下來。是不是因為我們的人生，已經連一件值得高興一個下午的事，都沒有了？

「對了，王太太沒事了。」小恭欣慰地說。王太太原本跟我們住在同一棟大樓，去年搬走後，偶爾還會見見面，直到她因為被老公毆打，失手用剪刀刺死老公為止……

「因為是那個什麼……正當防衛？」

「是啊，王太太平時人那麼好，我是不會相信她會如此的，但很奇怪，我覺得王先生看起來也不像是會那樣的人。」

「人不可貌相啊，看起來是好人的，未必……」

「臭老太婆！原來妳跑出來喝咖啡！還真悠閒啊。」胡書承用力踹了一下我們的桌子，我那一口沒動的咖啡就這麼灑出來一大半，我瞪著他，一把火就要上來。

「看屁啊！死歐巴桑！」年輕氣盛就是這樣，然而可悲的是，光是被吼了兩句，我就因為怕被打受傷而退縮。

小恭連忙起身道歉，「對不起啊，我有留字條說要出門一會兒……」

胡書承用力戳著小恭的額頭，不客氣地說，「誰希罕妳的字條啊！錢呢？」

「我……你爸最近給的菜錢已經……」

他一掌拍在桌上，咖啡又震了不少出來，整個桌子髒兮兮的不說，周遭的其他客人也一直猛盯著我們看熱鬧。

「有錢喝咖啡，沒錢給我是吧？幹！」他伸手就要賞小恭一掌，旁邊有名壯漢看不下去，一把抓住他的手。

「操！你誰啊？」

「不管這人是不是你的母親，你都不應該用這種態度對長輩說話。」壯漢沉著眸子，雖然看不出怒氣，但他抓得手勁很大，胡書承的手都痛得發抖了。

碰到釘子的胡書承，忍著怒氣摸摸鼻子走了，「我回家去翻，就不相信找不到錢！」

「這位先生，謝謝你啊。」我連忙對他道謝，他只輕掃我倆一眼，放了張傳單在沒有被咖啡灑到的地方就走了。

我們像洩了氣的氣球，無力地坐下，看著桌子的一片狼藉，什麼美好的下午時光，全都被那不孝子破壞了。

「小恭，妳兒子實在……」

我見她看傳單看得出神，好奇湊近一看，綠色的傳單上頭寫著斗大幾個字：『十天內還免利息！幸福借貸。』

「現在當鋪的名字取得還真時髦啊，都要借高利貸了，怎麼還會幸福呢？」我完全不能理解。

「就是這樣才有趣啊。」彷彿稍早前都沒被兒子脅迫似的，小恭笑得很開心，藏在笑容背後的，卻是無盡的心酸。

＊

整整三日沒見小恭出門了，我很擔心，又不好上門按鈴，我的手機沒有申辦網路，加上又是預付卡，裡頭剩下十塊錢，也無法直接聯絡她。

隔壁傳出關上鐵門的聲音，我趕緊湊去貓眼看，便看到小恭跟著她兒子不知道要上哪匡啷。

一個多小時後，小恭才來按門鈴。

短短三天便消瘦許多的她，面容相當憔悴，彷彿瞬間老上許多。

「我可以進去嗎？」

「快進來！」我泡了杯茶包給她，她一直垂著眼，什麼話也不說。

過了半晌，她才吶吶開口，「因為我兒子跟我丈夫打小報告，說我沒有好好料理午餐給他，顧著跑出去和朋友喝咖啡，我就被丈夫禁足了三天。」

那個不孝子還真有臉說啊！

「我最後的一點積蓄，也都被他提領光了，剛剛他帶著我去借高利貸，用這個房子的地契去借。」

「這間房子原來是妳買的啊？」

「是啊，以前我存了不少錢，當初丈夫說，我的錢就是這個家的錢，不能再只想著自己。」

「可是妳的錢現在都被他們花光了啊！妳兒子讓妳去借了多少？」

「一百萬，他原本還想借三百，但是這房子太舊了，所以借不了那麼多。」她面如死灰，在那個家沒有半分地位的她，想必那些錢對來她說更像保命錢，但如今……她該如何是好？

「小喜，妳覺得一個女人的一生該如何？好像根本不用去想該如何，對不對？只要乖乖地找個人嫁了，然後為這個家做牛做馬到死，差不多就是這一生該盡的義務了。可是男人呢？他們有非常多的人生選擇，就算終生不娶，也不會遭人非議，離婚也不會被貼上標籤，他們真是自由啊。」

「吃點餅乾吧，樓上的林太太昨天分送了些從日本帶回來的餅乾，很好吃的。」

我不知道該怎麼回答她，因為我就是受著那樣的觀念長大的，女人負責相夫教子，男人扛起這個家的經濟，各司其職罷了。

「還記得那個做室設的吳小姐嗎？離了婚帶著一個兒子，聽說她上次接了小籠包那家店的裝修生意，卻因為女人的身分，被惡意壓低價錢不說，還被質疑能力，結果裝修的效果，讓那家店成了年輕人最愛去打卡的地方，但老闆卻一點都不覺得這是吳小姐的功勞。」

「小恭，沒有辦法呀！這個社會就是這樣！妳怎麼盡說些有的沒的，妳兒子強迫妳借高利貸才是要緊事啊！」

小恭搖搖頭，「那一點都不要緊，我都這個年紀了，到時若還不出來，兩腳一伸，用保險金就能解決了吧。」

「妳在說什麼啊！」

「妳知道我丈夫禁足我時怎麼說嗎？『連兒子的午餐都照料不好，還妄想人家會把妳當母親！我呸！』原來我在孩子心中是不是個母親，是由我能不能回應他們所有需求而定啊。」

「妳要不要暫時回娘家？」

「我爸媽都多大年紀了，回去讓他們擔心幹嘛？再說了，我媽向來不允許我違逆夫家，我這樣逃回去，她一定也會把我趕出門。」

完全孤立無援，我能懂這種無助，因為我也好不到哪。

「更有趣的是，剛剛去的那家當鋪，就是『幸福借貸』，前兩天幫了我的壯漢，哪兒還有那天的正義感，即便知道我是被兒子押去辦理的，他還不是照收不誤。」

小恭靠著沙發，看著窗外的天空發呆，「人啊，都是自私的。」

「妳不會想不開吧？」就算她個性再怎麼豁達，也從沒這樣對任何一切都那麼淡漠過，彷彿她是用第三者的角度，在看著自己的悲劇一樣。

「當然不會啦，那會遭天譴的。」

「那就好。」

小恭這天明明答應過我，她不會自殺的，我相信她不會騙我，所以隔天發生了那種事，我才會那麼激動！

隔天忽然有救護車跟消防車聚集，似乎是對面的陳太太報的警，原因是小恭家散出很濃的瓦斯味！

消防人員立刻破門而入，沒多久小恭就被擔架抬出來，昏迷不醒的樣子，讓我無法判斷她是否還活著。

「胡太太！」我驚呼出聲，但她並沒有睜開眼。

「報告，確認只有一名受害者。」消防人員說道。

一名？那怎麼可能呢？她的老公孩子都去哪兒了？

「唉唷威！是自殺嗎？太恐怖了！」陳太太嘖嘖地說。

「啊她老公怎麼不在啊？」我問。

「妳和他們家那麼好，難道不知道嗎？老胡昨天去遊覽了。」小恭昨天沒告訴我，難怪她解了禁足又被帶去借錢，全是因為老胡不在啊。

「希望她別死喔，不然我們這邊的房價會掉得更低！」陳太太悻悻然地說完，便覺得晦氣地關上門。

真是冷血啊，即使早就知道這個社會已經變成自掃門前雪了，還是會覺得心寒。

「看熱鬧看夠了吧？差不多準備午飯了！」今天休假在家的老公嚷嚷地說。

「馬上來。」雖然心繫小恭的安危，但我現在如果不把該做的事做完，是出不了這個門的。

偶爾會覺得自己可能比幫傭還沒人權，人家不但有薪水可領，還有休假……

我忽然不知道哪根筋不對了，看著坐在客廳看電視的老公，我脫口而出，「午餐你自己想辦法吧，我要去醫院看胡太太。」

老公立刻轉頭瞪我，我害怕地退了兩步，可以想像他很快就要衝過來打我了！

兒子在這時走到廚房喝水，目擊這一幕卻裝作沒看見，繼續翻著冰箱找東西吃。

「妳再說一遍？」

「我說……沒事。」

「妳是不是皮癢了？」

「對不起。」

老公瞪了我好一會兒，剛剛湧上來的勇氣，早就化為雲煙，「還不快煮？」

「是。」

我迅速走到廚房，兒子若無其事地讓出冰箱前的位子，看都沒看我一眼，如同過往他也是這樣看著我挨打，卻什麼也不做。

切菜切到一半，我把眼淚悄悄抹去，想起小恭昨天說過的話，覺得我們得人生過成這樣，真的太窩囊了！

難怪她會想要死。

是我，我也……看著手上的菜刀，我發現我連死的勇氣都沒有。

等到我終於可以溜出門時，是老公午睡的時候了，我匆忙地趕往醫院，總算在急診室的病床上找到奄奄一息的小恭。

「醫生啊，胡太太怎麼樣了？我是她的鄰居。」

繁忙的醫生看了看資料說道：「一氧化碳吸入得不多，住院觀察幾天，沒有其他併發症狀的話就能出院了。」

「那就好……」我鬆了口氣，看著仍在昏睡的小恭，內心仍然惶恐。

等了半個多小時，小恭才終於清醒。

「小恭！是我啊，妳沒事吧？」

她似乎有點驚訝自己為何在醫院，看看我，又看看自己，「我怎麼了？」

「妳不知道嗎？妳家瓦斯外洩，差一點妳就要一氧化碳中毒死亡了！」

「什麼?!我、我兒子呢？」

「他不在，只有妳一個人中毒。」

「他從來沒外宿過啊，怎麼……」這句話說到一半便停了，我們同時意識到一件可怕的事。

她吞吞口水，不敢再往下說，渾身不知是發冷還是怎麼了，忽然劇烈顫抖起來。

「沒事吧？我去幫妳叫醫生。」

「小喜，答應我。」她緊緊抓住我的手臂，「如果有天我怎麼了，就裝什麼都不知道就好，好嗎？」

我一把甩開她！「妳傻啊！妳就那麼寵妳那不孝子？」

「他是我的孩子啊，有哪個母親會對自己的孩子狠心？」

「就算、就算是這樣……小恭啊！妳多為自己想想好嗎？」

她的表情疲憊，「我已經在這個家累了這麼多年了，如果能提早離開，未嘗不是件好事。」

我想著中午老公、兒子的種種行為，想著我倆這麼相似又悲慘的人生，愈想愈覺得不公，憑什麼我們就得過這種日子呢！

「憑什麼啊，憑什麼女人就得活得這麼卑微不可？憑什麼我們就得洗衣做飯？」

「哼！不然女人還能幹嘛？能像男人一樣賺錢嗎？老媽子活一把年紀了，還想學年輕人搞什麼男女平等啊？」隔壁床的老伯插話地說。

我忿忿把隔廉拉上，卻無法反駁任何一句，因為他說得都對，我一把年紀了，也沒賺錢的能力，如果被趕出去，可能很快就流落街頭了，我早就失去了生存的能力。

「老天爺是不是想給我什麼考驗呢？無論是什麼，這輩子，我大概是通過不了了。」她累得閉上眼，昏睡過去。我一句安慰也說不了，只能看著她的悲劇繼續往更壞的地方發展。我看了看時間，再不走老公就要起來了，要把她一個人丟在這裡，心底非常過意不去。

但一想到會挨打，我還是離開了——如同她昨天所說，人都是自私的。

「對不起，我不是自私，對不起啊。」

太不公平了，為什麼我們這樣老實過日子，老天爺還要把人逼到絕路？而那些作惡的人，卻能過著幸福快樂的日子……

我們只是想要，能安穩地喝上一杯下午茶，想要平靜的日子就好了啊，連這點幸福都不肯給，難道真的要小恭被兒子給殺了嗎！

砰！

一進家門，我便被拳頭重錘腦袋跌倒在地，緊接著又是一腳接一腳地踹！

「我操妳媽個逼！妳現在是蹬鼻子上眼了是吧？老子有准許妳出門了嗎？」

奇怪，中午還很害怕挨打，現在真的被打了，突然不覺得痛了，是不是因為，我也和小恭一樣絕望了，因為此時我的兒子，居然還能什麼都沒聽見般，坐在旁邊滑手機……

2.

「救……救命……」我聽見自己的喉嚨終於能發出聲音，幾十年來，從來喊不出口的呼救，在這一下下的狠踹之中，終於能喊出來！

「救命啊！救命啊！」

「閉嘴！是想讓誰聽見啊！給老子閉嘴！」老公見我呼救先是嚇了一跳，接著便用力地往我的嘴上踹！

我滿嘴是血地往門口爬，他卻輕鬆地一把抓回我。

「誰來救救我啊！啊啊啊——」我用盡全力地吼叫，果然引來了陳太太來按鈴。

「喂！快開門！我可不允許這裡再發生什麼會叫警察來的事，是想讓房子多掉價啊。」

老公的呼吸絮亂，他瞪著我像瞪著一隻狗似的，因為陳太太拼命地按鈴敲門，他只好把門打開。

「我說老劉啊，都多大年紀了，還整天教訓老婆，就不怕她跑了，沒人照顧你啊？」連老陳都出現了，他大概是怕老公對陳太太動粗吧。

「我們家的家務事，輪不到你們來插嘴。」

「是，我們也沒想管，就想讓你克制點，別再又把警察引來了！」

他們看都沒看過我一眼，明明我渾身是血的倒在地上，他們卻都跟我兒子一樣，連一點餘光都不曾飄過來。

「行，不把人打死不就行了？」老公冷笑，而我打了個冷顫。

「老劉啊……」老陳還想再多說兩句，老公轉眼就把門給甩上，還以為他要繼續揍我，他卻一屁股坐在沙發上，像是打我打累似的，喝了大半杯水。

「爸，我晚點要跟朋友出去，晚上就不在家吃了。」

「好啊，身上的錢夠不夠？」

「夠。」

「我還是再給你一點吧，免得出去沒錢丟面子。」

「謝謝爸！」

父子倆日常般的對話顯得很祥和，彷彿剛剛毆打我的事情根本沒發生過，兒子視若無睹地經過我旁邊，在他的眼裡，我還是母親嗎？

沒人管我躺在地上，也沒人過問我的傷勢，就和躺在醫院裡的小恭一樣，沒人在乎我們是生是死，或許死了還比較好。

「憑什麼啊……」我搖搖晃晃地站起身，老公轉頭瞪著我。

「妳要去哪裡？」

「醫院。」

「誰准妳拿我的錢去看病？妳今天特別愛討打是吧？」

我到底是為了什麼而撐在這個地獄裡，還不逃走呢？

「那我出去買點紗布就好，不然這樣也沒辦法好好準備晚餐。」

「滾。」他手一揮，我這才得以離開，卻發現陳太太竟然一直站在外頭。

她向我招了招手，要我進去她家。

陳太太一直是個講話尖酸刻薄的人，對於鄰居她也是能不理就不理，任何有妨礙到他們家利益的事情，她都會第一個跳出來爭取，就像今天這樣。

她拿出醫藥箱，幫我把臉上的血擦乾淨，也處理好一些大傷口，就連化瘀的藥也塞了一條給我。

「陳太太，妳……」

「我可沒那麼好心要幫妳，只是啊……唉！女人啊，這輩子找個老公，就是一生的飯碗，妳可別以為把碗打破了，還有辦法活下去。」

「活在這種地獄，不如流落街頭！」

「外頭的世界，可比家裡要可怕得多了。」想不到她的個性也如此傳統，也是，我們畢竟都是同個年代的老人了，受到的教育便是如此。

「外頭的人啊，是看不到臉的。」她忽然沉下臉色，這句話說得我心慌。

「陳太，總之今天謝謝妳啊，若不是妳，我可能會死也說不定。」

她恢復了以往勢利的臉色，撇撇嘴，「妳走吧。」

「劉太。」

我駝著身子，身上的傷讓我痛得寸步難行，想著還在醫院的小恭，怎樣也得撐著傷去找她！

她瞇著眼看著我好一會兒，「妳知道妳今天躺在地上時，妳的表情是如何嗎？」

「啊？我、我應該是很痛苦吧……」而且她不是當時連瞧都沒瞧上我一眼嗎？又如何能得知我的表情？

「妳的表情，可比妳老公還要恐怖。」

「……」

我聽不懂她說的意思，她催促著我快點出去，我也不好再多問，靠在牆邊，我想著稍早前的無助，當時我是怎麼想的呢……我有點想不太起來了，應該只是希望他的拳頭能夠停下來吧。

兒子在這時正好從家裡出來，一不小心便和我四目交接了。

「兒子啊，要跟朋友出去啊？」我盡量堆起笑容，臉上的傷一定讓我的臉看起來有點可笑。

「嗯。」他不情不願地應聲，我跟著他一起去搭電梯，他看起來似乎很困擾。

「那個啊……媽媽啊……」

「可以不要跟我說話嗎？」他不悅地瞪著我，那眼神和他父親十分相像。「我不想被人知道妳是我媽。」

「對不起……」

「妳就是這種唯唯諾諾的樣子，爸才會想揍妳！」說著，電梯剛好抵達一樓，而我則怔怔地看著他跑遠，一步也動不了。

心像被人狠狠捅了一大刀，比身上的傷還痛，那個從小被我呵護著長大的孩子，曾幾何時已經變成這副樣子了……

我發現我哭了，一把年紀的人了還難過地流下眼淚，真是沒用。

才走出了電梯，便看見小恭匆忙地搭著計程車回來了！

「妳怎麼跑回來了？」

「我不放心我兒子，所以才想趕快回來。」小恭的臉色很是蒼白，她馬上注意到我的傷，「小喜！妳的傷……」

「我、我沒事，妳應該要擔心妳自己吧！一氧化碳中毒又不是小事！」

她看看我、再看看自己，「我們是半斤八兩啊。」

面對著滿臉皺紋的彼此，我們都累了，站在人生的道路上，累得快要連一步都無法再走下去。

「去我……唉……」她本來想說要去她家，才發現我們倆都沒有一個正常的家可以回去。

「那去頂樓吧。」她提議。

這棟大樓的頂樓，也不過才十樓而已，不算太高，現在處處高樓林立，我們這棟樓顯得相當矮小，即使想看個遠景，也都被大廈擋住了。

「妳兒子沒回家，這點我很確定。」

「這樣啊。他手機也不通，不知道人跑去哪兒了。」她滿臉擔憂，明明兒子想殺她，她卻還在替他擔憂，做母親的，真的做不到恨自己的孩子。

「會好的。」我拍拍她的肩，也不知道這句話是說給誰聽。

忽然，她的手機響了，一看是她兒子打的。

「書承啊，你在哪兒？有沒有受傷？」因為風聲太大，她乾脆打開了擴音。

「呿！妳是真不懂還是裝傻啊！我沒事，好得很。」

「人沒事就好，今天家裡瓦斯外洩……」

「我知道啊。」都已經說得這麼白了，小恭仍繼續裝傻。

「嗯，那沒什麼事了，晚上回來吃飯嗎？」

「妳敢煮我還不敢吃呢，以後我還是等老爸有在家的時候吃。」說完，他便切斷通話，我們一起望著螢幕跳回了普通介面，一句話也說不出來。

想著剛剛我也是被自己的兒子輕視，而小恭的兒子，卻是已經得寸進尺到這種地步，擺明著想殺自己的母親，再這樣下去，小恭真的會死！

「我看乾脆跳下去好了。」小恭身子探得更出去了，我趕緊拉住她的手。

「跳什麼跳啊，人生還長著呢。」

「跳下去了，問題都能解決了。」

「妳怎麼能確定呢？要是妳白死了呢？」

她忽然腳一軟，整個人跌坐在地，發洩似的狂吼好幾聲！

「從前啊，結婚生子對我來說，像是別人的事。可被家裡逼婚懷孕後，一切都不一樣了，當孩子在肚子裡一天天長大，當小小的身子在我的懷裡蠕動，當那雙眼眸依賴地看著我，我知道，我得為了他們，努力當好一個母親，我要給他們美好的未來，我要他們一輩子都幸福、快樂……」小恭說著說著便哭了。

我明白。

她說的這些我都明白，為了孩子可以活在地獄，但……如果連孩子，都不站在自己這邊的話，還有意義嗎？

轉眼間，小恭竟然已經站在女兒牆上，搖搖欲墜！

「小恭！妳在幹什麼啊！快下來！」

小恭的臉色似乎比剛送到醫院時還蒼白，「與其讓孩子的手沾上鮮血，不如我自己了結，我說過了，希望他們一生都幸福快樂，他現在還小，不知道自己做了這件事，會對人生造成多大的傷害，我能為他做的最後一件事，就是這個了……」

怎麼會這麼傻呢？為什麼我們為人父母非要做到這種地步不可呢！

「妳下來啊，這些事都能解決，會有辦法的！」

她站得愈來愈不穩，我也不敢貿然拉她，怕反而讓她跌下去，只能想辦法說服她。

「不好意思，打擾一下，請問是崔玉恭女士嗎？」一名郵差站在頂樓門邊，我們面面相覷，難道現在郵差送信直接送上門了？

「我是……」小恭有氣無力地應了聲。

「崔女士，這裡有您的信。」郵差的帽檐拉得很低，雖是郵差服，但全身包得密不透風，連臉都看不見，最令人印象深刻的是，他綁著一頭銀白色的馬尾。

小恭無心再理會這個完全沒進入狀況的人，轉身看著底下，死意已決。

倏地，郵差一個箭步，在我還來不及反應時，他已經一把抓住小恭的手臂，用力把她從牆上拉下來！

「崔女士，這裡有您的信。」他把一張血紅色的明信片遞到她面前。

「你……」小恭惱火地瞪著郵差。

「請您好好過目。」

「下來就好，別再做這麼危險的事了！」我緊緊抓著小恭的手，深怕她又趁我不注意爬到牆上去。

「小喜，妳攔得了一時，攔得了一世嗎？別管我了。」她整個人有氣無力，正想把奇怪的明信片隨手丟出去，我及時阻止。

「那個怪裡怪氣的郵差什麼來頭？還是先看看是什麼明信片吧。」

突然闖入別人的自殺現場，卻只是為了送一封信？就算我整日活在井底，也深知這其中一定有古怪。

「青鳥的眼淚？」小恭歪著頭看了很久，除了標題以外，剩下的就是小恭的名字，以及『恭候大駕』四個字。

「這是哪家孩子的惡作劇吧？連個地址都沒有，是要妳去哪、做什麼？」

小恭的臉色變得很凝重，她小心地審視明信片，把上上下下全都檢查了一番。

「怎麼了？」

「小喜，前陣子我在臉書上曾看過一個傳聞，凡是收到『青鳥的眼淚』這間茶館所寄來的邀請函的人，都能去茶館許下一個神奇的願望，任何願望都可以。」

「包括讓妳重新開始？」

「是啊，好像連這種願望都可以。」

即使如此，她看起來並沒有很開心。

「送妳吧，妳比較需要。」她把明信片塞到我手上，「許個願，重新活一遍。」

「即使可以許願了，妳還是想死？」

她搖搖頭，「我對於明天為什麼要睜開眼睛感到茫然，就算給了我許願的機會，我也不知道自己該許什麼好，我不希望我的孩子消失、受苦，也不希望他們引以為傲的父親，遭遇什麼災難。如果我消失了，孩子還可能會因此而背債，唯獨我死了，所有的問題都能解決。」

她並不是因為一氧化碳中毒而神智不清，說出這番話的她，能讓我想像得出，當年在大學當教授的她，說話多有信服力，散發出的自信有多耀眼。

「今天三番兩次被打擾，我看還是明天再死吧。」

「明、明天不行啊！後天也不行，妳答應我的事還沒做呢。」

「什麼？」

「妳忘了嗎？下禮拜即將開業的麵包店，說好要一起去，明德路上的二輪電影院不是也要歇業了，我們還有電影券沒用呢，還有……」

「行了，那些事我都陪妳做完，要盡快，在我兒子下一次出手之前。」她說得決絕，好似我怎麼拖延時間，都無法再改變她的心意。

我捏著這張不知是真是假的邀請函，想著一定要找到茶館，然後許下一個願望——『希望崔玉恭不要死。』

直到傍晚才返家，我內心仍有些害怕，想來老公應該不會照三餐打我吧。

結果家裡竟然空無一人，連盞燈都沒開，也許老公跟朋友出去吃薑母鴨了。

「搞什麼東西，都這個時間了，連飯都還沒煮！」

隔壁傳來砰砰砰的聲音，想必是老胡回來了，發現小恭沒煮飯，又在鬧騰！

這棟大樓裡，我想就只有我和小恭運氣這麼不好，一天到晚被老公教訓，其他人的老公雖然沒特別寵著，但至少也不會這樣一言不合就打老婆。

我打開冰箱，赫然發現昨天才添購的菜竟然都沒了！明明中午煮的時候，還有不少的，冰箱變得很空，好像有人故意把食材收起來，連生水餃也沒有，找不到半點吃的。

「居然想用這種方法來懲罰我。」我繼續翻找，找到一塊冰了兩個多月的饅頭，硬得跟石頭似的，拿去電鍋蒸了兩回，還能勉強配水入口。

我盯著明信片瞧了好半天，還是想不明白，上頭怎麼連個地址都沒有。

拿起來放在燈光下，也透不出字，用橡皮擦在紙上擦過，連掉色也沒有，以前在幼兒園時，我特別擅長做些摺紙逗小孩玩，感覺這明信片，也許藏了玄機在裡頭。

我把饅頭一口吃完，這時老公也回來了，回來得還真早。

「妳居然還有東西吃？」他全身沾滿了燒烤的氣味，看來今晚吃得不錯。

「我熱了個饅頭……」

「哼，真賤！連那種東西都吃。」

這個人，大概這輩子都沒愛過我吧。

從一開始結婚，就喜歡說我是別人挑剩的，說我長得醜、胖得跟豬一樣，各種言語霸凌不斷，到最後發展成暴力，我一點也不意外，但為了兒子，這些事情牙一咬就過了。

有一年老公被裁員了，我靠著洗碗、做清潔，撐了半年多，那段時間雖然身體勞累，卻是這個家最祥和的時期。老公那段日子對我很好，總說找到工作會帶我去吃牛排，結果沒多久他又故態復萌了。

人家的兒子還會保護媽媽，但我的兒子，卻因為跟著爸爸有好處拿，所以也一併冷落我。

「什麼外面的人沒有臉啊，家裡的人才是吧。」我的喃喃自語果然惹惱了老公，他怒氣沖沖地衝過來抓住我。

「妳剛剛說什麼？」

「什麼都沒說，求求你，別再打我了。」

「哼！」他一把將餐桌翻倒，彷彿製造這些聲響，就能讓他滿足。

我乖乖地蹲下來收拾，赫然發現明信片被水染濕了！我慌張想衝去撿，又害怕被他看見，只得裝作在清掃，悄悄把明信片藏在懷裡。

等到上廁所時拿出來一看，發現上頭竟然顯現出地址了……

「怎、怎麼會……」科技愈發進步，我都不曉得竟有沾了水才能浮現的字。

明明是給人去許願的，卻用如此刁鑽的方式告知地址，這不是為難人嗎？無論如何，明天應該可以趁買菜時偷偷去。

我沒有告訴小恭，她家今日鬧了這麼一齣瓦斯外洩，只怕明天也不好出門，反正做好事本來就不是拿來說嘴的，我只要成功許了願，小恭就能好好活下去了。

次日一早，等老公出門上班後，我便趕緊出發，上頭的地址離這裡很遠，搭公車的話得轉兩次車，下車後還得走路走上半小時，我拿著地圖，在下車後走了足足一小時才找到茶館。

「這裡就是茶館？」

這片山林平時誰也不會來，聽說很陰，常有人來這爬一趟山，回去就中邪了，我剛剛自己爬的時候，心裡也很害怕。眼前是日式大宅的竹門，上頭掛著的匾額寫著『青鳥的眼淚』。

這到底是容易找，還是不容易啊？

而且門上連個門鈴都沒有，我輕敲敲門，竹門便打開了，根本沒鎖上。

此時一陣陰風吹來，在這種陽光都被樹林遮蔽的地方，我起了滿身的雞皮疙瘩，心中有不祥的預感。

仔細一想，無論是那個郵差還是這張明信片，他們是如何得知小恭需要許願的呢？又怎麼知道她家的地址、知道她當時正要自殺……

「歡迎光臨。」一道聲音幽幽傳來，竹門後面此時站著一個人，那人有一頭銀色長髮，膚如紙一般慘白，還有一雙赤如惡鬼的眼睛。

「李玉喜女士，還請移駕正廳，已備好熱茶招待您。」

雖然這人生得可怕，但人家都這麼客氣了，我也不好說什麼，慢慢跟著他走進大宅內。

旁邊的庭院裡還擺著罕見的添水，不時地發出水流過竹子的特殊聲音，會知道它的名字，也是小恭告訴我這個俗人的。

這聲音彷彿有安神的作用，心情已不如剛剛那般惶恐，來到鋪滿榻榻米的正廳，氣溫相當溫暖，屋內散發著檀香，氣氛相當祥和。銀髮男的一舉手、一投足都相當優雅，我不懂什麼茶道，但我想他應該有學過，他用竹刷把茶粉攪拌均勻後，將茶碗遞到我面前。

我捧起來喝了一口，苦中帶甜的茶香很是特殊，和我喝過的抹茶都不同。

放下茶碗時，又對上那雙紅眼，我仍然不習慣看那雙眼睛，急忙別開視線。

「李玉喜女士，感謝您千辛萬苦來到本茶館，請恕本茶館只接受本人來許願。」他的語調平淡，嘴角掛著一絲淺笑，那笑容和一般的假笑不同，反而……

我吞了吞口水，他真的是「人」嗎？

「外頭的人啊，是看不到臉的。」

陳太說過的話，在耳邊迴盪，此時銀髮男那張蒼白如紙的臉，彷彿只是一層人皮般，而底下藏的究竟是……

我也許，今天會死在這。

3.

咚、咚。

添水又發出了聲音，卻無法再給我安心感了。

人畢竟也是動物，總會在某些時刻，感受到前所未有的危險。

比如眼前這個陰森森的銀髮男，是人是鬼也不知道，衝著我一昧地冷笑，而我的雙腳也跪坐到發麻，一時想跑也跑不了。

「李女士，您覺得青鳥為何會哭？」

「我是個老人了，哪懂這些文縐縐的東西。」

銀髮男把茶碗端起轉了半圈，啜飲一口，「您懂啊，這些年，您一年出入圖書館的次數高達百次，連英文都能說上兩句，您從未停止學習呢。」

他怎麼連這個都知道……

「您是個只要給您一點機會，便會想改變人生的人呢。」

「就算如此，我也不打算利用朋友的機會，這是屬於她的。」

「我知道，您誤會我的意思了，我只是要告訴您，青鳥之所以會哭，並不是因為無法帶給所有人幸福，而是——」

最後那句話讓我相當震驚，一時語塞得無法接話。

「您讀過相當多名作，一定明白這句話的意思吧？」

我沉默不語，再次捧起茶碗，喝了一口，以逆時針的方式，將茶碗的花紋對準銀髮男才放下。

「您果然對日本茶道也有所了解。」

「不是我了解，這些是小恭告訴我，我才有興趣去研究的。你說不能由我代替許願，那麼如果她親自來的話，你真的會實現她的願望嗎？」

「隨時恭候。」我終於敢對上他的目光了，雖是紅眼，但眼神裡並無殺氣，一切只因心生恐懼，才做了無謂的想像。

起身離去前，腦海閃過另一個疑惑，「請問，剛剛你和我說的那句話，跟這間茶館有關係嗎？」

他露出淺笑，「無論有沒有關係，您都不會再來這了。」

我無法理解他的意思，若有所思地離開後，發現離開的路只走了半小時就到公車站了，走的路和去時不同，變得相當順暢。

難道這座山有什麼古怪嗎？

我不死心再走一次，這次無論怎麼走，都找不到那個地方。

或許只是障眼法。

我回到公車站，只沿著山牆走，且要確保摸到的每面山牆都是實的，照這個方法，果真再次找到茶館，我把路線重新畫在地圖上，回程時，發現來去看似不同的原因，是因為路邊鮮豔的花花草草，那些顏色很容易讓人的視覺產生誤差，進而轉錯路，才會怎麼找也找不到。

這樣一折騰，等到家時，竟然已經下午快四點，我著急地想去買菜，小恭卻在這時傳了訊息給我。

『如果回家的話，不用慌忙去買菜，我已經幫妳買好掛在門上了。』

「小恭……」

一想到如此良善的人被逼至此，我就忿忿難平，搭電梯時，正好遇到胡書承，他見著我，也只是冷冷一瞥。

「書承啊，你媽媽身體還好吧？」

「呿，整天跟那老太婆混在一起的不就是妳嗎？問我幹嘛。」他雙手往口袋一插，惡狠狠地瞪了我一眼，示意讓我閉嘴。

「可是……」

砰！

他一掌拍在電梯上，電梯因此搖晃了兩下。

「不要以為妳年紀大就有資格對我說三道四，也不過是個歐巴桑而已。」

一模一樣。

人家說言教、身教如此重要，就因為孩子總是看著父母長大的，而我的兒子，也變成像胡書承這孩子一樣了嗎？多可怕啊。

「知道了。」

他看我的眼神很怪異，電梯門一開便迅速出去，「幹！警告妳，最好少在我面前晃！」進家門前，他如此吼道。

看著看著，我有點慶幸，還好我的孩子只是變得比較冷漠，不像他那樣暴力。

門上果然掛著滿滿一袋的菜，我心存感謝地把這些菜變成好吃的晚餐。

今晚的餐桌一如既往地平靜，不同於昨天，總是打打鬧鬧地多可怕，每次如此安寧時，就會想，也許只要我安份守己，日子還是過得下去。

「妳明天把倉庫那間打掃出來。」
「要用來做什麼嗎？」
老公夾了兩口菜，冷笑，「當然是讓妳住啊。」
「喔……」
「下個月，我會接個朋友來住。兒子啊，你要對人家禮貌一點，她以後就是你阿姨。」
我慢慢放下碗筷，不明白他到底在說什麼。
「妳那什麼臉？我沒把妳趕出去妳就該感恩戴德了，至少我還會養妳一口飯吃。」
「這樣啊，那以後就有人能跟我一起分擔家事了呢。」
砰。
他用力把碗放在桌上，「她不用做任何事，那是妳的工作，不然妳在這個家還有什麼功用？人家又不像妳無所事事，至少還是一間理容院的老闆娘呢。」
「爸……」兒子難得開了口，「那個阿姨，跟爸在一起嗎？」
彼此都心知肚明的話，被攤開在陽光下，連躲都無法躲。
「嗯，不行嗎？」在這個家有發話權的人，永遠都能理直氣壯。
「喔。」兒子沒有反對，繼續吃著我煮了一桌，他最愛吃的菜。
「那就離婚吧。」
「不可能，如果我離婚的事傳了出去，會影響我的臉面。」老公第二份工作做得不錯，聽說現在都當上部長了。
「怎麼？這麼多年下來，妳不是都願打願挨嗎？以後阿惠來了，我也不會在她面前教訓妳，妳應該開心才是。」

我該開心嗎？

是了，剛剛我一度也想著，如果每天都能不挨打過日子，好像還過得下去，就像我忍耐了這麼多年一樣，就這樣慢慢到老，或許有一天，會找到快樂。

兒子吃飽離桌，繼續滑著手機，彷彿這個家發生任何大事，都比不上他手機螢幕裡的世界。就算我明天從這個世上消失了，他可能也不為所動。

我乖乖收拾碗筷，腦海裡曾對這個家存有的最後幻想，終於破滅。

難怪書上常說，愈是幻想的事情，愈不會發生。

日曆上掛著十七號，再過兩個星期，這個家會變得如何呢？

*

「剛剛那部電影真有意思！」我笑得開懷，是一部很有趣的喜劇。

「是啊，我也笑了好幾次呢。」小恭的臉色在休息了兩天好很多，但我知道，她的內心與外在不成正比。

「小恭，那間茶館……」

「妳就去吧，好好許個願。」小恭真誠地說。

「可是我也不知道該許什麼呀。」

她微微一愣，盯著我看了許久，「小喜啊，妳有時真的很不了解自己呢。」

「怎麼說？」

「妳明明就很聰明，而且不甘人生就此過完，卻一直壓抑著。我知道，妳希望我過得好，有部分原因，是想看我完成妳無法完成的事吧。」

「阿姨，有沒有興趣來看我們畢展劇團的表演？」忽然幾名大學生湊了過來，他們拿出傳單遞給小恭。

「呃……我沒有看過劇團演出呢。」

「咦?!看不出來呢！阿姨看起來很有學養，對吧？」

「嗯！來看看嘛，您一定會喜歡的。」

幾名孩子開心地介紹完，又去找下一個路人。

而小恭卻在下一秒，把傳單遞給了我，「妳不是有看過幾次免費的劇團演出嗎？」

「我……妳怎麼都知道？」

「我有在中山堂看過妳一次，雖然妳聊天時都避重就輕，我知道，妳一直渴望外頭世界，卻認為我比較適合。」

「當然啦，小恭妳漂亮又有氣質，還飽讀詩書……」

「我其實很羨慕妳。」她的聲音轉為哽咽，我嚇了一跳。

「我羨慕妳和我在差不多的境遇裡，內心卻仍然堅強、不服輸。而我……」她無力蹲下，我趕緊把她扶到旁邊等公車的長椅上。

「我太害怕了……當我知道書承他……他竟然想做這麼可怕的事，我好怕！他以前原是個連螞蟻都捨不得踩的孩子，怎麼會被我養成這樣……我……」

她泣不成聲，我也跟著難過起來。

「我現在連睡覺都好害怕，怕下次睜不開眼時，我們家書承已經釀成大錯。」她渾身顫抖，她所害怕的事，就算向茶館許願可能也改變不了，因為她的兒子已經變成魔鬼了。

急著想要弒母的魔鬼。

「妳又捨不得他死，對嗎？」

她猛然抬頭，「辛苦拉拔大的孩子，是我的心頭肉！」這一刻我才願意承認，我所憧憬的小恭，只是過往的她，即便我未能幸運的認識那時的她。

那個她，早就被家庭給覆蓋、磨損，過往的意氣風發，像是上輩子的事。

我們這些做母親的，人生到了頭，什麼也不剩。如果小孩孝順是萬幸，不孝也不過是社會新聞的一隅。

無力感綁住了我們的手腳，讓我們寸步難行，半小時前得到的短暫快樂，僅僅是曇花一現。

「小喜，人生啊，不是每道題都能有答案的。」她的眼神空洞，即便她總是負面，但第一次說出如此絕望的話。

「為什麼呢？為什麼妳不能對自己好、為什麼妳要把自己逼在這種窘境裡！」

「我不知道啊，我們都不了解自己，**妳也是，不是嗎？**」

我不明白她說這句話是什麼意思，什麼叫做不知道為什麼不能對自己好，對自己好難道……還需要得到誰同意嗎？

——怎麼想都不甘心啊。

那個銀髮男無論是人是鬼都好，他一定有辦法，一定要有才行！

都發邀請函了，就該好好實現別人的願望啊。

＊

把地圖背起來後，要再來到這個地方，簡直不費吹灰之力。

我站在外頭看著宅子，就因為建築藏身在陰暗的森林中，才會讓人感到鬼影幢幢，除去心中所懼，這不過就是間普通的宅子。

推開竹門，這次銀髮男並沒有在這等我，我繞著院子走，這裡明明大得可以容下三、四十人，卻只有銀髮男一個人住在這的樣子。

「您來了。」銀髮男從正門的方向走來。

「你似乎沒有太意外？」我瞇眼瞧著他。

他的紅眼淡然一瞥，我不再覺得這雙眼睛會讓人怕得不敢直視。

「我來這裡，是有個提議想告訴你。」

「願聞其詳。」

「崔玉恭的兒子要殺她，雖然失手一次，但只要再有一個周末，老胡又跑出去遊覽的話，她的兒子一定還會再動手。」

「您希望我阻止她的兒子嗎？這似乎違反本人意願，她已執意尋死。」

「那又為何要給她許願的機會？你基於什麼理由調查她的周遭？如果不是想幫她的話，那——」

「任何選擇都不是沒有意義的，如同李女士，您明明如此害怕我，卻為了朋友願意再訪，我很動容。」

他走到添水旁邊，拿起長勺在左右手各澆了一次水。

「我可以救她一命，但之後要如何選擇，仍然是她自己。」他拿手帕擦了擦手，那雙赤紅的眼，彷彿透著金色光芒，一閃而過。

「謝謝你啊。」我鬆下一口氣，剛剛很有氣勢的模樣，也只是虛張聲勢罷了。

我經過他身旁，他又說：「李女士，您只要用心去看，一定會看出不同答案，但往往，有些答案不是不願意看見，而是我們早就做了選擇了。」

我不懂他這句話的意思，反正他願意幫小恭就好了。

「你是神，還是妖？」

他失笑出聲，「我不過是個徘徊在青鳥翱翔盡頭的——守門人而已。」

真是太過虛幻了，縱然我看過再多書籍，都還為自己現在如此深信這裡而感到可笑。

歸途，才剛轉了一次公車，小恭忽然打給我。

「小喜，今天我想邀請你們一家來我家吃飯。」

「什麼？」

「眼下不是四天連假嗎？我老公今天又和人去遊覽了，這次好像是去金山一帶，會去好幾天呢。」

「這麼快？」

「總之，請妳一定要帶家人一起來。」

「知道了。妳兒子也在嗎？」

「他？他說這幾天都不回來。」

果真如此，我想小恭一定也是知道，才會想約吃飯，她心疼自己的孩子，可孩子有心疼過她嗎？

回家後，正巧老公在看電視，兒子今天也沒出門。

「老公，隔壁胡家說，想約我們一家子吃飯，待會兒要去嗎？」
「老胡家？這麼突然？妳不會是多嘴跟人說了什麼吧？」他目光一掃，我趕緊垂下眼。
「當然沒有了，我想是因為他們家上禮拜瓦斯外洩，想讓鄰居們安心，才會邀請我們吧。」
「也是，鬧那麼大，連我公司的人都知道，這謠言啊，自從網路發達後，傳得比什麼都快。兒子！」
兒子聽見呼喊，乖乖開門應聲。
「早點準備好，晚上要去胡家吃飯。」
「喔。」
琢磨了一個多小時，我還是想不透小恭為何要大費周章的約我們一家子，準時赴約，餐桌上已擺了滿桌子的菜，她家的擺設看似一成不變，但好像又有一些掛畫消失了，以前他們家收藏了不少畫，如今只剩一幅《神聖家族》的小複製畫掛在客廳。
我曾翻閱過不少名畫冊集，雖未能親眼賞析，光是能在書上翻翻，就很滿足。連小恭都不知道，對我來說第二快樂的時光，就是在圖書館看看書。
「老胡今天突然說，他朋友約的遊覽，臨時缺了一個，所以下午就收拾行李出發了，你們不介意吧？」
「不介意。倒是鄰居這麼多年了，也沒一起吃過半次飯，今天是怎麼了，這麼突然叫上我們一家？」即使是對待鄰居的老婆，老公的態度還是有幾分高傲。
小恭莞爾一笑，「唉，就是思及至此才邀請你們啊，大家鄰居那麼久了，上禮拜還給你們添麻煩，真是不好意思。」

「胡太太還真是客氣。你怎麼不叫人？」

「胡阿姨好。」兒子的乖巧，反而更刺痛我，他可是連喊我一聲「媽媽」都不願意了，小時候第一個會說的話，明明是「媽媽」。

「劉太太，別客氣，多吃點啊。」

由於我們常一起買菜，小恭完全能掌握老公兒子喜歡的菜色，這頓晚餐他們吃得津津有味，氣氛也很和諧，我總算稍稍放下心來。

「劉太太在上次開社區會議時，提出了不少建議，對我們社區有很大的貢獻呢。」

「那沒什麼，我只是電視看多了，忽然想到的。」

「喔？我很少參加那個會，很厲害嗎？」老公不以為意。

「當然了，劉太太可是第一個察覺舊的保全公司有漏洞的人，更換新的公司後，現在的管理員都相當專業呢！」

老公發出冷哼，表情盡是不屑，「今天吃得很飽，謝謝胡太太的邀請啊。」

在老公眼裡，我仍是個登不上檯面的女人，無論別人再怎麼誇我，他也從不當回事。

「我和劉太太好久沒聊天了，可以留她下來一會兒嗎？」小恭的態度謙卑，老公便勉強答應。

「小恭，妳幹嘛跟那種人提那些？」等人一走，我馬上發出抱怨。

「雖然妳先生看起來不以為意，但我想之後他一定會重新注意妳的好，夫妻啊，本來就是這樣的，雖然我沒資格這麼說，但你們的關係還有變好的空間。」

她做這些，就像在告訴我，以後沒有她的日子，她也希望我好好的。

「妳還有時間管我？妳怎麼辦？」

「我？我已經是個棺材踏進一半的人了。」她失笑出聲，如今的她已沒有昨天那般害怕。其實，今天在回程的公車上，我也琢磨了自己的事。

我也不知道我這個歲數了，還能找到什麼樣的工作，至少做個清潔工，養活自己沒問題吧。

小恭重新沏了壺茶，「我不是要勉強妳和老公之間的修復，如果妳不願意的話，就鼓起勇氣離婚吧！我只希望妳無論做什麼，都不要忘記……要好好看清楚真相再行動。」

「妳這話說得有意思，難道我有什麼看漏的事情嗎？」

她莞爾一笑，「我也就是說說。」

「妳那天說妳羨慕我，我才羨慕妳呢，能夠做到這樣無怨無悔，有多少人能辦到？」

「小喜啊，妳什麼都好，就是對『怨』這個字太過糾結，人生終究是在丟東西和撿東西，而妳……我怕妳丟的不是命，而是更重要的東西。」

她的話點到為止，我仍聽不明白。

這天晚上，是我最後一次和小恭聊天談心。

次日一整天，都不見小恭的身影，按她家門鈴也沒人回應，我擔憂的事情終究發生了，又不能貿然去報警，只能等待老胡回家後，揭開小恭的結局。

「希望小恭有被救走。」我在廟寺裡祈求，這兩、三天過得比一年還漫長。

偏偏老胡沒在禮拜日回來，而是拖到了禮拜一早上。

當警察與救護車紛紛聚集在樓下，我心中一直不希望發生的事，還是發生了。

「天啊！太恐怖了！」

「這該怎麼辦啊？我們這裡出凶宅啦！」

上上下下的鄰居們七嘴八舌地討論，老公也請假一天，想要知道後續情況。

被抬出一具蓋上了白布的大體，我險些站不腳，眼淚就要奪眶而出！

「我兒啊——！」老胡哭倒在地，整張臉都紅透了，「怎麼會發生這種事啊！那女人真狠心，連自己兒子都下得了手！」

「什麼？胡太太殺了自己兒子？這怎麼可能？」陳太太驚訝地說。

「所以小恭沒死？難道是……」我走回客廳坐下，心中一塊大石總算放下。

是銀髮男救了小恭嗎？可是換成小恭的兒子死了又是怎麼回事？她絕不會讓這種事發生的！

即使滿頭疑問，因為聯絡不上小恭，所以也沒個著落，再加上警察不停在這進進出出、四處打聽情報，我已經被多次詢問，知不知道小恭的下落，在這樣惡劣的情況下，更不可能偷偷去茶館看看了。

總歸一句，死了那個不孝子，就算她再傷心，以後一定也能好好重新活一遍吧。

而我，也該把人生整理一番了。

我拿出離婚協議書，走到老公的書房，「離婚吧。」

老公看著那張紙，臉色立刻一沉，「妳以為最近到處都是警察，我就不敢教訓妳了，是不？」

「別再老威脅我了，離了婚，對你和那女人的日子都快活些。」

啪！

這一把掌的力道，足以把我打飛出去！

在我趴著的時候，他拿起菸灰缸就往我的頭猛砸！

真是可笑啊，小恭自由了，可我……可能還找不到自由的鑰匙，便要先死在這兒了。

4.

好不甘心啊。

如果不是和這種貨色結了婚，我的人生，一定可以不一樣，我的兒子，一定也會和小時候一樣，我……

我整個人滿頭都是血，生存的本能，讓我一腳用力往他身上一蹬！他狼狽跌坐在地，頭上的血流進了眼睛，我一把抹掉，起身去廚房拿了把菜刀！

「妳、妳要幹什麼！」還坐在地上的老公，忽然沒了剛剛毆打我的氣勢，彷彿像在看著羅剎般，眼神居然出現了慌張，真可笑，有什麼好怕的，他只要起來搶走菜刀，死的人就是我了。

我步步逼近，他竟然怕得忘了要爬起來，不過就是一把平時拿來切菜的刀而已，有那麼可怕嗎？

「我還能幹什麼，當然是殺了你啊。」

「妳這女人瘋了！」他總算爬起身，伸出顫抖的手要搶刀。

我則正好趁著這個身高差，分毫不差地往他的脖子一砍，就像殺雞一樣，如此簡單。

他的鮮血立刻濺出，只可惜無法把他泡在水裡殺，噴得我一臉的血，真是麻煩。

轉身，兒子就站在我背後，他那總是平靜的臉，總算出現了一絲害怕，平常我再怎麼挨打，他眼睛眨也不曾眨過，如今倒是會害怕了。

——他早就不是我的寶貝兒子了。

我的寶貝以前不是這樣，帶他去公園玩，玩著玩著還會主動撲來我懷裡，不管去哪裡，總要牽著我的手，整天「媽媽、媽媽」地喊。才不是眼前這個，無論我受到什麼傷害，都視若無睹的孩子。

真想把他殺了重來一遍，腦海才剛有這個念頭，回神他已經倒在一片血泊中，喉嚨不斷湧出鮮血，那雙眼瞪得大大的眼睛，彷彿想控訴我什麼。

匡啷。

我把刀丟在地上，走進浴室把一身的血都沖乾淨，經過鏡子前，險些被鏡中的自己給嚇著。

那還是我嗎？

表情猙獰扭曲，連眼神都比屠夫還冰冷，雖然嚇了一跳，但不知為何，我對於這樣的自己，好像並不陌生。

叮咚——

「劉太太！我們還有幾個問題想問妳，妳在嗎？」外頭的警察敲著門，感覺很急，我換好乾淨的衣服後，才走去開門。

「劉太太，現在方便嗎？」年輕的警察看起來就像接到上司指令，慌忙來找我確認其他事情。

「警察先生，你來得正好，請把我以現行犯逮捕吧。」我敞開家門，此時剛好要外出的陳太太，在我敞開門前的那一秒，臉色已經率先刷白。

「啊——！」

果然殺人案沒有尖叫聲不行，電視劇沒有亂拍呢，為什麼人們看到屍體要那麼害怕呢？明明殺雞、殺魚時，他們都不怕，不是嗎？

「劉太，我就知道妳總有一天……」陳太太摀著嘴，因為和我對上眼，隨即害怕地躲回家裡。

年輕警察雖然愣了幾秒，但不愧受過專業的訓練，他立即拿出手銬，執行一系列逮捕程序。

冰涼的手銬把我的雙手圈住，我不覺得沉重，因為我才剛剛解放了更重的枷鎖。

心情好得就像和小恭喝下午茶時一樣，輕鬆又愉快。

*

老舊的麵攤不停冒出熱氣，在這秋冬時分顯得特別溫暖。

古早味的陽春麵，一上桌沒幾分鐘，白鈴蘭就一口氣吃完，連湯都喝得乾乾淨淨。

她拿下耳機，手機中的錄音檔已全部播放完畢。

「您好像很喜歡這家麵攤。」柳昇走到白鈴蘭對面坐下，一身西裝筆挺以及一副黑框眼鏡，在在襯托出他與生俱來的銳利感。身為台灣首屈一指的王牌律師，有著百分百勝率的威名，卻對一名小他十歲的女孩畢恭畢敬，顯得特別違和。

「還好。」喜怒從不示於人，是他甘願接她案子的原因之一。

「這是最後一份錄音，我也來一碗麵吧。」

白鈴蘭收下錄音檔便起身，「謝謝，辛苦了。」

柳昇笑了笑，這大概是他這個王牌最不受待見的一次合作，不管是案子還是委託人，都棘手得很。

——『失控主婦殺夫弒子』。

如此聳動的案子，他還是幫加害者的辯方，事務所的董事也數度阻止過他，但他依然執意接下，好在他累積的名聲不至於讓他受到過多譴責。

「我為什麼要接這個案子？妳難道以為只要有錢，什麼樣的律師都請得起？」

「如果你是如此世俗的律師，我也不會找你了。」

她留下一本記事本，是加害者李玉喜的隨身記事，裡頭有著過去數月每日的行程、記帳等等的紀錄，當然也有挨打的紀錄。

等到他看完本子，桌上除了留下一張便條紙，早沒了白鈴蘭的身影。

「如果要接案，就打給我。」

原本他還以為只是個不問世事的女孩，卻沒想到她早已把他的背景調查得如此清楚，才敢張揚地登門，讓他自願接案。

因為他的母親，就是在類似的環境裡，忍耐著陪他長大的。

「不過，她為什麼那麼想知道『青鳥的眼淚』？不過就是都市傳說罷了。」

熱騰騰的湯麵端上桌，發現只是一碗普通的麵，每次都看她吃得有如珍饈佳餚般，連一滴湯都不願放過，他還以為多好吃呢。

*

由於案子相當轟動，第一次開庭很快便到來，柳昇本以為不會再見到白鈴蘭了，卻在結束後，發現她一直在法院外等待。

他特意支開秘書，「附近有間咖啡廳，去那聊吧。」

「嗯，都好。」

「您難道不問我結果如何嗎？」

「你一定會為她爭取到最輕判刑，所以不需要問。」

「看來我不想被人知道的祕密，都被妳調查清楚了。」

「我有些話，希望你能替我傳達。」

兩人在咖啡廳的二樓角落坐下，白鈴蘭的面色相當疲憊，眼睛佈滿著紅絲，彷彿已有幾天沒好好睡。

「您還好嗎？」柳昇輕聲詢問。

「很好，你不需要對我有多餘的關心。」

柳昇抿抿唇，不再多言，心說真是個滿身帶刺的女孩，明明長相甜美，笑起來一定很好看。

「勞煩你多次探訪，除了要兼顧官司需要的問題，還得讓她錄這些，一定很麻煩吧？」

太世故了。

柳昇除了覺得她不適合如此淡漠之外，更不適合做這些世故的事，但這些東西，彷彿是她的武裝，如此她才能有安全感。

「不會，那些內容對案情也很有幫助。」

咖啡送上桌，白鈴蘭攪拌著咖啡，醞釀一會兒才道：「所有人都知道，她總有一天會殺了丈夫、孩子。」

「我知道。」

終於，白鈴蘭第一次正眼看柳昇，「但有一件事，她不知道。」

「什麼？」

「李玉喜的兒子從未討厭過她。」

「怎麼可能，她不是說，她的兒子從來沒有……」

白鈴蘭傳了一個雲端網址給柳昇，裡頭有著無數個錄音檔，每個檔案都錄下李玉喜受暴時的聲音，裡頭的求饒、哭喊、叫罵都一清二楚，另一個檔案則是手機的流覽紀錄，有不少家暴防治等等的網頁。

「她的兒子還要兩年才大學畢業，在那之前需要父親提供學費等支出，我想他是打算等畢業找到工作後，拿著這些證據帶著母親離開地獄，而為了不讓母親遭毆打的次數增加，他必須要看起來是站在父親那邊、且不能讓母親和他太過親近，好增加的父親的優越感，是個聰明又孝順的孩子呢。」

「您是如何知道這些的？還有，她兒子的手機應該在警察那。」

「我長期合作的徵信社，是白河徵信。」有名的退休警察組成的徵信社，柳昇身為律師當然也知曉。

「可是白河徵信……是我失禮了，您都有辦法找到我這裡，要能和他們交涉，我相信您也可以。」

「其實她兒子的手機根本就沒被收在證物室，要拿回來很簡單，我想這些證據對官司應該也有幫助。」

「您希望我告知李女士真相？」

「對。」她眼睛連眨也沒眨，直直地盯著柳昇，看不出一絲情緒。

「還真是殘忍呢。」

「她奪走了兩條人命，也很殘忍啊。」

「沒想到您居然會幫施暴者說話。」

「你難道沒聽過鳳凰嗎？置之死地，才能後生。」

柳昇忽地明白了她的用意，她要給李玉喜活下去的理由，殺了丈夫、孩子，李玉喜的人生就沒有目標了。

「給她一輩子的愧疚，讓她以贖罪的心態活下去嗎？如果她崩潰自殺怎麼辦？」

「柳律師，自殺跟殺人哪裡不一樣，你知道嗎？」
「請說。」
「自殺的人，不是因為想死，而是除了死，他們已經想不到更好的辦法，好讓自己能不再痛苦。殺人的人，卻不盡相同，有的憤怒、有的痛苦、有的為求快感，最重要的，生命的重量，對他們來說並不重要。」
白鈴蘭平靜地述說完畢，一口氣喝了好幾口咖啡，彷彿她說的事一點也不重要。這世上沒人能雲淡風輕說這些，除非說者的內心比這些事更痛苦，甚至已經在懸崖邊緣殘喘。
「那妳是哪一種？」
「你終於不再對我用尊稱了呢，這樣說話好多了。」
柳昇才知道，原來她會笑，雖然只是淺淺一笑，雖然她的眼睛根本沒笑，但還是很好看。
「我會好好轉達給她的。」
「謝謝你。」
「我也有樣東西要交給妳，是李女士畫下的地圖，通往『青鳥的眼淚』的地圖。」
柳昇從公事包中，拿出一張紙遞給白鈴蘭。
白鈴蘭收下後，先看了幾眼，小心地摺好放入口袋，「很高興你終於願意交給我了。」
柳昇眼睛一瞇，嘴角微揚，「看來要我轉達是其次，妳真正的目的是想打動我，讓我自願交出未交出的東西。」
目的已達成，她不再與他周旋，「不知道還會開庭幾次，總之在結果出來之前，你就照之前的方式，把請款單寄到我的專用信箱裡。我想我們的見面，受到幫助的人，不只是我。」

「為什麼想去那個地方？妳真的相信什麼實現願望的荒唐事？」

柳昇永遠不會忘記，背對陽光的她，在準備前往嚮往的終點站前，笑得無比燦爛。

「我不是相信，而是去證明這個地方的存在。」

她的黑髮因為陽光而閃閃發亮，她踏著輕快的步伐，就像要去遊樂園約會的女孩，帶了幾許雀躍，那些世故的姿態，在那日的風景中消散而去。他不清楚她想許什麼願，只知道後來每一次開庭後的請款，他一直都有如實收到金額，即使她的電話號碼自此變成了空號，再也打不通。

柳昇直到下一次開庭日期的確定了，前往看守所探望李玉喜。

「我的委託人要我轉告妳一件事——」

當他告知完，他以為李玉喜會悲慟大哭，但她只是睜著眼，定格了許久，才緩緩地說：「這樣啊，原來……是這樣啊。」

「這是其中一段錄音。」他只播放了一小段，李玉喜竟然笑了。

「李女士……」李玉喜的笑容漸漸扭曲，他看過這樣的笑容，在幾年前的分屍案、情殺案等都見過。

「他們不都暗示過了嗎？說我都知道，你覺得知道的是什麼呢？知道我自己會殺人？這些我早就知道了啊。」

——最重要的，生命的重量，對他們來說並不重要。

「所以說，受到幫助的人也有我，是這個意思嗎？」他低喃出聲，只因想起了白鈴蘭說過的話。

「會面時間到。」法警把李玉喜帶走，直到最後一刻，她都還保持著那令人戰慄的笑容，她是知道的，自己的心裡住著怎樣的惡魔。

他是台灣首屈一指的勝率律師，最常打的官司就是幫助受虐婦女，只是這些年也曾出現過幾起頗有疑點的案子，他卻忽略那些疑點，全力以赴為被害者爭取最大的利益。

最近有起案子是一對王姓夫婦，妻子因為被丈夫毆打，失手以利剪刺死丈夫，無罪釋放後，他才進一步查到，王太太早在十年前，曾有名論及婚嫁的男友，最後也是因為爭吵而被刺殺，當時也是正當防衛無罪釋放，所以才沒留下案底。

若不是他剛好遇到一名年邁的前輩檢察官，忽然想起此事，但一切都為時已晚……

「真是個奇妙的人啊。」他的心情五味雜陳，被人當頭棒喝很痛，也算是醒了。

之後好一陣子，柳昇一直好奇另一個事件的關鍵人物——崔玉恭到底怎麼了？據說警方一直找不到她的蹤跡。

現在科技如此發達，街道路口、各大商店、來往的汽機車都有監視器了，因為在同棟大樓發生兩起殺人案，自然網路上的關注度也很大，但都沒有人目擊過崔玉恭。

依照李玉喜的證詞，崔玉恭的存款已經被兒子花光，照理來說她並沒有逃跑的資金。

警方查到胡書承在網路遊戲上揮霍成性，一個月儲值幾十萬，去外頭和朋友喝酒，也都是他買單。他的朋友說他在案發前手頭很緊，還提到很快會有筆錢進帳。

案發前一晚，他明明與朋友一起在汽車旅館開派對，直到酒喝完了，他說要去買酒，卻一去不回，大家也沒怎麼在意，反正旅館的錢已經付了。

那時大約是凌晨兩、三點左右，他還曾打了電話告訴朋友，說自己一小時內就會回去。問他去哪了，他說他去解決一些事。

胡家的瓦斯桶上、門窗的膠帶都是胡書承自己的指紋，顯然他打算在那時殺掉崔玉恭，胡書承的驗屍報告指出，他除了死因是一氧化碳中毒之外，沒有任何外傷或是安眠藥等成份殘留，有檢驗出過量的毒品，懷疑他們當晚開的是毒趴，但沒有證據的情況下，這些都只是臆測。

研判死因可能是吸毒過量，在做完這些準備工作後，自己昏睡過去，加上陳屍地點是客廳，所以即使找不到崔玉恭，警方也沒有直接證據能將崔玉恭通緝。

「你知道哪裡最不合理嗎？」一起和柳昇閒聊的警察李彥司問道。

「哪裡？」

「一個人不可能在現在這個時代銷聲匿跡地這麼徹底，除非她躲去山上。」

「那她可能真的躲去山上了啊。」

「但是並沒有她開門重疊在胡書承上面的指紋，如果她真的有從那間屋子裡逃走的話。」

「那就是有人開門帶走了她？」

「可能吧。」

「那間茶館……真的存在嗎？」

「這世上多得是科學無法證明的事，只是你沒遇到而已。」李彥司說得自然，彷彿他早已遇見更神奇的事情似的。

「對了，你怎麼沒想過照著那個地圖去找一次？你不是先拿到地圖嗎？」

「那個啊……那可不是用背，就能背得起來的地圖，相當繁雜不說，也不知道要走多久，我那時又不怎麼相信這種事，也沒拿去印。」

「真是可惜了，你錯失許願的機會了。」

「我才不需要什麼願望，我什麼都有了。」

「呵，大言不慚！」

*

咚、咚。

即使站在門外，白鈴蘭也聽得見添水的聲音。

她站在這棟日式大宅外，看著那匾額，有點不敢置信，遍尋了這麼久的地方，竟然真真實實地，佇立在眼前，不是幻覺，也不是作夢——

「是真的。」她流下一滴淚，仍捨不得眨眼，怕這樣就會消失了。

過了半晌，她跨步向前，走到木門前輕輕一推，木門開了，一切景象皆如李玉喜的描述，不差分毫。

唯獨，這裡並沒有那個銀髮赤眼的男人，內宅的門窗也都上了鎖，她只能在院子裡晃晃，卻沒聽見內宅內有任何動靜。

「好不容易都到了，我都找到了，為什麼……」

難道這裡還有營業時間嗎？

她打定主意下山買齊露營用品、糧食，再次回到茶館，天已全黑，內宅連盞燈都沒開，像個空屋，唯一有的動靜，就是不時咚咚作響的添水。

她熟練地搭起帳篷，吃了點乾糧便躲進棚裡休息。

她都找了這麼久了，沒道理在最後一刻放棄，她可以等，無論要讓她在這等上一年半載，她都會等下去。

「青鳥之所以會哭並不是因為，無法帶給所有人幸福，而是……為了什麼呢？偏偏這句話沒說出來啊。」到底還是被李玉喜留了一手，或許那句話與遇不遇得到茶館主人，有很大的關連。

秋冬山野氣溫相當冷，再怎麼冷，也澆不熄白鈴蘭的毅力。

她已經尋找快一年了，從對這個地方一知半解，到現在她已經聽過無數人的故事了，那些故事真真假假、虛虛實實，唯一相同的是，沒有任何一個人是快樂的。

好像快樂的人，就沒資格許願，也沒資格得到青鳥的眼淚。

這是一場比賽，是和那個人的比賽，在真正的結果到來之前，她不會放棄，因為她就快贏了啊。

「江海棠，你等著瞧好了，我贏定了。」她露出大大地笑容，有如勝券在握的女神，她知道，這場比賽就快到終局了。

一切會如花開花謝歸於平靜，或是變成百花齊放般燦爛，無論是哪一種，她都能笑著迎接。

「鈴蘭，妳的名字的花語真適合妳。」

「『即將來臨的幸福』？一點都不適合，我又沒幸福過。」

「不，妳就是我即將擁有的幸福。」

卷五、比翼雙飛

1.

「什麼？廢社?!」

大四一開學，就被告知讓我混了三年的讀書社被廢社了。

說是讀書社，但其實僅有的幾名社員，都是在社辦玩手遊，說是手遊社還差不多，社員們也都是大四生，我一直以為自己能快樂地混到畢業，沒想到……居然廢、社?!

不要啊——！

我就是不想那麼早回家，才想找個社團打發時間，當然也不想和同學有什麼互動……

「沒錯，同學，反正妳也大四了，有沒有社團應該沒差吧？」內務部的同學推了推眼鏡，一臉我無可救藥的表情。

「等、等等！那、那有沒有推薦的社團？我這個人比較有同學愛，有沒有剛好還差一個人就要被廢社的社團？」我緊緊抓著她，一副她不說，我就不放人的模樣。

「唉，有是有，妳確定？」

「確定！非常確定！無比確定！」

「有個『都市傳說社』，裡面都是學校中數一數二的怪咖，妳想去的話，他們的社辦在舊校舍的最後一間。」

「舊校舍不是快要拆遷了嗎？」

「那是明年的事，在明年之前，那裡還是他們的社辦。」

那不就是全校最邊緣的社團了嗎？可能比我原先的讀書社還邊緣。
在我猶豫不決的時候，內務部的同學已經趁機溜走了，讓我想再纏著她問問題都不行。
「沒辦法了。」等到我上完最後一堂課後，便壯著膽子去『都市傳說社』。
舊校舍這裡幾乎沒有教室被啟用了，這個社團被趕到這裡還沒倒社，也是奇蹟了，不對，是他們如果差我一個，就要解散了吧。
「你好，我想要入社。」一推開門，我朝氣地喊道，想要表現出我有多想入社的決心。
裡頭比我想像得還要好些，有兩張舊沙發、一台筆電、兩台電風扇還有一台飛輪？
「沒人啊。」
「要入社嗎？」忽然，一名男生從旁邊的桌子底下鑽出來，灰頭土臉的。
「呃……嗯。」
「喜歡都市傳說？」他拍掉了身上的灰塵，拿出一條水藍色的手帕，把臉上的灰都擦掉，露出一張清秀的臉。
「嗯。」
「比如說？」
「比、比如？呃……」這是入社考試嗎？我以為填個資料就可以在這打混了耶。
「妳……」他忽然嚴肅地看著我，讓我更加緊張，感覺下一秒就要被他趕出去了。
「是現在才開始對都市傳說有興趣的人嗎？」
「對、對！我太好奇了，想在畢業前好好了解一下，所以放棄了原本的社團，想現在馬上加入貴社！」

他又盯著我看了幾秒，隨即露出燦笑，「真的啊，歡迎妳！同學。」

「你、你好，我是企管系四年級的白鈴蘭。」

「我是園藝系四年級的江海棠，妳好。」

他的手不如一般男生的手炙熱，很冰涼，和他充滿熱情的笑容恰好相反。

「妳的名字也是花呢，真巧。」他露出清爽的笑容，我則尷尬一笑，並不想繼續這個話題。

「不過，你的科系和興趣的差別好大啊。」

「噗！妳還滿有說話藝術的，但之後大家每天都會見面，說話就不用這麼拘謹了。」

他把入社表給我，我繼續發問，這可是攸關我未來一年能不能好好打混啊！

「那社團平常都在做什麼呢？聽說差我一個就要解散了，其他三位社員都去哪了？」

問了老半天，發現他都沒回我，結果他居然從書櫃中搬出一大疊資料放在桌上。

「既然妳對這個產生了興趣，就得讓妳好好了解才行，其他人妳就不用管了，他們兩個是大二生，一個是大三生，都在拼學分，課滿得很，入這個社團也是被我拉來的。」

「難道都是你的直系……」

「只有一個不是喔。」

真看不出來，笑起來像個單純男孩的人，居然還會使用公權力啊。

他對上了我的目光，一雙清澈的眼透著些許笑意，「我不是妳想的那種人。」

「哪、哪種啊……」

「是我的直屬學弟知道這是我最後一年待在社團了，不希望社團解散讓我遺憾，所以才幫我四處去拉人的。」

「原來是這樣，他真是個善良的人呢。未來一年請多多指教了！」我遞出申請表，兩人相視一笑。

「那麼，我們就趕快開始吧！」

「開始什麼？」

「先來為妳介紹，我大一的時候，研究的主題是西華大的蟲洞傳說，居說每五年就能靠著蟲洞穿越時空一次，非常神奇！」

「是那個西華大？有這種傳說啊，結果呢？」

「我們花費了一年的時間，都找不到親眼見過蟲洞的人。」他說得一本正經，我連吐槽的餘力都沒有了。

「大二的時候，研究主題是位在知本的換書商店！傳說只要換了書，就可以和其他書本的主人交換人生。因為經費的關係，我們一整年只做了五次田野調查，只可惜，每次去的時候，攤販上都沒半本書。」

「這樣啊……」所以大家根本就是去那泡溫泉的吧，還說得那麼遺憾的樣子。

「至於去年，我們決定……」

「等等、直至去年為止，你說的『我們』是哪幾個人？」

「喔，就我和另一名學長啊，他已經畢業了。」

「這樣啊……」

「咳咳，去年我們決定重新研究創社社長發起的主題——『雨天才營業的神祕咖啡廳』！登登登！」他愈說愈激動，還自己配效果音。

「傳說咖啡廳的菜單寫著『無所不有』，無論是什麼都有賣喔，而且還能預知未來。」

「哇喔。可以問一下，那今年的研究主題是……」拜託，今年就讓我們開心地玩手遊、玩到畢業吧！

「我已經想好了，還好有妳的加入，這個研究主題今年才能執行。」他一臉欣慰地拍拍我的肩。

奇怪，剛剛填寫入社表時，他還風度翩翩、帶著清雅的氣質，怎麼一說到都市傳說，完全變了個人，這有這麼興奮嗎……

「今年的主題可是最新、最少人知道的傳說，『青鳥的眼淚』！拍手、拍手！」

我一臉厭世地跟著拍手，內心無比後悔，為何我要如此衝動地跑來入社，內務部的不都說這裡都是怪胎了嘛，她說的肯定就是……

江海棠激動的聲音忽然冷下，「白鈴蘭，如果有個地方可以讓妳許願，什麼願望都能實現，妳想去找嗎？」

一下激動地像個大男孩，一下又忽然變回那個雲淡風輕的模樣，他可真是個，最奇怪的怪胎了。

「什麼願望都可以嗎？像剛剛那個什麼交換人生的願望呢？」

「任何事都可以。」

「我不信。」

「我信。」他說的堅定，比說相信這世上有聖誕老人還要堅定。

「搞不好今年又是找了一年，無功而返呢。」應該說這個社團沒有半個主題是成功的吧。

「那要來比賽嗎？誰先找到了，就欠對方一個願望。」

「讓對方幹嘛都行嗎？」

「嗯！」

「好哇。」這樣我就可以假藉尋找之名，行打混之實了，反正他不可能找到。

他提出的每個主題，都荒謬得可以，現在是科技時代，誰會信這種無稽之談啊。

「事不宜遲，為了公平比賽，我們得一起做田野調查。」

「嗯?!等……喂！」這跟我想的不一樣啊！

我直接被拉著走，雖然顧及我是女生，他只是拉著我的衣袖，還是很彆扭。

「江海棠，喂、江海棠！」

「嗯？」

「你有什麼很想許的願望嗎？」

「有啊，只有一個。」

「說看看。」

他轉頭，陽光刺眼得讓我看不清他的表情，「明年，我想去看五月天的演唱會。」

我還以為是什麼實現夢想、賺大錢、出國留學那種願望，結果居然是……演唱會？

「你想要買票的話，我就能幫你實現了。」

「不行，我一定要自己買、自己去。」

我還想再說點什麼，此時我們已經站在學生會門口，他竟然大膽地直接走進去，「會長，我找到社員了，麻煩妳分享妳的故事給我們的新社員聽吧。」

不會吧，是那個行事作風雷厲風行的會長耶，先不說他態度這麼輕挑一定會挨罵，這種荒謬的事，會長怎麼會……

「新社員啊，快進來吧，剛好剛開完會。」會長親切笑道，我從沒看她這麼親切過。

就在這麼混亂又驚嚇的一天，我第一次聽到關於『青鳥的眼淚』的故事，第一次忘了社團就是要打混，第一次認真地和某個人，一起努力去完成一件事。

青鳥為什麼會哭呢？

明明是帶來幸福的鳥啊。

如果會實現願望的話，這該是件開心的事才對，為什麼牠會流下鮮紅的眼淚，彷彿像個詛咒一樣。

＊

「白鈴蘭，昨天給妳的怪談資料看了嗎？」

「白鈴蘭，要我再給妳補補日本的都市傳說嗎？」

「白鈴蘭，不如今天我們去圖書館找找相關資料吧？」

「白……」

「夠了！」我受不了地大喊，覺得耳朵都要被喊到長繭了！自從上禮拜一失足成千古恨的入了這個社團，簡直就是我的夢魘。

我夢想中的社團，明明就是可以安心躲在這玩上幾小時的手機遊戲，完全地放飛自我、什麼都不用想。

可偏偏江海棠這個社長，可沒有要放過我的意思，三天兩頭從各個地方神出鬼沒，就算我沒課跑去躲起來，也能被他找到，簡直太可怕了！

重點是，他一天至少喊上五十次我的名字，我第一次覺得聽自己的名字也聽得很厭煩！

「你能不能五分鐘，五分鐘就好，不要再吵我了，行嗎？」

「我沒有吵妳啊，我是在約妳一起完成社團活動……」他說得可憐兮兮，表情卻奸詐地像隻狐狸。
「江海棠，就算那天會長說了學妹的事，也不代表學妹就真的是被茶館實現願望啊，她難道都不能忽然有個很有錢的男朋友，或中了樂透？整形改頭換面又沒犯法，幹嘛追查人家到底是不是去茶館許願的啊。」
他見我有興趣提起這個話題，立刻興致勃勃地坐到我的對面，「重點不在於整形，而是會長聯絡不上學妹了，只知道她去了別的貴族學校念書，日子過得很好。」
「那就好好祝福她唄。」
「一般正常人，得到這種改頭換面的機會，怎麼可能不向熟人炫耀呢？」
「炫耀那種事，等著被借錢啊？」
他搖頭嘆氣一番，彷彿我是個只看錢的俗人。
「不瞞妳說，我已經查這個傳說很久了。」他搬出另一疊資料，推到我面前。
我隨意一翻，都是些手寫紀錄，每個可能去過茶館的人，以及後來發生的狀況等等，地點還遍及台灣各處。
忽然，翻到某一頁、看見某個熟悉的名字，我的目光停滯，隨即防備地瞪著他，冷聲問道：「江海棠，你有什麼目的？」
他的表情明顯慌張，「這個社團本來就是研究……」
「你把安姨紀錄在這裡，就不可能不知道我的身分。而且，連我都找不到安姨了，你憑什麼說她移民去美國養老？」我指著那行字，雖然內心怒氣正盛，表面上仍克制的很平靜，多虧了從小到大該死的訓練。

「白鈴蘭，冷靜點。」他的聲音很溫柔，像琴聲優美的旋律，冰冰涼涼的，沁入人心。

「你先解釋吧。」我雙手環胸，氣勢完全在他之上，他卻一點懼怕也沒有，這點我很欣賞。每次我擺出這個姿態時，我的助手都會說，我和爺爺非常像。我一點不想像他，我想做自己，可是不知不覺，我也被訓練成喜怒不示於人的模樣了。所以每天在社團玩手機的時間，對我來說相當珍貴，這是我唯一最像普通人的時候。

「妳一定忘了我吧？小六的時候，我們說過一次話。」

「不可能，我讀的國小可不是一般人可以讀的。」

他好整以暇地托著下巴，「白鈴蘭，妳沒說過妳的家世，我也沒有啊。」

「你繼續說。」

我才發現他有著比女生還長的睫毛，以及無論面對怎樣的人都能維持從容，是我忽略了，忘了即使在平凡的大學裡，也可能會遇到那個世界的人，和我相同世界的人。

「妳忘了嗎？我曾對妳說，花朵從不哭泣。」

曾在記憶裡模糊的臉，逐漸和眼前這張清秀的臉龐重疊，我不可置信地愣住，我一直以為當年和我說話的人是女孩子耶！

「你、你……是你？你小時候怎麼長得跟女生一樣啊。」

聽到這句話，他的笑容變得有殺氣，我趕緊改口，「不是、我是說，長得很秀氣……」

「那妳現在記得我了？」

記得啊，怎麼不記得。多虧了他，從那天之後，我從沒在那群豺狼虎豹面前，流下半滴眼淚。

我的爺爺白金城，是金城集團的創始人，活到快八十歲了，不只沒有老人痴呆，依舊在商場上呼風喚雨，舉凡各行各業，都有金城集團的份，說我們家有錢到富可敵國一點也不誇張。但爺爺卻相當迷信，他說神明告訴他，家業一定要傳孫不傳子，才能讓家業代代延續，偏偏詛咒降臨了，爺爺的五個孩子居然沒一個生下孩子。

所以當母親懷了我的時候，幾家歡樂幾家愁，排行最小的爸爸，知道自己以後可以靠著小孩享福了。但我的母親卻在生我的時候，難產過世了。

聽說當時，爸爸竟然直接告訴醫生：『保小不保大』。我的母親的家人因此恨透了白家，從此再也不相往來。

從小，如同我的母親般存在的人，便是保母安姨，她與我二十四小時都在一起，孩童時代，我真的以為她是我媽媽，直到有次奶奶聽見我這麼喊，安姨被責罰了一整個下午，我嚇得再也不敢說出『媽媽』兩字。

安姨沒有怪我，她是這個冰冷的家裡，對待我最溫暖的人。

那樣的人，卻在我小六的某一天，徹底被逐出家裡。

只因為，我把零用錢分給了有困難的同學。安姨教導我，要幫助弱小、不可以因為家境而自負，我照做了，卻被大人們鄙視。「妳只是一個隨時可以替換的保母！妳還真以為妳有資格教她嗎！」奶奶的冷嘲熱諷，讓安姨一句話也不敢吭。

「知道錯了嗎？」

「知……我不知道，我不認為這樣教導鈴蘭小姐有錯！」

「滾，妳被開除了。」

我連句再見都來不及說，就被保鑣們強行帶走，連句辯解，也不能幫她，明明她才是養育我的人、我的母親。

「小蘭！要當個正直的人！」遠遠的，安姨的聲音傳了過來，這是她用盡全力，對我喊出的道別。

做個正直的人，那是什麼樣的人？那麼小的我，只知道所謂的「正直」，害我失去最重要的人。

不，是我的存在，害了每一個對我好的人。

「小蘭，妳的名字是妳媽媽給妳取的，好在妳的父親對她多少有點感情，所以妳才能取這個名字。」

「安姨，我不喜歡這個名字。」

「為什麼？」

「這個名字，並沒有讓我覺得幸福。」

「傻孩子，這是祝福，是妳的母親對妳的祝福。」

——白鈴蘭的花語，是即將來臨的幸福。

那才不是祝福，是詛咒。

在安姨被帶走的那天，我一個人在學校的花圃旁哭泣，看著眼前的白鈴蘭花，我多麼想把它們全都摧毀，或許我會好過一點。

「原來妳就是白鈴蘭，名字很美呢，是朵美麗的花。」一名女孩湊到我旁邊，和我一起蹲著。

「走開，別管我。」

「別哭了，花朵才不會輕易哭泣。」

「誰說的？花那麼脆弱，一踩就死掉了。」

「它才沒有死，下一次的花季，它們又會再次開花，無論被踩壞多少次，都會再開花，所以它們很堅強。」

「我也能這樣堅強嗎？」

「當然啊，所以花朵從不哭泣。」

當時那名穿著中性的『女孩』，原來就是江海棠，我沒來得及問他名字，因為隔天我就被強迫轉學，為了不讓我去找安姨，我們搬到現在的城市。沒想到，現在又和他重遇了。

「就算現在記得你了，那又怎樣？你偷偷調查安姨的目的是什麼？」

「我也是後來在查茶館的事，無意間才知道的，那時我到處探訪，問有沒有突然飛黃騰達後人間蒸發的人，結果遇到安姨的朋友，是她告訴我，安姨在被你們家開除沒幾天，忽然美國的親戚聯絡她，要她搬去美國，一開始還能收到國際信件，但很快就沒了音訊。」

「也就是說，茶館最早出現日期，竟然是十年前？」

「應該是，至少我沒找到更早的時間了。」

他走去買了瓶果汁回來，「可以不要再生我的氣了嗎？」

「我沒有生氣。」

「明明就有，臉都皺成一團了。」

「不可能，我從小就受過表情訓練。」

「但是，表情再怎麼控管得宜，妳的眼睛卻不會騙人。」他忽然低下身湊到我面前，我嚇了一跳，努力故作鎮定。

他的身上有股清香，我過了幾秒才察覺，那是一股淡淡的中藥味，和他的氣質很配，若放在古代，就像個飽讀詩書的醫者。

他盯著我看了一會兒，露出淺笑，「看吧，現在眼神變成緊張了。」

「滾。」

他把果汁打開遞給我，「妳很棒喔，居然真的成為了一朵，不會哭泣的花。」

不會哭泣的花，聽起來好像很堅強。可就因為花朵不會哭泣，所以它的眼淚，只能由雨水代替；它的悲傷，也只能藏在光鮮的花瓣底下，慢慢凋零。

「江海棠，我要認真比賽了。」為了安姨，看來有必要好好了解這個謎團，也難怪這幾年無論我怎麼找，也找不到她的音訊。

「那很好，這樣今年的社團活動才有意思。」

「在那之前你必須回答我一個問題，我會視你的回答，決定要不要繼續留在社團。」

「咳、好緊張啊，不愧是白金城的孫女，妳其實在我面前不必戴上妳的偽裝的……」

不等他說完，我直接打斷地問：「你明明連首五月天的歌都不會唱，為什麼說想在明年去看演唱會？你想找到茶館的真正目的是什麼？你查了這麼久，絕對不是這麼膚淺的原因。」我從他筆電裡的音樂撥放器發現，他喜歡的是爵士樂。

在商場，永遠不能被表像迷惑，永遠不能輕易相信任何一句話，因為人，是最會說謊、偽裝的動物，再親近的人都不可信，包括自己。

2.

真煩惱。

我明明按照商場法則談判的啊，照理來說這個情況下，江海棠一定會回答我才對，但沒想到——

「如果妳一定要聽到這個答案才肯留下來的話，那麼，我明天就去和會長報告，都市傳說社因人數未滿即將解散，妳請回吧。」

他居然不為利益著想，他明明那麼喜歡這個社團，每天都纏著我講一大堆都市傳說，社辦還存放了那麼多的資料，他真的捨得倒社？

因為他，害得我這周的高爾夫球課，一直打不好，還被爺爺叫去訓話整整一個小時，簡直痛苦。

「唉……對了，江海棠他家是做什麼的啊？昨天讓阿武去查，怎麼到現在還沒給我答覆。」

江海棠還真是個說到做到的人，明明上禮拜還整天陰魂不散地纏著我，如今忽然就消失了，故意晃去園藝系也沒看到他，想去社辦看看又拉不下臉，還真沒人讓我如此難堪。

向來都是別人來討好我、或是我去威脅別人的。

「白鈴蘭，好好的本來入社了，怎麼忽然又退社？」會長忽然從後方出現，自從上次聊過後，整日繃著一張臉的會長，對我也比較親切一些。

「沒什麼。」

「我還沒批准廢社，妳再考慮一下吧。」

「會長，妳相信嗎？那個傳說。」

「我是半信半疑，只是很想知道，那個學妹是不是真的過得好，畢竟之前的她……唉，不說了。」

腦海想起那日翻過的所有資料，我忽然聯想到一個共通點，「會長，是不是所有找到茶館的人，都有一個悲傷的過去？」

會長轉頭輕笑，「很聰明，難怪江海棠對於妳的倔強那麼包容。他現在應該還在社辦。」

丟下這麼一句話，好像我一定會馬上去找他似的，我咬咬下唇，很是不甘心，因為我的腳果然往社辦的方向跑了。

拉開社辦老舊的門，正在寫資料的江海棠嚇了一跳！

我來勢洶洶的模樣讓他一愣，當我跨步向他走去，他不自覺地往後退了幾步，就這樣一路把他逼到牆角，右手用力往牆上一放。

「江海棠，聽好了，如果我先找到茶館，你得把你的理由告訴我，我才會讓你一起去。」

「什麼理由？」

「想要許願的理由。」

他嘴角微揚，清秀的臉笑起來有種雌雄同體的魅惑感，我趕緊收回手，「就這麼決定了，我會動用我所有的人脈，絕對比你先找到！」

他一聽，輕輕撥了撥頭髮，「那家茶館，可不是用金錢和勢力就能找得到的，白鈴蘭，妳會不會太小看我了？」

砰、砰砰。心跳突然加快。

明明清秀得像個女孩，當他嘴角自信輕揚地說著這番話的瞬間，我卻不禁……覺得很帥。

「你家到底是做什麼的？」

「我們家只是普通的賣花人。」

此時，阿武的訊息剛好傳來，我抬眼再看看他，難怪他像狐狸一樣好看又奸詐，他家才不是普通的賣花人呢！他家是專門培育天價花卉的公司『花院集團』。舉凡蓮瓣蘭、睡火蓮、嫁接蘭花、神山蘭花等等稀世珍花，他家培育出這些天價之花，全世界的人都搶著要，有錢還未必買得到。

難怪，他連氣質都和花一樣相近。

「我看是彼此彼此。總之，你等著輸吧。」

「白鈴蘭，別急著走，有個地方想找妳一起去，妳一定不會後悔，不過妳得想辦法躲過一晚門禁，不曉得妳家如此家教森嚴……」

「我家沒有門禁，只要亮出你的名字，要待多晚我爺爺都不會介意。」

他一聽，露出了苦笑，「看來，我們家都是那樣的人呢。」

＊

雖是氣溫得宜的九月，若在夜晚上山，氣溫還是驟降不少，好在江海棠準備風衣給我，不然我一定會冷死。

不……現在不是感謝他的時候，他居然約我晚上爬山！還說要在山上露營……他是不是想懲罰我？以為我會怕鬼、還是討厭山林之類？

若是那樣就大錯特錯了！

我不會輕易認輸的，不管要去試膽還是打獵，我、我……

安靜的山林忽然傳出野獸的聲音，我立刻嚇得趕緊跟上江海棠，戒備地東張西望。

「妳會害怕啊？」

「咳，有什麼好怕的，又不是沒爬過山。」

「可是妳忘了嗎？這座山林可是有……」

「不要說！」

「——自殺森林的稱呼呢。」他露出壞心的笑容，故意把我心中最害怕的那句話說出來。

「你果然是故意的。」

「不是的，我查過的紀錄中，三年前有個人在這裡準備自殺時，收到了茶館送來的邀請函。」

「送來這裡?!哪個郵差會送信到這？」

黑暗中，即使再看不清他的臉，他眼底的光芒依舊閃耀，「是啊，所以那個人因為太驚嚇，就沒有自殺了，而且聽說，那名郵差全身包得密不透風，連臉都看不見。」

「會不會那個郵差其實是……」鬼。

「鬼？」

「江海棠，你不需要把每句話都說出來，這種彼此心知肚明的關鍵字，你就……唉唷！」

他忽然停下腳步，害我撞到他的背，鼻子痛到讓我想飆淚。下一秒，我立刻明白原因，正前方的樹上，掛著一條繩子，繩子還圈出一個圓圈，剛好可以把脖子放進去，然後……

「太好了呢。」他露出欣慰的表情。

「好什麼？」

「那個繩子上沒有掛著人，代表有個人本來要死，卻放棄了。」

「我們還要再往前多久？」

他忽然伸出手，「怕的話就抓著我，快到了。」

我不情願地緊緊握住他冰冷的手，「快點走吧。」

也不知是不是錯覺，他似乎笑得很開心，難道是我害怕得太明顯了？這可不行，一點都不像我。

這裡會被說成是自殺森林不是沒有原因，四周陰森森的不說，還很少人來，地上偶爾還能看到幾張金紙，明明有動物的叫聲，卻連隻鳥都不曾從頭頂飛過。

路邊的指示木牌，連字體都斑駁了，若不是現在登山設備相當先進，我們根本無法這麼順利抵達。

「就是這兒了。」我們停在一個寫著：『露營區』的木牌前，營地相當老舊，似乎長年無人管理。

「我們真的要在這露營？」

「當然啊，那個遇到郵差的人，是在清晨五、六點的時候，所以才得提前上山比較安全。」

「江海棠，如果我沒入社，你打算和誰一起上來？」

他一聽，歪著頭想了半晌，「那我就不上來了，一個人還是滿恐怖的。」

「你……你也知道害怕啊！」

「現在不會啊，我們不是兩個人嗎？」他說著，走到旁邊的儲藏室翻出了一個帳篷。

「你怎麼知道這裡有帳棚？我還以為今晚只能躺睡袋露宿了。」

「那些來自殺、卻沒有成功的人說的。說這裡放著一個帳篷，有的人雖然想死，但自殺談何容易，在未下定決心前，會在這裡度過一晚。不知從何時開始，一直有個帳篷，供給那些上來思考人生的人。」

「也就是說……」有的人在經過一夜，還是決定離開。

「妳會怕嗎？那妳只能睡帳篷外了。」

「誰怕了！我也來幫忙。」

「那個木樁不是那樣打的，是這樣。」他笑了笑，抓著我的手，教我正確的方法，並一一告訴我搭帳篷的步驟。

「呼……總算完成了。」一直專注在搭帳篷，不知不覺懼怕的心情就被遺忘了。

「好了，那我們走吧。」

「咦、還要去哪？」

他的表情又像個在算計我的狐狸，似笑非笑地說，「妳願意當白家的繼承人都不怕了，還有什麼事好怕？」

「你這嘲諷還真是……很合我意。」

從營地的左方的小徑走，四周伸手不見五指，我們得用手電筒，才能勉強看清路況，步行大約十分鐘，前方漸漸有光點出現，愈走愈近，眼前些許螢光忽明忽滅。

「是黑翅螢啊。」我低喃出聲，這個時節也只可能是黑翅螢了，而且數量竟然這麼龐大！

江海棠把手電筒關掉，拉著我小心前進，螢火蟲感知到動靜，翩翩起舞地亂飛起來。

霎時，螢光在我們四周飛舞，點亮了寂寥的黑夜，也點亮了他眼底的光芒。

江海棠隨地而坐，「有個活著下山的人說：『我在那夜意外看見滿山谷的螢火蟲，眇小的微光看起來那麼弱小，但在黑中卻如此耀眼，如果我的人生也是這道微光，是不是只要再努力一下，仍然可以變得美麗？』他是被螢火蟲給救了。」

「真美。」我跟著在他旁邊坐下，「那個人說的那段話也好美。」

幾隻螢火蟲忽然靠近江海棠，在他身邊飛呀飛，把那張清秀的臉映襯得更加脫俗，「江海棠，你也很美。」

說完這句話，不只是他，我的臉色也變得有點尷尬，誇一個男生美也太奇怪了吧！

「所以妳還是把我當女生？難怪這麼輕易地就和我一起上山，唉。」他露出懊惱的表情，我忽然胸口一緊，完全忘了他說的這件事……

「咳，那是因為，我相信你是個正人君子。」

他伸出手指，讓一隻螢火蟲停在他手上發光，「那就不好說了，因為——晚上這麼長的時間，我已經準備好……要說很多鬼故事給妳聽。」

「你能不能說話快點！什麼？鬼故事？我才不要。」

我發現，他總有辦法讓我的情緒控管破功，然後看我這麼激動，他又像看到什麼有趣的事物般，笑得很開心。

我氣得站起身，腳卻踩到濕泥一滑，就這麼往他的懷裡撲去……

「哇！」我跌進他的懷中，他身上的中藥味更加濃郁，和他的距離近到都可以感受到，他的呼吸吐在我的臉上。

「你……我……」我想爬起身，一手又摸到泥上，又滑了一次。

「別動。」他的聲音在耳邊響起，我的耳朵感覺麻麻癢癢的，胸口莫名地緊張。

「妳怎麼還跟小時候一樣，運動神經不怎麼好啊？我記得妳常在運動場上跑到跌倒。」

「要你管。」咦、等等，這麼說他在我小時候就常關注我囉？

他雙手一拉一托，輕鬆把我從他懷中拉起，然看著我手上的泥巴，又笑了起來。

「有那麼好笑嗎？誰不會跌倒。」

「因為覺得妳實在太可愛了，跟怪談裡的花子一樣。」

「……」明明是被誇獎，為什麼他偏偏後面還要補上那麼一句，聽了真的很……

「回去了啦，肚子餓了，我們來生火煮泡麵。」

「妳不會是害羞了吧。」

「江海棠，這世上不會有女生會因為被誇獎像花子而害羞，絕對、沒有！」

他一臉無辜，完全不能明白我的怒氣，只得乖乖地跟在我後面，卻在下一秒抓住我的手臂。

「光線這麼暗，就不要逞強了。」

「我哪有逞強，還有你的手真的比花子還冰耶。」

「妳見過花子啊？」

「你難道聽不出來我是在報仇嗎？」

「喔……」他的表情有點失望，我則快被氣到內傷。

因為這些插曲，再次回到帳棚時，已經不再那麼害怕，心中反而更加在意江海棠的一舉一動，想知道他是怎樣奇怪的生物，所以想法才會這麼異於常人。

結果看著看著，不小心和他四目交接，胸口又變得很緊，像喘不過來似的，我的心臟一定是出毛病了。

晚上十二點多，我們一起躺在帳篷裡，平時太常晚睡，導致現在一點睡意都沒有。

「江海棠，那些一個人躺在這裡的人，都不害怕嗎？」

「絕望的人，是無所畏懼的。」他說這句話的聲音有點輕，彷彿他曾經也如此絕望過一樣，我翻過身，看著背對我的他，完全猜不出他的表情。

「我們明明是在比賽，卻一起來田野調查，這樣什麼時候才分得出勝負？」
「今天不是田野調查。」他翻身過來，眼睛有些倦意。「今天只是想……帶妳來看螢火蟲。」
砰、砰——
正值青春的男女，一起待在帳篷裡會發生什麼事？我從沒去想過這個問題，因為在昨天之前，江海棠之於我，什麼也不是。
但——
「你不是說，我和你一起來絕對不會後悔嗎？這麼陰森森的地方，我很後悔。」
「妳剛剛看螢火蟲時，看起來滿開心的……」
忽然、一陣強風吹來！整著帳篷被吹得都要翻過去似的，外頭呼呼的風聲，讓我嚇得緊閉雙眼。
「一閃一閃亮晶晶，滿天都是小星星。」在別人害怕得要命時，江海棠竟然用五音不全的歌聲唱歌！
我偷偷睜開眼，他依然像在唱軍歌似的大聲唱著，「你、你唱歌好難聽。」
「一起唱，唱得愈大聲，就愈不會害怕，就像花朵無論風雨，仍舊無畏地搖曳一樣。」
我慢慢跟著他唱，幾分鐘後，風聲緩了下來，剛剛的害怕也得到安撫。
「江海棠，下次不准再把我騙來這種鬼地方。」
「那也要妳會上鉤啊。」
「嘖，我不會再上鉤了！」
「呵呵。」
「如果還是很害怕的話，我的手借妳？」他伸出手，我猶豫了一會兒，輕輕握住，明明他的手一點都不暖、但在這一刻這樣握著，很令人放心。

「放心，我會一直在這。」
「你敢丟下我，我一定會天崖海角追殺你。」
「哇！妳這毅力和裂嘴女好像。」
「閉嘴。」

＊

清晨，手機的鬧鐘把我喚醒。
氣溫相當低冷，我在睡袋裡翻來翻去，賴床一會兒，才發現江海棠怕我冷，把他的外套也蓋在我身上，第一次有種被人照顧的感覺，心頭有點癢癢的，好不習慣。
拉開帳篷，他一個人站在不遠處的樹林裡，不知道在幹嘛。
我披著外套慢慢走近，這片樹林的中間有個窪洞，凹陷處灑滿了許多信件、卡片，而他正一張張看著手上的信，表情相當哀傷。
看來，我們沒等到郵差，先等到了一堆無人簽收的信件。
「江海棠……你在看什麼？」
「遺書。」
我倒吸一口氣，難道這些都是那些往生者留下來的？我覺得毛骨悚然，感覺氣溫似乎又下降不少。
「妳知道這些人，他們最後想要留在這個世界上的話，都是什麼嗎？」
「什麼？」
「『我只是想要，不被任何目光注意，安靜地離開這個世界。』多麼……令人無奈啊。」

我不知道該說什麼，心情瞬間蒙上一層陰鬱，光是想像那些心情，自己好像也會掉入某種漩渦中……

「一個人自殺了，妳猜人們最好奇的是什麼？」

我冷著目光，看著地上無數封留給這世界的遺書，「想知道他們是怎麼死的，而不是為了什麼而死。」

「不愧是妳，我想妳的爺爺為了讓妳能繼承家業，早早便讓妳看透不少人性吧。」

是啊，確實不少。

包括讓我如何知道，我身邊最好的朋友，也會因為各種誘因而背叛我，還是哪個我喜歡的男生，竟然也只是為了利益才對我好，這些都是爺爺安排過的戲碼，我已經不會再受傷了。

「可是妳卻還是會在乎，別人怎麼看妳。」

「我……」

「不然為何要在學校隱瞞家世，不是因為妳累了嗎？」從沒人知道我累，也沒人問過我累不累，因為我並不被允許感到疲憊。他怎麼老是說中我的痛點啊。

「那你呢？整天只聽爵士樂，對流行音樂明明一竅不通，又為何要隱瞞真正的理由，編出這個謊言？」

他啞然失笑，「在這種情況下還不忘要套話？」

他蹲下身，把那些遺書一張張地撿起來，我也不再懼怕，幫著一起撿。

最後，江海棠把所有的遺書收集好，放到小倉庫裡，讓這些聲音，最後會被下一個人看見，也許就能再阻止一場悲劇。

我愈來愈想了解這樣溫柔的他，到底還藏了什麼祕密，到底還有多少我不知道的樣貌。

「回去吧。」

「江海棠……」我慢慢走到他面前，「我們結婚吧。」

「咳咳咳！」他被自己的口水嗆到，猛咳到臉都紅了，「妳、妳是不是跳過了很多事情？」

「嗯？跳過什麼？」

「正常兩個人會結婚，一定是先交往才……」

「喔、那你跟我交往吧。」

他愣愣地盯著我看了好一會兒，最後忍俊不禁，「白鈴蘭，要是性別對調，妳現在就是霸道總裁了。」

我的臉漸漸紅了起來，我可是第一次這麼認真地向一個人提議未來，想不到卻被他當有趣……自尊心這時才開始作祟，我負氣轉頭就走，他則一把將我拉進懷裡，像在安撫小動物般撫摸我的背。

「如果，我們明年能一起去看演唱會的話，白總裁，小的任憑處置，妳想對我幹嘛就幹嘛。」

我被他這句話害得臉又更紅了！他是想到哪裡去了，我怎麼可能會想要對他幹嘛還幹嘛……

「為、為什麼一定要看那個演唱會？」

「因為，我可能活不到那個時候啊。」他的笑容依舊溫柔，他的氣息依舊清雅，他的語調彷彿像在說別人的事，雲淡風輕到像假的。

然而從他的雙眼，就可以知道——他說的是真的，千真萬確，而我的心，已經不知道是因為真相而痛，還是因為為他跳得太快而痛了。

「江海棠，別用這種雲淡風輕來訴說你的痛苦，你不知道這樣只是對你自己的二次傷害嗎？」

他的瞳孔忽然縮放了一下，泛起了淺淺地笑容，「知道了。」

我回應著他的擁抱，抱得很緊很緊，有點生氣，為什麼在我說完那麼重要的話之後，他卻要告訴我他本不願說的祕密。

「有件事，我可不會跳過。」我仰起頭，直直地盯著他，「江海棠，我喜歡上你了。」

「……妳的順序反了啦。」他受不了地大笑，「我也喜歡妳，從第一次見妳開始。」

＊

「一閃一閃亮晶晶，滿天都是小星星……」我在帳篷內哼著歌，想起我們相互告白的那個時間、地點，忽然覺得很想笑，那本來是個要哀悼離別的地方，卻被我們變成了，相戀的開始。

「贏了之後，要讓他做什麼好呢？一定要好好地整他才行。」我泛起笑意，很期待茶館的主人，能快快回來。

肚子發出飢餓的聲音，「唉，好想吃那家麵啊。」

那天，我們手牽手下山做的第一件事，便是去附近一間早上就開門的麵攤吃麵，麵很普通，但因為有他，整碗麵甜得讓人全部吃光光都還不夠，那裡成了我們最喜歡去吃的一家店，只因為他說：「每次來到這裡，就會想起那日白總裁的霸道呢。」

3.

我家目前因為我的一個決定，已經鬧騰到快要翻天的程度。

——「大學畢業之前的這一年，我要絕對自由，反正我學分已經修完了，我會維持好基本的出席率，除此之外……」

啪！

條件都還沒說完，我便被爺爺用力賞了一巴掌！

「妳有什麼資格跟我談件？」

我的左臉熱辣辣地發燙，眼神卻從未移開爺爺的眼睛半秒，「爺爺，我這不是在和您談條件，而是在告知您。」

爺爺的眼神比剛剛更加銳利，平時如果我把他氣成那樣，接下來的一個月都不會有好日子過。

「畢業後我會乖乖地成為這個家的傀儡，我就只需要一年，而且我並不是去做什麼壞事，而是和江海棠……」

他冷笑，「江家的兒子都快死了，妳和他走那麼近，有什麼好處？」果然在我說要和江海棠出去後，他便派人把江家查過了。

「確實如此，如果在這段期間我帶給江家兒子許多快樂，我想江家的人也會記住我的好，未來總會有需要他們的時候。」

「這時間和利益不成正比，而且我也說了，這一年妳得經常跟在我身邊，出席各種聚會。」

「爺爺，我只是在告知您，不是徵求同意。」我再次重申，他的目光簡直快把我瞪出個洞，連身旁的阿武都猛冒冷汗、大氣也不敢喘。

爺爺沉吟半會兒，「可以，不過這段時間，無論妳打算要做什麼，都不能動用家裡的勢力，錢的話，就按和阿武相同的薪水給妳。」

「一個月五萬？非常足夠了，謝謝爺爺。」只要利用小成本做點買賣，這些錢很快便能翻倍成長。

爺爺瞇起眼沉默半晌，「出去吧。」

＊

三個月後。

「江海棠，你剛剛幹嘛那麼用力踩我的腳，讓我踩回來！」

江海棠無奈地伸出腳，「行，妳想踩幾下都行。只是妳不能再這樣冷酷的和當事人的朋友說話。」

「我也只是說出事實。什麼叫做奈奈鬧自殺好幾次了，每一次都有阻止成功，所以大家漸漸不把她鬧自殺當回事？奈奈需要的不是誰去阻止她死，而是……」我愈說愈激動，即使從未見過她，還是不小心產生共鳴而氣憤。

「而是關心，一個簡單卻不敷衍的關心。」江海棠淡淡說完，表情也和我一樣哀傷。

他曾說，原先對這個傳說有興趣，只是單純覺得不可思議，開啟了他對都市傳說的感官。但當他得知自己的日子不多之後，便更想要找到茶館許願，只願自己的人生，至少能再多十年，他一定會在這十年的時間裡，拼命完成所有想做的事。

我相信我們會找到茶館，也相信就算只有十年，我們會過得很快樂，最重要的是，那個時候我可以牽他、也能……

「妳是不是又在想什麼奇怪的事情？臉好紅。」他挑眉，而我的目光居然不小心定格在他的唇上，要死了！我最近是怎麼了！一天到晚想些奇怪的事！

「咳咳，我這是太熱了。」

「聽說現在是冬天。」

「江海棠，別仗著我喜歡你，就一直欺負我。」

他柔聲失笑，「我哪捨得欺負妳？這樣明天就喝不到妳煮的燉湯了。」

「對，為了燉湯，你最好對我好一點。」

我們並肩而行，把稍早前接收的負面情緒消化掉。這三個月來，已經聽了好幾個悲傷的故事了，有時會覺得，是不是人生到了某個阻礙走不過去，離開這個世界會簡單一點。

「江海棠，你應該要改名，你的名字太晦氣了。」花語竟然是離別，還有什麼斷腸花的別稱?!就是這個名字，才害得我告了白卻無法好好牽起他的手。才害得我，才剛喜歡上他，就要每天做好可能會離別的準備……

「誰說花語只能有一種？就算沒有，我也能自己定義自己的意義。」

「比如說狡猾如狐狸、脫俗如海棠？」

「還不錯。」他點點頭，話峰一轉，「白鈴蘭，無論最後找不到得到，答應我，別去那座山。」

「你怎麼想得這麼美啊，我才認識你多久，會因為你死了，我就跟著你去殉情嗎？」我兩手一攤，他則笑彎了眼。

「因為妳……」說著，他腳步踉蹌，險些站不住，還想對我說些什麼，卻在下一秒昏倒——

這是最後一次，我們一起去尋找茶館的蹤跡。

跟著他一起上救護車的時候，我心裡其實很害怕，怕他這一趟去醫院，就再也出不來了。

從小到大，我沒怎麼去過醫院，對於醫院內的消毒水的味道感到陌生，對於全白的世界，也感到害怕，人生如果到了這個地方，已經很不快樂了，為什麼醫院還要弄得處處是白色，彷彿彩色不再適合這裡。

「鈴蘭……白鈴蘭！」江海棠喊了我好幾聲，我才回過神。

「你醒啦，我去請你的主治醫生來和你談。」

「先等等。」他冰冷的手抓住了我的，冷與熱的溫度交換，雖然不合時宜，我卻覺得指尖有點麻，心跳有點快。

「我還沒說完。」

「我不想聽。」

「鈴蘭，妳的個性太容易重感情了，妳說過，妳的爺爺早就設計了妳好幾次，讓妳體會被背叛的滋味，那是因為他了解妳。」他才不了解我，他只是希望變得冷血。

「妳明明說在找到茶館之前，不會再更喜歡我了。」

「我是啊，我對你就是一點點的喜歡而已。」

「那妳為什麼眼睛那麼紅？」他的一語道破，讓我無法再假裝。

「江海棠……我……我只是……嚇到了。」

他坐起身，臉色好像比送來醫院時還蒼白，「不要為了我而打破妳的堅強。」

我緊咬著下唇，不甘心地回道：「江海棠、你這個笨蛋！」我也不知道為什麼我要這麼生氣，我應該要在醫院好好陪他，我應該要像平常的我，再怎麼憤怒也要控制好情緒。

但……

我就是討厭看他那樣，不停地假裝對未來抱有很大的希望，但事實上、他根本就不相信茶館會不會實現願望，或許尋找那個茶館，不過是他最後的掙扎而已。

光是想到這點，我就好生氣，氣命運、氣……什麼都做不了的自己。

我知道他每天要吃的藥很多，也知道他三天兩頭就得回醫院，但我寧願相信，他的病會愈來愈好，而不是愈來愈糟。

我整理好自己的情緒，再回到病房時，醫生已經和他說完話了，即使他想掩飾，我也知道他的表情有點落寞。

「醫生說什麼啊？對了，要不要聯絡你的家人？」

他轉頭看向窗外，呢喃：「這裡的景色真不好，完全看不到半朵花呢。」

「你想看花，明天我們就去看花展。」

「鈴蘭，我應該暫時都不能出院了。」他平淡地說完，我的眼淚還是掉下來了。

他替我輕輕拂去眼淚，「看來，是下雨了。」

「對，就是下雨，好像全世界都在下大雨。」我愈說，眼淚就愈停不了，我從沒在人前這樣大哭過，偏偏在一個比我更悲傷的人面前，哭得這麼傷心。

「江海棠，為什麼我現在才重新遇到你？」

「這樣說再見的時候，才不會太難以承受。」他露出了一抹淺笑，眼皮也愈來愈重。

「要我以後不難受，你得答應我一件事。」

「好，妳說。」

在他的眼皮完全緊閉之際，我脫口而出，「和我舉行婚禮。」

「?!」這個驚嚇，成功把他驚嚇得瞪大了眼，好在這裡是單人病床，不然我說得那麼大聲，然後又被拒絕的話也太丟臉。

「妳……妳……」他結巴了半天，一句話也說不出來。

「被同一個人求婚兩遍，有這麼驚訝嗎？」我把眼角的眼淚擦乾，破涕為笑。

「我不是說除非找到茶館，不然我們只會是朋友嗎？」

「嗯、你是這樣說的，但又沒說我不可以和你結婚，結婚後，我們一樣是朋友。」我漾著狡黠的目光，強詞奪理到連他都啞口。

我握緊他的手，「江海棠，只是個形式而已，你穿西裝、我穿簡單的白色洋裝，然後……咳咳！然後你知道的。」

「剛剛還那麼有氣勢，現在又害羞了。」

「咳！要你管。」

「鈴蘭，妳的名字的花語真適合妳。」

「『即將來臨的幸福』？一點都不適合，我又沒幸福過。」

「不，妳就是我即將擁有的幸福。」一瞬，他的大手輕放在我的後腦勺，就這樣把我擁入懷中，輕柔的吻像棉花糖，軟軟地覆蓋在我的唇上，好久、好久、好久。

我想，他是用這個吻告訴我，他答應了。

但後來才知道，他是用這個吻，和我告別了。

因為當天晚上，醫院就發出了病危通知，他的家人紛紛趕到他的病榻前，送他最後一程。唯獨什麼都不知道的我，隔天還傻傻提著一鍋燉湯去找他，而病床的位子上，早就沒有他的蹤影。

「請問、江海棠呢？」

「呃、原先的病人昨晚已經……」護理師沒有把話講完，面有難色地點了個頭，讓我自己意會。那鍋他最愛喝的山藥排骨湯，就這樣灑了一地。

「哪有、哪有這麼快的……比賽還沒結束呢，對，還沒結束，只要找到茶館，就能許願了。」我念念有詞地說著，眼淚一滴也沒掉，因為花朵從不哭泣。

＊

我原本的想像圖，真的是這樣。

我們可以在種滿海棠花、白鈴蘭花的地方舉行只有兩人的婚禮，雖然很像家家酒，反正只是形式，從今往後，我只需要一朵懂我的海棠花，我們可以像朋友一樣相處，也能像戀人一樣依偎，這就是我想像中的畫面。

「江海棠，為什麼自殺的人會想要自殺？」

「因為活得太認真了。」

「我活得很不認真，卻也想過要死。」

「不，妳只是想想而已，不會真的行動。」

「那你呢？」

「我只想著，明天想要吃什麼。」
「豬。」
「可是啊，我永遠不會知道，那個人承受了多少痛苦，才會想要這麼做。」
「只是欠債、老婆跑了而已耶。」
「人的心，複雜又脆弱，妳這個說法不就和其他的吃瓜群眾一樣了嗎？」
「喔……」

喀擦。

我剪掉海棠花過長的根，也順便把腦海中又回想起的對話一刀剪斷。

和江海棠相處也不過三個多月，我卻覺得好像認識了他三年，每一段回憶，都深刻在腦海，時不時跳出來強制播放，想停也停不了。

「太慢了，認識得太慢了。」對他還有好多不了解，還有好多想了解。

想知道他如果可以活下去，想做的事是什麼，想知道他的更多嗜好、想去的地方，還是……喜歡我哪一點。

我在社辦插好一盆海棠花，中間用白色鈴蘭做點綴，用來完成我們本該要完成的事。

真空虛。

就像在過家家。

江海棠會不會直到最後一刻，都只是在陪我玩家家酒？

我想起第一次在這裡看見他，他躲在桌子底下不知道在幹嘛，搞得灰頭土臉。

彎下身檢查一番，下方什麼都沒有……忽然，我注意到桌子底下的木板上，居然黏著一個記事本，不蹲下去檢查，根本不會發現，而且膠帶的痕跡，看起來就像曾反覆多次撕黏。

裡頭竟是寫成一排排的清單。

待辦清單：

1. 尋找雨天才會營業的咖啡廳。
2. 畫完一幅畫。
3. 設計一座花園。
4. 和妹妹去迪士尼。（後來妹妹說不想和我去，因為我什麼都不敢玩。）
5. 告訴家人病情。
6. 不可以隨便露出悲傷、疼痛。
7. 記得止痛藥每天都要吃。
8. 能看一部系列電影的續集，哪部都好。
9. 還是想設計一座花園，那是個可以讓病童打起精神的花園，取名叫天國之花。
10. 今天遇見了她，這不在清單裡，為什麼卻出現了……

最後一項清單之後，便沒有再往下寫了，往後多翻了幾頁，『待辦清單』變成了『鈴蘭花開日記』。

鈴蘭花開日記：

1. 白色的鈴蘭花經過多年長成了玫瑰。
2. 多次灌溉後，有重新發芽的跡象。
3. 長出新的花苞了，旁邊卻多了粉色的花苞。
4. 颱風就快來了，希望它能挺過雨季。
5. 雨季後的花開，能看到就好了。

「雨季過了，花卻沒有開。」

江海棠，你太過份了，好歹也寫一些浪漫的情話，把我寫成種花日記，含蓄過頭了吧。

可是，卻很像你。

很符合你。

「花枯了，明年還會再開；人走了，明年許願的時候，還會回來嗎？」

＊

已經不知道是第幾天了，儲備的乾糧只剩少許，頂多再撐一天，我一定得下山補給，身上酸臭味也很重，狼狽到也許茶館主人出現，會把他嚇一跳。

走出帳篷，才發現有個人靜靜地站在一旁。

此時已將近黃昏，那人有著一頭銀白色的髮，綁成一小撮馬尾收在後腦勺，以及一雙如紅寶石般的眼睛，除此之外，他的皮膚也白得不可思議。

「是白化症啊。」

男人一聽，露出淺笑，「總算有個人，沒把我當成鬼了。」

「你就是茶館的主人。」

「不介意的話，我已備好熱浴淨衣，請進來休憩吧。」男人穿著一身灰色浴衣，腳踩木屐，行走的方式卻有點輕飄，木屐喀喀喀的聲音陷進了泥地裡，所以我才沒聽見腳步聲。

他領著我穿過長廊，微弱的燭光，讓長廊看起來很像都市傳說會發生的場景，如果是江海棠，一定會很興奮。

來到最後一間房間，他拉開紙門，「請先在這休息吧。」

「謝謝。」

等到男人把門闔上，我才疲憊地往榻榻米一躺，「我終於進來了……」

內宅裡並沒有特別之處，茶館的主人雖然怪異，不過是個白化症患者，或許對不知道的人來說，看到他會嚇一跳吧。

畢竟他的眼眸，紅得很深邃。

一小時後，總算把一身的髒汙洗淨，換上浴衣，我和這裡的畫風也顯得一致了。

叩、叩。

「客人，若您已準備好，請和我移駕到茶室吧。」

來了。

把門拉開，目光不自覺露出和爺爺相同的備戰氣勢，只因為我尋覓這一刻已經好久了。

茶室離客房的位置有些距離，真的進入內宅後，才發現這裡比我估量得還要大。

我們經過了兩個長廊，在經過第三個長廊時，左側的牆挖空變成展示櫃，與這日式老宅的風格，顯得相當格格不入。

放在展示櫃裡的，竟然全都是茶杯，每個茶杯上的圖案、顏色各不相同，放眼一望相當壯觀。

最後，我們才抵達了茶室，裡頭已經備好熱水、一應俱全的茶具。

「請坐。」

待我坐定，他重新把茶水加熱到適當的溫度，目光一直看著右手邊的窗外，外頭的小橋流水，顯得特別愜意。

「我該怎麼稱呼你才好呢？」

來這裡之前我曾揣測過無數次，什麼樣的地方，可以讓那些悲傷的人露出如此幸福的表情？他們有的人心靈都已殘破不堪了，卻能在短短幾日笑成那樣，實在奇怪。

「我叫什麼名字一點都不重要，重要的是——妳，做好準備喝茶了嗎？」

「難道要喝上一杯茶，得付上什麼昂貴的代價嗎？」

守在這裡的幾天，我也慢慢琢磨出答案。

他莞爾一笑，「昂貴就太言重了，不過就是各取所需罷了。」

「所以你也有從客人們身上，想要得到的？」

他的紅眸對上了我的眼，從頭到尾，我都沒把視線移開過，爺爺說了，再怎麼會說謊的人，也無法讓靈魂之窗說謊。

「妳是為了什麼而來呢？」

「從進入這個茶室起，你便不再對我用尊稱了呢。」

「因為妳並不打算成為這裡的客人。」
「原來如此，但我確實是客人喔，我是來許願的。」
「是麼樣的願望呢？」
「我希望人可以死而復生，或是時光倒流。」
「真抱歉，逆天改命的願望，我是無法實現的。」
我並沒有太失望，若真能如此，我也要懷疑回來的人，是不是真的江海棠。
他把抹茶碗收起來，換上中式茶杯改泡茶葉，行雲流水的手法，配上精準的秒數，這絕對會是一杯好茶。
「不許願，也能喝茶嗎？」
「能。」他逕自拿起茶杯，輕啜一口。
我轉著聞香杯，目光跟著一起看向窗外，「為了找到這裡，可真是費盡苦心，我查訪了好多、好多人，最後才找得到這裡。」
「的確很了不起。」
「那些許了願的人，真的都願望成真了嗎？」
「當然了。」他又繼續沏茶，我們就像許久不見的朋友，只是在喝茶閒聊。
「我印象很深的是郭德心，那真是個可憐的孩子，她現在真的在國外留學，過著遠離父母的日子嗎？」
「當然了。」他開始像個機器人似的，連語調都一模一樣。
「要怎樣才能收到邀請函？絕望？還是自殺？」

「當然了。」即使我變換問題，他也用一樣的回答，這種違和感，漸漸讓我感到悚然。

眨眼間，他已經又泡好一壺茶，逕自一杯接著一杯，把茶當成水般拚命牛飲。

「我也很絕望、江海棠也很絕望，我們為什麼就沒有資格收到？」

他停下動作，定睛看著我，嘴角微彎，「當然了。」

「你……在耍我，對吧？」

這回他總算停止了詭異的相同答案，「何必詢問這麼多問題？在來這裡之前，在抵達這裡的這幾天，妳應該已經把答案想通透了。」

「你果然一直都在這裡。」

「即使想通透了，妳還是決定進來，所以我才問妳，是否已經做好許願的準備？」

我抿抿唇，終於喝下第一口茶，雖然有些涼了，但茶湯溫潤甘甜，除了茶葉本身很優秀之外，泡茶之人的手藝也很好。

我確實想通透了。

郭德心的父親幾乎可說是隻手遮天，連警察都被收買的情況下，未成年人要怎麼逃出國，又或者要用怎樣的手段，才可能讓那對扭曲的父母放手。

路言慧消失就算了，男友被人殺死，案子到現在還膠著不前，以路言慧的精神狀況來說，就算再怎麼聰明，也不可能冷靜、豪無痕跡地殺人，但她又沒有其他人可以幫助她了……且那樣的她，就算男友死了，還有辦法笑得那麼幸福嗎？

最讓我覺得可疑的是孫雅容和崔玉恭了，車禍也許是意外，但嫌疑犯從中消失更奇怪，以她潑酸這種衝動行事的個性，當然不可能殺死林俊齊。以及崔玉恭那樣死意堅決的狀態下，就算成功被救走，她也會因為擔心兒子，死都不肯許願，怎麼就下落不明了呢？這些事情讓我感覺，或許他們……

「那些許過願的人，他們都死了，對吧？」放下茶杯，我慢慢地說出這個結論。

「——當然了。」

茶館主人的目光，也不知是不是錯覺，在這瞬間隱隱發著光，而笑容也讓人生出冷意，激起渾身的雞皮疙瘩。

咚、咚咚。

外頭的添水，又發出聲響了。

「添水有驅趕鳥類之用意，這裡又取名為『青鳥的眼淚』，是不是因為青鳥都被你趕走了，才會傷心得流下淚？」

他的目光，浮出笑意，而我，也跟著笑了。

「他們，都是被你殺死的。」

4.

──「而妳，不就正因為如此，才拼死也要來到這裡嗎？因為妳殺不了自己。」

白鈴蘭的瞳孔微震，淚水在瞬間便佈滿眼眶，如同荷葉上的水珠，看起來晶瑩剔透，卻在落下後，破碎消失。

拂青帶著淺笑，笑容裡沒有殺意也沒有嘲諷，他像個故事的旁觀者。他始終如此。

「你錯了，我不是來殺死自己的，我是……代替江海棠來的，來讓他看看，這裡是不是他所想的希望。」可惜的是，她等來的是絕望。

「隨我來。」拂青緩緩起身，領著白鈴蘭走到放滿茶杯的走廊，「這些茶杯，全是許願者留下的最後物品，每個杯子底下都有編號，妳可以照著那個編號，去旁邊的房間，尋找對應的號碼。」

他並沒有告訴她，這麼做是為什麼，來到這裡，無論讓他們做什麼，他們都會去做。因為對他們來說，沒有什麼事，還能再更糟糕的了。

許願人帶著一身傷來到這裡，求的事情都一樣。

拂青走到添水旁，添水依舊規律地發出咚咚聲響。這並不是用來驅趕鳥類，也不是驅趕任何猛獸，而是用來──淨化一身的傷痕。

白鈴蘭茫然地在杯海中尋找熟悉的名字，找了半天，才把她經手過的所有名字找齊。

走廊旁的房間很大，書櫃呈現ㄇ字型，滿滿的資料夾、密密麻麻地塞滿書櫃，她以為這些編號有按照順序，事實上每個資料夾都是隨意亂放，彷彿放的人，並不打算再次檢閱。

「找到了，郭德心……」是她一直很在意的女孩，她趕緊坐下來翻看，裡面放著一張ＤＶＤ，以及許多照片，還有關於她的周遭出現過的人事物的詳細調查。

但那些照片，她愈看愈眼熟，「這不是她放在IG上的照片嗎……」

她看著空白沒有寫字的ＤＶＤ，想要找拂青詢問可以在哪裡看，卻發現他消失了，連氣息都跟著消失似的，讓她覺得有點害怕。

她摸索著走回茶室，在茶室的櫃子裡發現了一台ＤＶＤ，再走回自己的房間，把ＤＶＤ跟電視連上。

她不懂為何拂青故意讓她看這些，卻還讓她大費周章才能看。

ＤＶＤ的畫面裡，是茶室，郭德心穿著浴衣，雙眼無神地看著窗外，並不在意眼前的茶已逐漸冷卻。

「所以，您要許願嗎？」

「真的會有人許願嗎？」郭德心吶吶地問，即使換上乾淨的衣服，她的手臂和臉上仍露出不少傷痕，眼神完全沒有女孩的純真，只有無盡地絕望。

「為何會這麼問？這不是您一直想來的地方嗎？」

「嗯，本來很想來的。」她把手指放在茶杯裡轉，拂青並沒有生氣。

「可現在，我的願望是死掉，你可以實現嗎？」

白鈴蘭覺得心悶悶的，她調查到郭德心時，真的很想讓人把她的父母找出來，讓他們受到法律的制裁，怎麼可以讓這麼小的女孩，受到這種欺凌呢……

而女孩，已經失去任何求生的慾望了。

「我可以讓您沒有痛苦的離開，在離開前，您有沒有想讓誰放心、或是想讓誰知道您過得好？」

「一個人被遺忘的時間，需要多久？」拂青重新替她換上新茶，「只要三個月。或許以前可以更久一點，因為通訊不發達，我們總會掛念著誰回信了沒、或是為何家裡電話沒人接。現在如果傳訊給一個人都沒有被已讀，一般人只會認為被封鎖了。」

郭德心始終沉默，她對這個話題似乎沒有興趣，只用眼角餘光，注意拂青的一舉一動。

「以前被誰斷交了，人們是會傷心的，如今被誰封鎖了，人們也只會當成茶餘飯後的話題，很快的那個人便會在人們的記憶裡逐漸消失。被這個世界遺忘，變得比以前還要容易，應該說，更快速。」

「那很好啊，我希望不要有人記得我。」

「如果您真的沒有在意的人，那麼……」

「等等。我想讓一個同學，知道我過得很好，最好讓她認為我去留學、不再和父母聯絡了，有辦法讓她相信嗎？」

拂青輕點點頭，「這需要幾天的籌備期，這兩天您便在這安心住下吧，在喝下屬於您的茶之前，您都可以反悔。」

「我的茶？」

「關於茶杯的設計教學，已經放在您的客房內。」

「那個、我待在這裡，應該不會再被抓回去了吧？」她怯怯地問。

「您的父母那邊，我會有辦法讓他們放棄尋找您，並且搬離原本的地方，這樣就不會再有人質疑您是否真的去留學了。」

「真的做得到嗎？怎麼做？」她對父母的恐懼，已經認為沒有任何方法能阻止他們了。

他從袖口拿出一個ＵＳＢ，「您當初拍下的照片，就是最好的武器。」

「可以……相信你吧？」

「請您安心地休息吧，再也沒有人能傷害您了。」

郭德心緊繃的表情總算稍稍放鬆，她沒有馬上離開茶室，反而繼續看著窗外，看著看著，臉上露出了笑容。

資料夾的最後一頁，用著娟秀的字體寫著一段話：『希望下輩子能當一隻小鳥，希望這個世界，能快點忘記我的存在，我這噁心的存在。』

「這可不是江海棠想看見的結局啊。」受了那麼多傷害的人，最後還是選擇離開這個世界，多麼不公平啊。

——「可是啊，我永遠不會知道，那個人承受了多少痛苦，才會想要這麼做。」

「不對……換作是我，可能也會想死。」從小過著生不如死的日子，即使以後可以幸福了，噁心的記憶沒那麼容易遺忘，它會一遍又一遍地折磨自己，直到崩潰為止。

白鈴蘭關掉ＤＶＤ，拿著資料夾，再次回到檔案房，這次她一口氣把剩下的三個人的資料，全都搬回房間。

第二個路言慧，畫面一開始在畫室內，她看起來心情不錯，邊畫畫邊哼歌。她已經畫好的幾幅畫，看起來相當恐怖。有一幅畫的是男人被綁在椅子上，手腳的指甲都被拔光了，表情痛苦又猙獰。一幅畫了男性生殖器、長滿鬍渣的嘴，把兩樣東西結合在一張黑紅色的畫裡扭曲。而她正在畫的，則是一名男性倒臥在某間屋內血流不止，家中的家具、小物畫得極其細緻，彷彿畫的就是自己家。

「您希望他的死法是這樣嗎？」拂青走進畫室問道。

路言慧眨了眨眼，「真的可以嗎？」

「當然。」

「你不會被抓吧？」

「其他事情您不用擔心，您只要確定了，一定幫您達成。」

路言慧露出了燦爛的笑容，與她絕美的容顏很相襯，唯一不相襯的，便是她深深的黑眼圈以及佈滿紅絲的眼睛。

「阿隆他……一定得在我們的家死掉才行，這樣我才能找得到他、才能團圓啊，和我們的寶寶一起。」她摸摸肚子，笑得就像位準新娘，臉上充滿了幸福。

拂青沒有任何多餘的表情，手上拿著已經設計好的杯子，上頭的圖案是個捧花。

或許該說是死亡捧花。

孫雅容的畫面一開始，是在病床上，只是所在的屋子仍是鋪滿榻榻米的房間，她的臉上、手上都有紗布包著，但表情卻充滿了不屑。

「什麼啊，我居然沒死。」她看了看四周，已經猜測到自己或許身在茶館之中，否則哪有這麼神奇的事，一個嫌疑犯不但沒被關起來，還被好好地放在這麼高級的日式房間中。

「您很希望在那場車禍中身亡嗎？」拂青從門口走進來，他的出現並沒有讓孫雅容太驚訝。

「那樣不是很好嗎？大家會報導說：『潑硫酸的嫌犯移送途中車禍身亡！』因為犯人死了，所以搞不好輿論的焦點就會擺在犯案動機上。」

「那是您希望的死法嗎？這種死法不但很痛苦，而且也不會讓大眾記得妳美好的樣子。」

孫雅容像聽到了多可笑的發言，捧腹大笑，「我哪有有什麼美好啊！對了，這裡就是可以許願的地方吧？難道你能幫我換張臉？脫胎換骨？沒有這種事，對吧？你根本辦不到。」她的語氣還存有一絲期待，希望他會否認，但她光看他的表情便知道，這世上沒有那麼神奇的事，或許能把她從車禍中救走，就已經是最大的奇蹟了。

「我是辦不到，那麼您想離開嗎？」

她搖搖頭，沉默了許久，等到拂青替她端來一碗熱湯，她也只是看著湯，卻不喝。

「我再也無法相信任何人了，光是想到要回到外面去和人群相處，就覺得那比死還可怕，尤其是……繼續看見某個人對我說謊。」

「您不喝嗎？」

「任何人對我的同情，都是別有目的。」

拂青點點頭，把湯收走，「那我也得告訴您，如果您不是來許願的，那麼這裡無法收留您超過七天。」

孫雅容表情扭曲地大笑起來，「哈哈哈！果然啊！果然！這個充滿利益交換的世界，這個沒有真心的世界……我也不想待！行了吧！」她用力地把身上的紗布扯掉，因為用力過猛，傷口又滲出血來。

她拉開窗戶原本想走，卻又一步、兩步地退，最後跌在地上，哭了起來。

「想要平凡地活著……為什麼這麼難……我還以為他是唯一對我好的……啊啊啊！我還以為……這

次的比賽我一定、一定可以……」哭著哭著，她忽然發瘋似的在屋內翻箱倒櫃，最後找到剪紗布的剪刀，拿起來就要往喉嚨刺。

「這位客人，我若是您，絕對不會選擇如此痛苦的死法，我可以讓您舒服地死去，要嗎？」

孫雅容愣愣地點頭，丟掉了剪刀，「現在，馬上。」

「在那之前，您有沒有想要留在這世上的東西，或是其他想許的願望？」

「我留下來什麼，也不會有人有興趣知道。」

「不，會有的。」

孫雅容嘲諷笑道：「誰會啊！」

「我會。」

明明只是那麼簡單的兩個字，明明是個對她來說陌生又詭異的人，但他認真誠懇的表情，終於讓情緒瘋癲的孫雅容，慢慢地流下了眼淚。

「可以幫我拍一張照嗎？我這輩子，都還沒好好拍過照，如果照片很醜，你可以不要洗出來，我只是，想要拍一次。」

「我一定會為您拍下最美好的照片，那麼，您真的沒有其他願望了嗎？」

白鈴蘭忽然感覺，拂青不停在暗示孫雅容，就像要她再想想、有沒有想做的，或是像上一個那樣，有沒有想殺的……

「包括讓說謊的人受到懲罰？」對她來說，壓垮她最後一根稻草不只是比賽名字又被換掉，還有她發現林俊齊再婚，且這三年來，始終都沒對她真心過這件事。

「所以您希望他不要繼續活著了？」

孫雅容有點狐疑，「你是說殺了他？可以嗎？」

「當然可以。」

「那就……這樣吧。」她的表情淡然，其實壓根不相信拂青能做到，她累了，對這個世界累得無法再關心任何事。

——這果是刻意誘導。白鈴蘭皺了皺眉，在心裡默默盤算。

最後一名便是那個為了兒子連命都可以丟的傻母親了。

這件案子白鈴蘭接觸得更深，幾乎是新聞一報，她便馬上著手調查。

畫面是崔玉恭在廚房煮菜，桌上已經擺了三道菜了，她卻依然不停地煮，直到十菜一湯擺滿餐桌，她才獨自在中間坐下，氣氛顯得特別淒涼。

「阿承，這道是你最愛的糖醋排骨，還有蒜泥蝦，媽媽等等剝給你喔。」她夾了菜到對面的空碗裡，接著剝了幾隻蝦放進去。

「小凌啊，不要再嚷著減肥了，這道涼拌洋菜最開胃、熱量又不高，妳不是每次都吃不少嗎？還有今天的雞湯，媽媽熬了一下午，對女孩子的身體很好，喝一碗吧。」

「老公啊，別老是挑肥肉吃，吃點炒海參吧，很下飯的。我？我也有在吃啊，我才沒有都光顧著你們呢，看、我也吃了。」

年過中年的崔玉恭，就這樣自說自話地玩著家家酒，且表情相當幸福愉快，好像她已經陷入了幻境，在她眼前真的有自己的家人，和她熱絡地互動著。

「對呀！老公，你不知道我們小凌啊，追她的人可多著呢，所以才要小心那些臭男生啊，對不對？

小凌？」

「你說像我？真是的，在孩子們面前說什麼呢。」

「阿承，你又顧著玩遊戲了，算了，今天我們阿承考試得第一，就讓你好好玩吧。」

一頓飯，她自導自演了半天，最後無力地放下筷子，剛剛那些幸福的表情已經消失，她雙眼空洞地望著前方，再也無法自欺欺人下去。

「崔玉恭女士，您想好要許什麼願了嗎？」

「我說過了，我沒有願望要許，反正我就想好好地死了算了，你當初幹嘛救我？」她煩躁地起身，把那一堆飯菜全倒進垃圾桶。

「您這不是已經在許願了嗎？想好好地死，我可以為您實現，全程無痛無感、安心離世。」

「那很好，快點吧。」

「在離開這個世界之前，您難道沒有想要留下的東西，或是別的願望嗎？」

她想了想，「你能幫我去看看，我兒子到底有沒有拿到保險金？我後來查過，好像被判定自殺的話就不能領了？我也是那天晚上才想到這件事，還沒暗示他，他就下手了，真是個心急的孩子。」

拂青維持著淺笑，「您還真是個愛孩子的人呢，我會為您查看，請您稍後一日。」

「麻煩你了。」

畫面切換到茶室，崔玉恭正品嘗著抹茶，接著她便拿起桌上的資料，一遍又一遍地看，來回至少看了五遍才放心。

「希望我兒子以後不會再亂花錢了，以後沒了我，他要習慣再不改……唉！」

「您最近這幾日都在寫小說嗎？已經完成了嗎？」

「不算小說，只是一個短篇，從我身邊的人那裡，得到靈感的……」

拂青翻閱起來，偶爾點點頭表示讚賞，十幾分鐘後他露出了較深的笑意，「這篇小說名叫《惡魔》，可是裡頭並沒有真的惡魔出現，只是角色們都有兩面個性，您是在暗示什麼嗎？」

「只是隨便寫寫。」

「我想您一直都知道您的朋友，有著不為人知的一面，但您始終沒有拉她一把，您也是兩面人呢，因為您很狡猾啊。」

崔玉恭表情很淡定，她輕輕搖頭，「不是那樣的，因為我也希望她行動，殺了那些折磨我們的人，雖然我殺不了我老公，但我相信總有一天，她一定會行動。」

——所以她才在最後一晚，故意讓李玉喜再一次認知，自己的老公有多瞧不起她。白鈴蘭想著，這根本算是推波助瀾了。

「您也可以許願，希望您的老公死去，這個願望是可以成真的喔。」

「不，他若死了，我的孩子們要怎麼辦？他不能死，我很矛盾，你也別再問了，就這樣吧。」

「所以這個小說便是您要留下來的東西嗎？」

「若有一天，小喜來到了這裡，請交給她。」

「明白了。」

拂青望著這名舉止優雅的婦人，一步步踏上死亡之路，卻沒有一絲害怕後悔，更沒有絕望，單純地為了孩子一心想死……

白鈴蘭從影片中，捕捉到拂青眼底的輕蔑，這很難得，因為他的表情控管就像機器人一樣，從來沒有出過差錯。

「等等、崔玉恭並沒有許願讓她兒子死啊，而且茶館主人還偽造了資料欺騙她。原來他有自主意識啊，我還以為只是奉命行事呢。」

時間已經來到深夜，白鈴蘭把資料歸位後，再次站在茶杯的收藏櫃前，一一細數著，這幾位許願者設計的杯子。

「郭德心是一雙翅膀、路言慧是捧花、孫雅容是笑臉符號、崔玉恭則是……一棵樹？」還是畫工非常精細的大樹，白鈴蘭看了許久，一直在回想樹的品種。

「是槐樹。」拂青無聲無息地站在她後方。

「槐樹啊……啊！」聰明如她，她已經想到這是什麼寓意了，「她這是在諷刺你，還是諷刺她自己？」

「都有。」

「她諷刺這個地方如南柯一夢，也諷刺自己的人生，只是一場……惡夢。」

「白小姐，妳既不是受到邀請的人，也沒打算要許願，希望妳明天一早就離開。」

「你為什麼要殺她的兒子？」

「我沒殺他，是他自己來不及跑。」這次，拂青笑彎了眼，那紅眸的光仍舊若隱若現。

「你根本不是在助人為樂，你只是想殺人！」還好江海棠沒有找來這裡，她可不想看到他失望的樣子！

「錯了，我只是給人們一個，可以安心離世、又不怕被社會議論的地方而已。」

「因為人們最好奇的是，那個自殺的人，是用什麼方式死的？」

拂青聞言一驚，隨即又笑了，「沒錯。」

「議論又如何、被笑又如何？都把自己逼到要去死了，還會在乎那些嗎？」

「但往往，逼死一個人的，是其他人的目光啊。」

——『因為活得太認真了。』

江海棠的話猶言在耳，她隨即語塞，再也反駁不出一句話來。

「我不會死的，再怎樣，我都不會去當自殺的人！我、我會好好地活下去，不那麼認真地，活下去。」

「所以妳認為那些人傻？」本來已經走了幾步，聽見她這樣說，拂青的眼底閃過一絲怒氣。

「不，他們……」不知為何，她的眼眶又紅了起來，「他們……只是人生的答案，剛好是這個。就像江海棠，他的人生答案是——抱著最後一絲希望奮鬥最後一刻，那就是他的答案。」

白鈴蘭說著說著，終於忍不住了，這麼些日子以來一直忍得很好的悲傷，自從踏進這個地方，一直在觸動她的忍耐底線，在在提醒著她，這裡一點都不神奇、江海棠也不會復活，這世上才沒有什麼希望……有的只是數不清的絕望、數不盡的悲傷。

她從默默掉下幾滴淚，再到崩潰地嚎啕大哭，哭到喘不過氣、哭到不能自已，想把那日來不及說的話哭掉，也想把對江海棠的想念，一起哭個乾淨。

拂青只留下一盒面紙，不再打擾她的悲傷。

幾分鐘前閃過的怒氣消散了，他走到添水邊，舀起一勺水往自己的頭上灑下，上身都濕了一半，他卻不在意。

添水還有一個用意，讓想要離開的人驚醒，想起自己，其實還可以有別的答案。

但往往已經來到這的人，都是那麼堅定不移，只因他們的內心，已經無法再承受一次，任何的傷害了。

所以他能做的，只有讓別人不在他們離開後，繼續嘲笑他們的傻。

「他們一點都不傻，當然也稱不上勇敢，**他們只是累了。**」

拂青慢慢走回茶室，從抽屜拉出一個總開關，關掉所有的監視器，因為今晚不會有人死亡，所以不需要幫誰紀錄。

*

翌日。

我第一次體驗到，眼睛因為大哭而腫到睜不開，我站在廁所的鏡子前，好奇地看了好一會兒，才準備離開。

離開前我在宅子內四處尋找了一下，果然找不到茶館主人的蹤影。

直到出了內宅，在鞋櫃上發現了一張紅色的明信片。

那是許多絕望之人，夢寐以求的明信片，血紅色的卡片上，印著哭泣的青鳥，背面則寫了幾行字：

青鳥之所以會哭，是因為人們所希冀的結局，竟是如此悲傷。牠無法阻止，只能默默流著眼淚，滿足人們的願望。

拂青。

明信片的下方，還有一條手帕，原先我以為是他忘了帶走的，看到上面的白色鈴蘭花，我馬上想起來了！

「原來他叫拂青。」

「這是安姨的手帕……」她果然來過這裡，是因為被爺爺趕走嗎？還是又發生了什麼事……

我緊緊捏著手帕，內心萬分感激拂青能把這樣東西留給我。

「安姨，抱歉我來得太晚了。」

我踏出茶館，不再回頭多望一眼。是時候該往前走了，我知道，如果他還在，一定會這麼催促著我，如果安姨也還在，一定會叫我不要害怕，未來一定是好的。

我抹了抹眼角的淚，「從今天開始，繼續當一朵不會哭泣的花吧。」

後來，我把那張明信片，留在江海棠的塔位上。

再後來，我違背了爺爺的一年之約，用著這一年賺的錢，遠走高飛。目前在一個祕密的地方，正籌備蓋一座名為『天國之花』的花園。

我還經常寫明信片給江海棠，收信的地址，是自殺森林的營地，也不知道會不會有郵差敢送去就是。

關於「青鳥的眼淚」的傳說，我偶爾仍會聽見，但我大多一笑置之，不想再去深入了解。因為這個世界，除了悲傷的故事，也要聽點快樂的故事，才能輕鬆一點啊。是不是啊？江海棠。

—全文完—

番外《天國之花》

啪擦、啪擦。

已經被人踩熄的菸頭，重新點燃後，至少還能再吸上一、兩口，陳俊生吸了一口，有如得到甘霖般，暢快地吐出白煙。

他蹲在人來人往的路邊，一點也不在乎路人怎麼看他，因為那些人根本不會多看自己一點，他們怕被乞討、怕被纏住，他是這個世界被刻意忽略的一角，他和其他的遊民們，都是。

還記得上個月天氣太冷，他用賣回收的錢買了一罐高粱來喝，或許是太冷忽然喝高濃度的酒的關係，他一度休克在路邊，同伴們都很慌張，他倒在熱鬧的車站旁邊，卻沒有半個人來幫助他們。救護車來了，把他送到急診時，醫生也只是做簡單的處理，任何檢查都沒有安排，只因醫院知道，他根本付不起醫藥費。

陳俊生其實很希望，自己若能在那時死了就好了，畢竟這苟延殘喘的一生，早就沒有活下去的價值。

可是老天卻讓他活了，在幾個小時候，他恢復意識，並且立刻被趕出醫院。

「阿生啊！唉唷，你把我們都嚇死了。」七十多歲的阿輝伯分了點麵包給他，還有同樣也和他是五十多歲的明仔，則給了他一瓶水，這些食物看在普通人眼中或許平凡，但對他們來說，卻很珍貴。

「謝謝你們啊。」

「謝什麼啦，互相幫忙而已。」

「對啊，不然還有誰能幫我們。」明仔苦笑地說，「連政府都不想管我們了。」

陳俊生跟著一起苦笑，三個人萎靡的背影看起來很悲哀，走在人群中，其他人會刻意地和他們隔開，深怕他們身上的臭味沾染了自己。

邊吸著菸，陳俊生邊唉嘆：「想死卻死不了，痛苦啊。」

阿輝伯一聽，抿抿唇，「阿生，別說這種喪氣話，活著，自然有活著的用處。」

「是啊，現在的日子雖然苦了點，至少還算過得去。」明仔跟著安慰。

會來到這個世界的人，背後都有自己的苦衷，有的人因為愛打罵老婆子女，結果老了被家人拋棄；有的生性愛賭，結果妻離子散；有的經商失敗，為了逃避債務直接搞消失；有的……像他一樣，無法承受人生的一切，所以逃跑。

旁邊的電視牆，上頭正播著一條新聞：『知名演員周偉已經失蹤整整一年，周媽媽近日向媒體哭訴，面對周偉留下的龐大違約金，周家已不堪負荷，將宣布破產，周偉的妻子在半年前訴請離婚成功後，近日也和富商李成豪結婚……』

「阿生，你要不要去小新去過的那個花園？」阿輝伯忽然推了推他，他這才從電視牆上移開視線。

「什麼花園？」

「就是那個啊……那叫什麼來著？你們忘了？小新不是癌末嗎？他去回來後，走的時候，笑得多安詳啊。」

「阿輝伯，阿生又還沒要死，幹嘛去那種花園啊。」

阿輝伯用力拍了一下明仔的腦袋，「臭小子，你懂什麼！那時小新說了，那個花園有讓人充滿希望的能量。」

「那我們一起去，在哪？」

「我才不去看什麼花，浪費錢，不如多發點傳單賺錢。」明仔用力揮揮手，一臉嫌惡。

「我也不去，我啊，一把年紀了，哪還有什麼絕望、希望，不過是過一天算一天，等老天爺把我收回去而已。」

「你們都不去，我去幹嘛。」陳俊生兩手一攤，那種虛幻的東西，對他們這種光活下去就很痛苦的人來說，有用嗎？

「去看看吧，不遠，坐客運到宜蘭，花個半天時間就能走到。」

「還要坐客運?!」連看病都沒錢了，還要花錢坐客運，他才不去。

阿輝伯嘆口氣，從口袋中拿出手帕，手帕攤開後，裡面有五百多塊，他把那張五百塞給陳俊生。

「去吧。」

「我怎麼能收你的錢！這麼多！」

「沒事的，錢嘛，再賺就有。」

陳俊生非常不理解阿輝伯的反常，阿輝伯是他出來流浪第一個遇見的人，他們一起相互扶持，他一直是個雲淡風輕且隨和的人。

「阿輝伯，那麼好喔，我也要去。」

「明仔，我就只有那點錢了，明天的飯錢還要跟你借呢。」

「什麼?!嘖，阿生，你最好不要浪費，給我趕快去一去。」

陳俊生拿著沉甸甸的五百，看著兩人嫌棄地拼命對他揮手，他鼻一酸，差點就要哭了。

「對了，阿生，那個花園叫『天國之花』，你到宜蘭隨便找個人問，一定能找到。」

天國之花。

陳俊生好像有點印象了，癌末從醫院逃走的小新，逃到他們這群遊民這，度過了半年的時光，中間他一度消失了兩天，據說就是去了那個花園。

原本整日鬱鬱寡歡的小新，那次從花園回來，整個人都不一樣了，他每日都充滿著笑容，彷彿即將到來的死亡，不過就是下一場旅行。

搭了一個多小時的客運，抵達宜蘭時已經過了中午，這一個多小時，坐在他旁邊的老婦人一直大聲嚷嚷嫌他臭，還說遊民怎麼也有錢搭客運。

直到成為這個世界最底層的人，他才發現，人們對於比自己低階的人，是充滿驕傲的，無論是在哪個位階的人都一樣，他們或許也曾受到屈辱，所以遇到比自己弱勢的，只想展現他的驕傲，好彌補一點曾在別人那裡受創的自尊心。

下了車，他先是去廁所打開水龍頭喝了點水，走到附近的公園，他試著尋找會對他有點善意的人。總算，看到一名白髮蒼蒼的老人，坐在長椅看著書。

「請問……您知道『天國之花』這座花園嗎？」

老人放下書本，「天國之花？沒聽過。」

「這樣啊，謝謝。」

「等等。老劉！你知道天國之花嗎？」在涼亭下棋的老劉抬起頭，「那個啊，我記得老張好像有提過。」

「你去前面巷口左轉，有間麵店，那個老張知道。」

「謝謝您。」

「不客氣。」老人笑了笑，沒有嫌棄他一身髒衣，也沒有問他為何尋找這個地方。

只要一點點善心就夠了，陳俊生每次收到這麼一點點，就覺得心中充滿溫暖，以前的他從來不懂知足，因為需求得太多、付出得太多，以至於他根本沒時間停下來感謝，或是體會。

雖然處處受人鄙視，但他寧願維持現在的日子，也不要再回到過去。

走到麵店，接近下午時間，麵店的客人也比較少。「請問，你知道『天國之花』怎麼走嗎？」

麵店老闆放下報紙，瞥了他一眼，「你吃了嗎？」

「呃、我不餓。」

「身上有十塊嗎？」

「有。」

「十塊賣你一碗。」

陳俊生吞吞口水，拿出十塊，沒一會兒，一碗熱騰騰的陽春麵端上桌，以及一張畫得仔細的地圖。

「照著這個走，就能到了。」

「謝謝。」

老張重新坐下繼續看報，彷彿這不是多重要的事，直到陳俊生離開，老張才偷偷看了他的背影一眼，嘆了口氣。

「願你能尋找到你的希望。」

天國之花，完工於兩年前，位在梅花湖附近，占地有一個小巨蛋那麼大。知道那座花園全名的人不多，不過大部分的人都去過，且每個人的感想不一。那座花園最神奇的地方在於，去的人是抱著怎樣的心情去，就能體會到他想體會的感受。

老張第一次去的時候，出自於好奇，他看到花園的各種奇珍異花，感到相當新奇，尤其是那一片向日葵園，在陽光下開滿，光是看著心情就很好。

後來有次被女兒的叛逆氣得出去散心，這次他逛到了一片寒蘭花旁，寒蘭花也叫子母花，不知為何，他那日從那片花海中，重新體會到身為人父的心情，雖然感慨，但怒氣也消了不少，回到家，女兒乖乖來認錯，一切事情都好轉了。

那是座神奇的花園，即使它什麼法力都沒有。

陳俊生照著地圖走了三個多小時才走到，此時已是傍晚，要不是有那碗麵，他也沒那個體力支撐到現在。

遠遠的，可以看到花園的一隅蓋著像城堡一樣的天穹之頂，只有鐵架組成的屋頂，攀爬著許多植物，另一邊則有個大大的溫室，光是這樣遠望，就能看見這座花園的多樣，他很擔心是否要收費。

沒想到他多慮了，這座花園居然是免費入場，難道花園的主人都不擔心有人刻意採盜花朵，或是蓄意破壞嗎？

陳俊生腦海中閃過許多疑問。這些疑問，在他進入花園後，都不再重要。

傍晚時分，充滿涼意的微風緩緩地吹著，花園內的四處都有長椅，長椅的周圍都被花草圍繞，看似設置隨意，其實每張長椅的間隔都很遠，彷彿希望坐在那的人，暫時都不要被打擾。

除了大片的長椅區，還有大片的草地，供給孩童們玩耍奔跑，更有迷宮坐落，這裡就像是個大型的花草遊樂場，一踏進來，就讓人忘了時間的流逝。

陳俊生驚得嘴巴微張，若是想繞一圈，可能得走上兩個小時，所以他不打算再往裡面走，他看到有片百合園，剛好旁邊的長椅是空的，便在長椅坐下。

夕陽逐漸西斜，白色的百合花雖然染上了夕陽的顏色，仍能看得出它的白。他忽然想起前輩對他說過的話：「人家都說我們這行就是片染缸，你要知道，你本來是什麼顏色，就是什麼顏色，能夠改變自己的人，永遠不是這個世界，是自己。」

他沒有變，他身邊的人也沒變，或許就是因為大家都沒變，才讓他累了。他無法再承受母親的揮霍無度，也無法再忍受妻子看著他像看著一台提款機，心中愛的永遠是別的男人，他……他根本不知道自己想要什麼，只想逃走，逃到沒任何人看得見自己的地方。

他本來以為自己是因為那樣才逃的，直到鬼門關前走一回，他才發現，他失去的是牽掛，一個沒有牽掛的人，根本不在乎自己是死是活，明天又該怎麼過。

阿輝伯還有牽掛，他偶爾會去偷偷看自己的孫子，明仔也有，他希望能夠找到穩定的工作，能夠重新租房子。唯獨他，什麼都沒有。

為什麼要叫他來這座花園呢？光是這樣坐著，他什麼感受也沒有。

滴答、滴答。

在夕陽快要結束時，居然下起雨了，他正要起身離開，發現其他長椅的人，居然默默地從椅子底下拿出雨傘，他彎身一看，這張椅子下也有。

他打開透明的雨傘，看著雨水一滴兩滴地打在傘上，再看看百合花也正遭受著雨水的摧殘，正常種花的人不都會設置雨棚嗎？難道他們不怕花被打壞了？

一名撐著黑傘的女人緩緩走到他身邊，他無法看清她的臉，只能聽見她的自言自語：「曾經有人告訴我，花是這世上最強韌的存在，無論風吹雨淋，就算被打壞了，明年一定還會再開，無論經歷多少磨難，它都不會放棄，一年又一年，再次展現自己的美麗。後來啊，我就想，為什麼會這樣呢？有什麼動力驅使它這樣努力嗎？你覺得呢？」

「嗯？我、我不知道……」陳俊生愣了愣，他很驚訝女人居然是在和他說話。

「我想了很久，後來我猜……也許就是一種本能，它生來就有讓自己一再開出美麗的本能，從不為誰。」

「從不為誰……嗎？」陳俊生重複著女人的話，陷入深思。等他回過神，女人早已不見蹤影，但她的一席話，卻在他心底留下很深刻的印象。

天黑了，花園內的路燈一一亮起，在這雨夜之中，仍有許多人坐在長椅上不願離去，他們偶爾看著眼前的花，偶爾看看遠方，彷彿坐在這裡就能悟出人生的真諦。

陳俊生不明白，就算再坐整整一晚，他都不能明白。奇怪的是，心中積累的壓力，好似慢慢散去些許，他不知道是不是因為這裡的空氣好，還是因為太安靜了，才能讓他找回平靜。

花朵不為了任何人而開。就像他，曾經那麼熱愛演戲，也不是為了任何人，更不是為了錢，他只是很喜歡演戲而已。是身邊的人事物，逼得他不得不逃離自己所愛。

他手一鬆，放下雨傘，任由雨滴打在他身上，似乎也渴求自己被雨打壞，能在隔年再次綻放最初的美好。

「哈哈哈哈……哈哈哈哈！」隔壁長椅的年輕男人，忽然自己大笑出聲，他嚇了一跳，卻發現男人居然邊笑邊哭……

「你……還好吧？」他忍不住走過去關心。

男人看起來才四十出頭，留著滿臉的鬍子，看起來非常頹廢，「我？我很好啊！太好了！」

「可……」

「老伯，你不覺得這個地方很神奇嗎？」

「我……不知道。」

「我打了我的老婆，每天都打她，她的日子過得非常慘，我也不知道今天怎麼會走進這座花園，但你知道嗎？我現在要去自首，我要承認我每天都家暴她。」

「為什麼？」

「因為我忽然想起，以前結婚的時候，我曾答應過她，要給她一輩子的幸福……」他說著說著，又哭了，「我真是個爛人啊。」

男人起身離開，那表情看起來雖然痛苦，又好像有點快樂，似乎是想到自己的老婆以後不用再活在自己的恐懼下，所以單純為了她而快樂。

剛剛男人面前的，是一片野薔薇，他以前演過園藝師這個角色，雖然很久了，但他依稀記得……野薔薇的花語是，悔過。

陳俊生拖著步伐，好奇地看過每一片花都種著不同的種類，最後他來到一棵大樹下，樹下種的是白色鈴蘭花和海棠花，這兩種花交錯地種在一起，和其他片花園不同，全都圍繞在這棵大樹下。

原本滴在身上的雨忽然消失了，他轉頭一看，剛剛的女人正為他撐傘。

他總算看到女人的臉了，是張相當稚嫩的臉，看起來不到三十歲，眼神卻比誰都還滄桑，像已經看過許多大風大浪的表情。

「如果人到了天國，看到的是這樣一片美好的花園，是不是就不會覺得，死亡是一件很悲傷的事了呢？」

「妳是……蓋這座花園的人？」

她搖搖頭，「我只是幫別人完成而已，這並不是我的夢想。」

「那妳的夢想是什麼？」

她莞爾，「還能是什麼，希望能活得隨便一點，這樣就夠了。」

陳俊生聽了這個答案相當衝擊，女人把傘交到他的手上，獨自走進雨中，漸漸消失在路的盡頭。

活得隨便一點。

是啊，那又有何不可呢？

他忽然有點想哭，等察覺到時，才發現自己淚流不止，他明明不想離開，卻被逼得拋下一切逃走了，他每天都很渴望能再演戲，他明明……可以不用那麼在意逼他的人，只要活得隨便一點，他一樣能做自己喜歡的事。

「謝謝、謝謝……」他對著空氣道謝，卻不知道謝的人是誰，或許是讓他想透一切的這個花園，又或許是這座花園的主人。

陳俊生在宜蘭又待了兩天，賺夠車費後才回到原本的地方。

阿輝伯和明仔都還是老樣子，他也覺得自己沒什麼不同，但眼底閃爍的光采，已經不一樣。

「阿生，你該走了。」

「阿輝伯，阿生才剛回來，你怎麼又叫他走？」明仔不解。

「嗯，我該走了。」陳俊生揚起笑容，「謝謝你們。」

「阿生，你要去哪兒？」

「明仔，你趕快去發你的傳單，真是的！」阿輝伯拍了他的腦袋一下，簡直恨鐵不成鋼。

「阿輝伯，你早知道了？」

「唉，我一個老人能知道什麼？只是聽小新說，那是個很神奇的花園，可以讓人找到希望。」

「我不確定我找到了沒有。」陳俊生低下了頭，「但……我知道以後要用什麼方式活下去了。」

「那就好。」阿輝伯笑開來，陳俊生也跟著笑了，這麼多年來，第一次打從心底，笑開來。

他知道，若要回到原本的世界，還有很多事情和債務在等著他，但……不管有多少事，他一定能再開花，跌倒了就再爬起來，總有一天，他會不在意這些挫折，只為自己而活。

他拿出一張千元鈔票，這是他這兩天在宜蘭打工賺來的，「阿輝伯，連本帶利。」

「哈哈哈！我這投資真是太划算了，謝謝了！祝你一路順風。」

陳俊生用力點點頭，踏出了公園，走進人潮洶湧的繁華街道，無論他將要重新穿上怎樣的衣服，他永遠不會忘了，這個世界上，曾經溫柔對待他的每個人。

—番外《天國之花》完—

後記

一開始發想出這個故事的原因，只是為了諷刺三從四德，所以才想寫幾個不同境遇的女性角色。最後故事慢慢在大腦裡發酵、演變，有了最初的「青鳥的眼淚」的原型。那時我並不明白，這個故事之後對我的影響有多大。

故事寫到一半身邊有人自殺了，雖然不是要好的朋友、家人，但也是每天朝夕相處的同事，這件事連帶影響了故事後半的創作宗旨，也更讓我想寫出，能讓大家稍為能了解做出這個決定的人，他們的痛苦、他們無法撐下去的理由。

之所以鼓起勇氣把稿子拿去投稿，也是想把這個故事，傳達給更多活在痛苦中的人，如果能被這個世界多理解一些，或許他們就還能找出撐下去的力量，或許有那麼一天，發生過的苦痛，能漸漸地被放下。

回到故事初衷的三從四德，在設定初期時，我就以「德、言、容、功」四德做為每個篇章主角的名字和故事走向，就不知道看完的大家，有沒有發現這個小彩蛋了。

最後，沒想過有天還會再出版，非常感謝秀威給了青鳥這個機會。在逝者即將滿周年的日子，我希望能獻給祂、獻給每個和我一樣，仍在等待陽光、等待有勇氣踏出一步的人。

——二〇二〇年十月六日

釀冒險43　PG2483

青鳥的眼淚

作　　者	A.Z.
繪　　者	左　萱
責任編輯	陳彥儒
圖文排版	蔡忠翰
封面設計	蔡瑋筠

出版策劃	釀出版
製作發行	秀威資訊科技股份有限公司 114 台北市內湖區瑞光路76巷65號1樓 電話：+886-2-2796-3638　傳真：+886-2-2796-1377 服務信箱：service@showwe.com.tw http://www.showwe.com.tw
郵政劃撥	19563868　戶名：秀威資訊科技股份有限公司
展售門市	國家書店【松江門市】 104 台北市中山區松江路209號1樓 電話：+886-2-2518-0207　傳真：+886-2-2518-0778
網路訂購	秀威網路書店：https://store.showwe.tw 國家網路書店：https://www.govbooks.com.tw
法律顧問	毛國樑　律師
總 經 銷	聯合發行股份有限公司 231新北市新店區寶橋路235巷6弄6號4F 電話：+886-2-2917-8022　傳真：+886-2-2915-6275

出版日期	2021年1月　BOD一版
定　　價	380元

國家圖書館出版品預行編目

青鳥的眼淚/A.Z.著. -- 一版. -- 臺北市：釀出版,
2021.1
面；　公分. -- (釀冒險；43)
BOD版
ISBN 978-986-445-428-0(平裝)

863.57　　109018009

讀者回函卡

感謝您購買本書，為提升服務品質，請填妥以下資料，將讀者回函卡直接寄回或傳真本公司，收到您的寶貴意見後，我們會收藏記錄及檢討，謝謝！如您需要了解本公司最新出版書目、購書優惠或企劃活動，歡迎您上網查詢或下載相關資料：http:// www.showwe.com.tw

您購買的書名：________________________________

出生日期：________年________月________日

學歷：□高中（含）以下　□大專　□研究所（含）以上

職業：□製造業　□金融業　□資訊業　□軍警　□傳播業　□自由業

□服務業　□公務員　□教職　□學生　□家管　□其它______

購書地點：□網路書店　□實體書店　□書展　□郵購　□贈閱　□其他

您從何得知本書的消息？

□網路書店　□實體書店　□網路搜尋　□電子報　□書訊　□雜誌

□傳播媒體　□親友推薦　□網站推薦　□部落格　□其他________

您對本書的評價：（請填代號　1.非常滿意　2.滿意　3.尚可　4.再改進）

封面設計____　版面編排____　內容____　文／譯筆____　價格____

讀完書後您覺得：

□很有收穫　□有收穫　□收穫不多　□沒收穫

對我們的建議：________________________________

____

____

____

請貼
郵票

11466
台北市內湖區瑞光路 76 巷 65 號 1 樓

秀威資訊科技股份有限公司 收

BOD 數位出版事業部

(請沿線對折寄回，謝謝！)

姓　名：________　年齡：____　性別：□女　□男

郵遞區號：□□□□□

地　址：________

聯絡電話：(日)________　(夜)________

E-mail：________